NINA SCHEWELING

Das Geheimnis von Darkmoor Hall

DAS AMULETT DER WINDE

ROTFUCHS

Originalausgabe
Veröffentlicht im Rowohlt Taschenbuch Verlag,
Hamburg, November 2023

Lektorat Sophie Härtling
Covergestaltung Cordula Schmidt Design, Hamburg
Coverabbildung Cornelia Haas
Satz aus der Plantin Pro
Gesamtherstellung CPI books GmbH, Leck
ISBN 978-3-499-01191-7

Die Rowohlt Verlage haben sich zu einer nachhaltigen
Buchproduktion verpflichtet. Gemeinsam mit unseren Partnern
und Lieferanten setzen wir uns für eine klimaneutrale
Buchproduktion ein, die den Erwerb von Klimazertifikaten
zur Kompensation des CO_2-Ausstoßes einschließt.
www.klimaneutralerverlag.de

FSC www.fsc.org MIX Papier | Fördert gute Waldnutzung FSC® C083411

DAS
GEHEIMNIS
VON
DARKMOOR HALL

Das Amulett
der Winde

1

Legenden

Cormoran, Bolster, Trecobben – die Liste der Riesen, die in Cornwall gelebt haben, ist lang. Und wo Riesen leben, hinterlassen sie Spuren. So zeugen viele der Felsbrocken, die scheinbar wild verstreut in Küstennähe herumliegen, von der Lieblingsbeschäftigung der gewaltigen Kreaturen, die nichts lieber taten, als mit Steinen zu werfen.»

Der Fernseher war so laut, dass Kate den Ton bis in die Küche hören konnte. Kopfschüttelnd strich sie sich die ungekämmten Haare aus dem Gesicht und griff nach der Packung Schokopops, die offen auf der Arbeitsplatte stand. Steine werfende Riesen. So ein Quatsch.

Sie schüttete eine ordentliche Portion Pops in eine Schüssel, füllte sie randvoll mit Milch und trottete ins Wohnzimmer. Ihr kleiner Bruder Ben saß, im Schlafanzug und genauso ungekämmt wie sie selbst, vor dem Fernseher und sah sich eine Reportage über Cornwall an. Sie setzte sich neben ihn auf die Couch.

«Der Riese Cormoran baute sich mit seiner Frau eine

ganze Insel, heute bekannt unter dem Namen St. Michael's Mount, um darauf zu wohnen. Er wurde von Jack dem Riesentöter umgebracht, und sein steinernes Herz ist noch immer auf dem Weg zur Burg zu sehen.»

«Wir dürfen nicht auf der Couch essen», sagte Ben, ohne den Blick vom Fernseher zu nehmen.

«Sagt der, der überall Schokopopskrümel verstreut hat», entgegnete Kate bissig.

«Wenigstens hab ich sie trocken gegessen. Krümel kann man wegwischen.»

Kate schnaubte bloß und streckte die Füße auf dem Couchtisch aus. Prompt schwappte Milch auf die Couch.

«Mist!», fluchte sie und versuchte, mit dem Ärmel ihres Pullis den Fleck wegzuwischen.

Ben kicherte und rückte vorsichtshalber ein Stück zur Seite.

«Hör auf zu lachen», beschwerte sich Kate. «Hilf mir lieber.»

«Nö.»

«Rotzlöffel.»

«Blöde Kuh.»

Ben streckte ihr die Zunge heraus, die von den Schokopops braun verfärbt war. Kate verdrehte die Augen, musste dann aber grinsen. Ihr Bruder war eine echte Nervensäge, doch in Wahrheit konnte sie ihm nie lange böse sein. Sie gab das Rubbeln auf dem Milchfleck auf und legte ihre Füße – diesmal etwas vorsichtiger – wieder auf den Couchtisch.

Auf dem Bildschirm war eine Insel zu sehen, die als kreisrunder Hügel aus dem Wasser herausragte. Zu dem kleinen Schloss auf der Spitze des Hügels führte ein Pfad hinauf. Gerade zoomte das Bild zu einem Stein neben dem Pfad, der aussah wie ein Herz. *«Angeblich kann man»*, sagte der Sprecher, *«wenn man das Ohr auf den Stein legt, den Herzschlag des Riesen hören.»*

«Was guckst du da überhaupt?», fragte Kate und schob sich einen Löffel Schokopops in den Mund.

«So 'ne Doku ... *Legendäres Cornwall* heißt die, glaub ich. Da geht's um Meerjungfrauen und Kobolde und Riesen, die früher in Cornwall gelebt haben. Ist das nicht cool?»

Verwundert registrierte Kate das vor Begeisterung leuchtende Gesicht ihres Bruders. «Seit wann interessierst du dich denn für Riesen und Meerjungfrauen? Als ich das letzte Mal nachgesehen habe, hast du ein Buch über schwarze Löcher im Weltall gelesen.»

«Psst, ich will das hören», entgegnete Ben und deutete unwirsch auf den Fernseher.

Kauend musterte Kate ihren kleinen Bruder – die verstrubbelten Haare, die Stupsnase, die schmalen Schultern in dem Schlafanzug mit Raketen und Planeten darauf. Den Weltraumforscher, der Bücher über das Universum verschlang, Raumstationen nachbaute und sich im All besser auskannte als auf der Erde. Nach ihrem Umzug nach Darkmoor-on-Sea hatte sich ihr Bruder noch mehr in die Weiten des Weltalls zurückgezogen – was vermutlich weniger mit Darkmoor, sondern mit der eisigen Stimmung zusammenhing, die zwischen ihren Eltern herrschte. Aber wenn Märchen von Riesen und Kobolden es schafften, ihn aus seinem Schneckenhaus zu locken, war es ihr recht. Sie selbst glaubte nicht an das ganze Legendenzeugs. Sie glaubte viel eher an einen Schatz, der irgendwo in Darkmoor versteckt war.

«Doch nicht nur an Land, auch auf dem Wasser gibt es zahlreiche Vorkommnisse, die Cornwall zu einer der geheimnisvollsten Gegenden Englands machen. Das Geisterschiff, das vor der Küste des kleinen Örtchens Darkmoor-on-Sea gesunken ist, ist nur ein Beispiel davon.»

«Hey», rief Ben aus. «Das ist ja hier bei uns.»

Kate nickte, während sie die letzten Schokopops aus der Milch fischte. «Die Geschichte kenn ich. Die hat mir der alte Marcus erzählt, ein Fischer unten bei der Bucht. Angeblich soll sogar ein Schatz an Bord gewesen sein. Der wurde aber, genau wie das Wrack, nie gefunden.»

«Wirklich? Ein echtes Geisterschiff? Ob dieser Marcus mir die Geschichte auch mal erzählt?»

«Klar, wieso nicht? Aber mach dir keine allzu großen Hoffnungen. Es war *kein* echtes Geisterschiff.»

«Wieso nicht?»

Kate verdrehte die Augen. «Weil es keine Geister gibt, Blitzbirne.»

Ben warf ihr einen beleidigten Blick zu. «Du musst es ja wissen.» Er stutzte und musterte sie von oben bis unten, als sähe er sie gerade zum ersten Mal. «Wieso bist du schon angezogen? Es ist Sonntag.»

«Deswegen ja.»

«Kapier ich nicht.»

Kate setzte die Schüssel an den Mund und trank die übrig gebliebene Milch aus. «Ist doch logisch», sagte sie und stand auf. «Ich geh zur Kirche.»

Kate grinste immer noch bei dem Gedanken an Bens verblüfften Gesichtsausdruck, als sie gut gelaunt die Treppe ins Erdgeschoss hinuntersprang. Vom Treppenhaus aus führte eine Tür direkt in die Küche des Sea Street Cafés, das ihre Eltern vor Kurzem von der alten Molly Crooker gekauft und neu eröffnet hatten. Als Kate eintrat, stieg ihr sofort der Duft von frisch gebackenen Kuchen, Törtchen, Muffins und Scones in die Nase. Ihr Vater, der für all die Leckereien verantwortlich war, sah von dem Teigklumpen auf, den er gerade zu einer flachen Platte ausrollte.

«Guten Morgen», sagte er verwundert. «So früh schon wach?»

«Nicht nur wach, sondern auch schon so gut wie

weg», erwiderte Kate und drückte ihrem Vater einen Kuss auf die Wange. Dann stibitzte sie sich im Vorbeigehen drei Zitronenmuffins, die zum Auskühlen auf einem Gitter standen.

«Hey, Finger weg!», protestierte Mr Baker, doch Kate war schon halb durch die Verbindungstür ins Café verschwunden.

«Danke, Dad. Die Muffins riechen echt lecker», rief sie noch, bevor die Tür hinter ihr zufiel.

Im Café schlugen ihr die vertrauten Geräusche von

klapperndem Geschirr und heiteren Gesprächen entgegen. Sonntagmorgens war meist eine Menge Betrieb, und ihre Mutter wuselte zwischen den Tischen und der Theke hin und her, nahm Bestellungen auf oder schenkte Tee aus. Gerade richtete sie Teller mit Kuchen und Gebäck auf der Anrichte und brummelte dabei leise vor sich hin. Sie schien sich über irgendetwas zu ärgern.

«Morgen, Mum», sagte Kate. «Ganz schön was los heute, oder?»

«Allerdings. Ich komme kaum noch hinterher.» Mrs Baker sah ihre Tochter finster an. «Ich würde ja jemanden einstellen, der mir beim Bedienen hilft, aber dein werter Herr Vater ist dagegen. Das kostet zu viel Geld, sagt er. Wir würden das auch so hinkriegen. Aber wenn's drauf ankommt, verkriecht er sich in der Küche, anstatt mir zu helfen.»

Als Kate in das aufgebrachte Gesicht ihrer Mutter sah, war ihre gute Laune mit einem Schlag verflogen. Sie spürte ein unangenehmes Drücken im Magen, wie eine Kugel, die sich ausdehnte und wieder zusammenzog. Sie war wütend auf ihre Eltern. Entweder stritten sie miteinander oder sie schwiegen sich an. Etwas anderes schien es nicht mehr zu geben. Warum konnten sie sich nicht zusammenreißen? Warum konnten sie nicht klären, was zwischen ihnen los war? Andere Eltern schafften das doch auch.

Genervt blies sich ihre Mutter eine Haarsträhne aus dem Gesicht. «Ich weiß, dass ich versprochen habe, dich nicht im Café einzuspannen, aber könntest du mir ausnahmsweise helfen? Nur für ein paar Minuten?»

Kate sah stirnrunzelnd auf die Uhr. Es machte ihr nichts aus, im Café zu helfen, aber es war schon zwanzig nach neun. Sie musste los, wenn sie nicht zu spät kommen wollte.

«Ich bin verabredet», erwiderte sie bedauernd.

«Am Sonntagmorgen?», fragte ihre Mutter verblüfft, während sie zwei Tassen aus dem Regal nahm und je einen Teebeutel dazulegte.

«Ja. Der Gottesdienst fängt in zehn Minuten an.»

«Gottesdienst?» Ihre Mutter hatte eigentlich gerade heißes Wasser in die Tassen schütten wollen, verharrte jedoch mitten in der Bewegung und starrte sie an. Als Kate sie nur unschuldig anlächelte, wandte sie sich wieder den Tassen zu und murmelte: «Aha. Interessant, was ein Umzug in ein verschlafenes Küstendorf für eine Wirkung auf manche Menschen hat.»

«Irgendwie muss man sich ja hier die Zeit vertreiben», erwiderte Kate. Aus den Augenwinkeln sah sie, wie Mrs Farringdon, die an ihrem üblichen Platz am Fenster saß, mit ihrer leeren Tasse zu ihr herüberwinkte. «Ich bring Mrs F noch schnell Kaffee, dann muss ich los, ja?»

Ihre Mutter seufzte. «Okay. Danke. Und nenn sie nicht Mrs F», rief sie Kate nach, die sich bereits mit der Kaffeekanne auf den Weg gemacht hatte.

Mrs Farringdon hatte sich heute wieder besonders herausgeputzt. Den Schmuck, den sie trug, hatte die alte Dame aus Meerglas anfertigen lassen. Andere würden Mrs F vermutlich als verschroben bezeichnen, aber Kate mochte sie und hatte sich vorgenommen, später mal genauso extravagant zu werden.

«Guten Morgen, Mrs Farringdon. Haben Sie den ersten Kaffee schon auf?»

«Den zweiten, Darling, den zweiten.» Mrs Farringdon deutete auf den freien Stuhl neben sich. «Hast du Lust, mir ein wenig Gesellschaft zu leisten? Ich muss gestehen, dass ich schrecklich gern wissen würde, ob ihr den schwarzen König gefunden habt, von dem du mir erzählt hast.»

Kate schenkte die Tasse der alten Dame voll und zuckte bedauernd mit den Schultern. «Geht leider nicht. Ich hab eine Verabredung. Aber ein andermal sehr gern.» Sie machte eine kleine Kunstpause und fuhr dann theatralisch fort: «Nur das mit dem schwarzen König muss vorläufig ein Geheimnis bleiben, befürchte ich.»

Mrs Farringdon zwinkerte ihr mit einem Lächeln

zu. «Gut so. Jeder sollte ein oder zwei Geheimnisse im Leben haben, findest du nicht auch?»

Kate brachte die Kaffeekanne zurück hinter die Theke. Dann packte sie die drei Zitronenmuffins in eine Papiertüte, stopfte sie in ihren Rucksack und winkte ihrer Mutter zum Abschied zu, die gerade dabei war, einen leer gewordenen Tisch abzuräumen. Unter dem Gebimmel der Türglocke trat sie hinaus auf die Straße.

Kalter Wind schlug ihr entgegen. Graue Wolken trieben über den Himmel, und es war Regen angesagt. Südenglischer Sommer. Kate schloss seufzend den Reißverschluss ihrer Jacke. Dann wandte sie sich nach rechts Richtung Kirche. Wieder musste sie grinsen, als sie an die verblüfften Gesichter ihres Bruders und ihrer Mutter dachte. Religion spielte im Leben der Bakers keine große Rolle. Kein Wunder also, dass die beiden vollkommen perplex gewesen waren bei der Vorstellung, dass Kate an einem ganz normalen Sonntagmorgen in die Kirche ging.

Eines hatten sie dabei jedoch nicht bedacht: Kate hatte mit keinem Wort erwähnt, dass sie auch am Gottesdienst teilnehmen wollte.

2

Wiedersehen

Als Kate auf den Marktplatz trat, schlug die Kirchturmuhr halb zehn. Der Gottesdienst hatte bereits angefangen. Sie unterdrückte einen Fluch. Hoffentlich kam sie jetzt noch in die Kirche hinein, ohne dass irgendjemand sie bemerkte.

Sie eilte auf das riesige Gebäude zu und erreichte die mit Ornamenten verzierte Tür gerade in dem Moment, als Orgelmusik einsetzte. Kate musste grinsen. Orgelmusik hörte man in Darkmoor-on-Sea öfter, aber nur selten am helllichten Tag. Der Pfarrer der Kirchengemeinde war dafür bekannt, mitten in der Nacht komplizierte Orgelkantaten zu üben. Er war nicht der einzige komische Kauz in Darkmoor, dachte Kate. Aber der Einzige mit dauerhaften Schlafstörungen.

Kate öffnete die mächtige Eingangstür und schlüpfte ins Innere der Kirche. Niemand beachtete sie, was sicher dem dämmrigen Licht und dem dröhnenden Orgelspiel zu verdanken war. Neugierig sah sie sich um. Sie befand sich in einem kleinen Vorraum, hinter dem sich das ausladende Kirchenschiff mit seinen unzähligen Holzbänken erstreckte. Erstaunt stellte sie fest, dass fast alle Reihen besetzt waren. Sie hätte nicht gedacht, dass so viele Einwohner von Darkmoor zur Kirche gingen. Tatsächlich hätte sie nicht einmal gedacht, dass Darkmoor überhaupt so viele Einwohner besaß. Irgendetwas störte sie an dem Anblick, aber sie kam nicht gleich darauf, was es war. Vorsichtig trat sie ein paar Schritte vor.

«Kate! Hey, Kate. Hier drüben!», zischte es plötzlich rechts neben ihr. Kate zuckte zusammen, doch bevor sie ausmachen konnte, woher die Stimme gekommen war, wurde sie von einer Hand in eine Wandnische gezogen, die hinter einer steinernen Heiligenfigur verborgen war.

«Billy! Musst du mich so erschrecken?»

«Ich freu mich auch, dich zu sehen», erwiderte Billy grinsend und legte einen Finger auf die Lippen. «Aber sei bloß leise. Wenn der Kaplan uns hier sieht, kassiert er uns für die Kinderbibelstunde ein. Und glaub mir, das willst du nicht!»

Das Orgelspiel verstummte und der Pfarrer, ein kleiner, hagerer Mann mit schütterem Haar, begrüßte salbungsvoll die Gemeinde. Kate spähte vorsichtig hinter der Heiligenfigur hervor und ließ den Blick noch einmal über die Sitzreihen schweifen. Dann zog sie sich wieder in die Nische zurück und sah Billy mit gerunzelter Stirn an.

«Spinn ich, oder sitzen da keine echten Leute, sondern Pappfiguren?», wisperte sie.

Billy zuckte bloß mit den Schultern. «Jep. Macht der Pfarrer seit Jahren so. Es kommen immer weniger Leute in den Gottesdienst, und weil er keine Lust hat, vor leeren Bänken zu predigen, füllt er sie mit Pappfiguren auf.»

Kate schüttelte den Kopf. Dieses Dorf wurde immer kurioser. Wieder erklang die Orgel, und die Gemeinde stimmte den ersten Choral an. Die wenigen Menschen, die tatsächlich in der Kirche saßen, waren kaum zu hören.

«Hast du Gus schon gesehen?», fragte Kate etwas lauter, um die Musik zu übertönen.

Billy nickte. «Er sitzt ganz vorn neben seiner Tante. Erste Reihe, wie es sich für den Adel gehört.»

Kate reckte den Hals, konnte Gus aber aufgrund der vielen Pappbesucher nicht entdecken. Dafür erkannte sie in einer der hinteren Bänke Barnaby, den Butler der Grenvilles, dem es offenbar nicht zustand, sich zu seiner Dienstherrin nach vorn zu setzen. Erstaunt stellte Kate fest, dass er immer noch den Gehstock benutzte, den sie zum ersten Mal nach ihrem Abenteuer in der Mine bei ihm bemerkt hatte. Offenbar hatte er sich bei der Verfolgungsjagd in den dunklen Stollen schlimmer verletzt als gedacht. Plötzlich fuhr sein Kopf herum zu ihr, als spürte er, dass er beobachtet wurde. Rasch wich Kate zurück in die Nische.

Nachdem der Choral geendet hatte, erhob sich der Kaplan, der aussah wie eine jüngere Kopie des Pfarrers und so schmächtig war, dass er beinahe in seinem Talar zu verschwinden schien.

«Liebe Kinder», erschallte sein dünnes Stimmchen, «bitte folgt mir nun in die Seitenkapelle unserer schönen Kirche, damit wir uns fernab der Erwachsenen über die Heilige Schrift austauschen können. Ich habe für heute eine besonders interessante Bibelstelle herausgesucht, die uns fruchtbaren Gesprächsstoff liefern wird.»

Rascheln und Scharren erklang. Vielleicht sieben oder acht Kinder waren aufgestanden und gingen mit hängenden Köpfen den Mittelgang entlang. Sie schienen die Begeisterung des Kaplans ganz offensichtlich nicht zu teilen. Der Eingang zur Seitenkapelle befand sich im Vorraum der Kirche, und als die kleine Prozession an der Heiligenfigur vorbeikam, hinter der Kate und Billy sich versteckten, drückten sich die beiden tief in die Nische, um nicht gesehen zu werden.

Kate kannte noch nicht viele Gleichaltrige in Darkmoor, doch ein Junge kam ihr vage bekannt vor. Erst als er fast auf gleicher Höhe war, fiel ihr ein, warum sie ihn nicht sofort erkannt hatte. Normalerweise trug er keine Stoffhose, Hemd und Krawatte, sondern eine gelb-rot karierte Öljacke.

«Dan Hughes!», flüsterte sie ungläubig.

Der Junge stutzte und sah sich suchend um, und sein stechender Blick heftete sich auf die Heiligenfigur. Billy zog Kate in die Nische zurück und hielt ihr den Mund zu. Kates Herz schlug bis zum Hals. Ausgerechnet Dan Hughes! Wenn er sie hier entdeckte, war alles umsonst gewesen. Als sie kurz darauf sah, wie er an der Nische vorbeiging und dem Kaplan in die Seitenkapelle folgte, atmete sie auf. Im Übrigen hatte er einen Schokoladenfleck auf dem Hintern seiner schicken Hose.

«Das war knapp», raunte Billy und nahm die Hand von Kates Mund. «Wenn Dan uns entdeckt hätte ...»

«Hat er aber nicht», erwiderte Kate rasch. «Hey, da ist Gus.»

Gus hatte sich ein bisschen zurückfallen lassen und tat nun so, als müsse er sich den Schuh binden, bis die anderen Kinder in der Kapelle verschwunden waren.

«Gus, hier sind wir», rief Billy leise. Gus sah auf. Als er sie entdeckte, stand er auf und quetschte sich neben sie in die Nische, was sich zu dritt als eine ziemlich enge Angelegenheit entpuppte.

«Hi», wisperte er mit dem Gesicht zur Wand.

«Selber hi», erwiderte Kate ächzend. Eine Kerzenhalterung bohrte sich schmerzhaft in ihre Schulter.

«Schhh», zischte Billy. Der Kaplan streckte den Kopf aus der Kapelle heraus und sah suchend den Mittelgang hinab. Als er niemanden mehr sah, zuckte er mit den Schultern und schloss die Tür.

«Die Luft ist rein», flüsterte Billy.

«Wärst du dann so freundlich und würdest von meinem Fuß runtergehen?», fragte Kate spitz.

«Hoppla, tut mir leid.»

«Du hast hoffentlich nicht vor, den Rest des Gottesdienstes in dieser Nische zu verbringen?»

«Quatsch. Ich weiß den perfekten Ort, wo wir uns ungestört unterhalten können.»

Es waren inzwischen zwei Wochen vergangen, seit sie in die stillgelegte Mine von Darkmoor-on-Sea hinabgestiegen waren. Heute sahen sie sich zum ersten Mal wieder.

Gus hatte Hausarrest bekommen, weil er sich über das ausdrückliche Verbot seiner Tante hinweggesetzt und sich weiter mit Billy und Kate getroffen hatte. Kate war von dem Ausflug in die Mine so zerschrammt nach Hause gekommen, dass ihre Eltern sie – aus purer Fürsorge, wie sie sagten – dazu verdonnerten, bei ihrem kleinen Bruder zu bleiben, der seine Zeit am liebsten zu Hause verbrachte. Und Billy hatte in der Zwischenzeit jeden Job übernommen, den er auftreiben konnte, um irgendwie das Geld für Lady Grenvilles zerbrochene Amphore zusammenzukratzen. Trotzdem war er weit davon entfernt, die Summe von 2000 Pfund für das antike Stück zusammenzubringen.

Schließlich hatten Kate und Billy beschlossen, dass es so nicht weiterging. Kate hatte Billys ältesten Bruder Davey, der bereits im Stimmbruch war, mit einem riesigen Stück Kirschtorte bestochen, auf Darkmoor Hall anzurufen. Mit der tiefsten ihm zur Verfügung stehenden Stimme hatte Davey vorgegeben, ein Lehrer von Gus' Privatschule zu sein, der sich auch in den Ferien nach dem Lernfortschritt seiner Schüler erkundigte. Der Trick klappte, und Barnaby holte Gus an das einzige Telefon, das im Herrenhaus existierte, ein altersschwaches Gerät mit Wählscheibe in der Eingangshalle. Als Gus ihnen daraufhin erzählte, dass er für den Rest der Ferien Hausarrest hatte und Darkmoor Hall nur für den Kirchgang verlassen durfte, hatte Billy den Plan ausgetüftelt, sich während der Kinderbibelstunde zu treffen. Und diesen Plan hatten sie soeben äußerst erfolgreich in die Tat umgesetzt.

Von der monotonen Stimme des Pfarrers begleitet, der zu seiner halbstündigen Predigt angesetzt hatte, folgten Kate und Gus Billy eine schmale Treppe hinauf in einen weiteren Vorraum. Eine Tür führte hinaus auf die Empore, doch Billy steuerte auf die zweite zu, eine unscheinbare, dunkle Holztür.

«Der Aufgang zum Turm», erklärte Billy auf Kates fragenden Blick.

Kate drückte die Klinke hinunter. «Die Tür ist abgeschlossen.»

«Jep. Aber ich weiß, wo der Schlüssel ist.»

Neben der Tür befand sich ein weiterer Kerzenhalter, genau das gleiche Modell, das sich Kate unten in der Nische in die Schulter gebohrt hatte. Billy griff in die Vertiefung, in der vor ewigen Zeiten eine Kerze für Licht gesorgt hatte, und zog einen alten Schlüssel hervor.

«Der Pfarrer hält nicht nur schrecklich lange Predigten, er hält sich auch für schrecklich einfallsreich», sagte er. Dann steckte er den Schlüssel ins Schloss und öffnete die Tür. Dahinter kamen ausgetretene steinerne Stufen zum Vorschein. Sehr, sehr viele Stufen.

«*Da* sollen wir rauf?», fragte Kate ungläubig, nachdem sie einen Blick auf die sich in schwindelnde Höhen windende Treppe geworfen hatte. Gus machte ebenfalls keinen sonderlich begeisterten Eindruck.

Billy verdrehte die Augen. «Jetzt stellt euch nicht so an. Es lohnt sich. Versprochen.»

3

Hoch hinaus

«Warum mussten sie diesen verflixten Turm bloß so hoch bauen?» Keuchend blieb Kate auf einem der Treppenabsätze stehen und blickte zur Spitze des Turms hinauf. «Das sind doch mindestens tausend Stufen bis ganz nach oben.»

«312, um genau zu sein», erwiderte Gus, der hinter ihr auf den Absatz trat. «Und sie haben den Turm deswegen so hoch gebaut, weil sie angeben wollten.»

«Womit? Wie gut sie Treppen bauen können?»

Gus lachte. «Nein. Wie reich sie sind. Nachdem damals die Dorfkapelle oben am Friedhof durch einen Brand zerstört worden war, haben die Leute beschlossen, die neue Kirche mitten auf den Marktplatz zu bauen und so groß, wie es nur ging. Sie wollten, dass alle ihren Reichtum sehen, den sie durch die Mine und den Schmuggel erworben hatten.»

«Lass mich raten: Du hast irgendein Buch über dieses Kaff in die Finger bekommen und weißt nun jedes Detail auswendig.»

Gus zuckte mit den Schultern. «*Die Geschichte von Darkmoor-on-Sea*. An der hat auch Mrs Gulliver von der Bücherei mitgearbeitet. Ich fand es interessant.»

«Hört auf zu quatschen und kommt lieber», rief Billy von irgendwo über ihnen. «Wir sind gleich oben.»

Seufzend setzten sich Kate und Gus wieder in Bewegung und quälten sich die letzten fünfzig Stufen hinauf. Als sie durch die Tür am Ende der Treppe traten, staunte Kate nicht schlecht. Sie befanden sich im sogenannten Glockenraum, in dessen Mitte eine Holzkonstruktion aus dicken Balken stand, an der mehrere riesige Glocken hingen.

«Wow», entfuhr es Kate. «Die sind ja größer als wir!» Sie trat an die Konstruktion heran und legte eine Hand auf das Messing einer der Glocken. Es fühlte sich kalt und massiv an unter ihren Fingern.

«Cool, oder?» Billy grinste stolz, als hätte er die Glocken höchstselbst heraufgeschafft. «Aber glaub mir, wenn die anfangen zu läuten, willst du nicht direkt danebenstehen.»

Kate ging ein Stück um die Holzkonstruktion herum. Allein die Balken waren dicker als ihr Kopf. An der Rückseite fiel ihr Blick auf ein paar Buchstaben, die jemand in das Holz geritzt hatte. «Seht mal: *EWE waren hier.*» Sie grinste die Jungs an. «Sollen wir auch so was machen?»

«Warum nicht?» Billy kramte in seiner Hosentasche und förderte ein Taschenmesser zutage. «Damit geht's bestimmt», sagte er und machte sich gleich ans Werk.

Während Billy *K G B waren auch hier* unter die anderen Buchstaben ritzte, ging Gus zu einem der schmalen Fenster und versuchte, hinauszuschauen. «Schade», sagte er. «Ich dachte, wenn wir schon so weit oben sind, könnten wir auch ein bisschen was sehen.»

Billy blies ein paar letzte Holzspäne von seinem Werk. «So, fertig.» Dann deutete er auf eine Leiter, die zu einer Falltür in der Decke führte. «Da geht's zur Aussichtsplattform. Von da oben hat man einen irren Blick. Ich zeig's euch.»

Er steckte das Messer wieder ein, kletterte die Leiter nach oben und schob die Falltür auf. Kate und Gus folgten ihm. Die Aussichtsplattform befand sich direkt unterhalb der Turmspitze, die hoch über ihnen aufragte. Ein Durchgang führte auf eine Brüstung hinaus, die einmal rund um den Kirchturm verlief.

Als Kate auf den schmalen Umlauf trat, empfing sie ein kalter Wind. Er schien aus allen Richtungen gleichzeitig zu kommen und zerrte trotzig an ihrer Jacke und ihren Haaren.

«Man kann einmal um den Kirchturm herumlaufen», rief Billy gegen den Wind an. «Kommt ihr mit?»

Gus folgte Billy, doch Kate schüttelte den Kopf. Sie stützte sich auf das Geländer, strich sich eine Haarsträhne aus dem Gesicht und ließ ihren Blick über das Dorf und die angrenzenden Felder schweifen.

Billy hatte nicht zu viel versprochen – die Aussicht war atemberaubend. Unter ihr lagen der Marktplatz und die Häuser von Darkmoor, so winzig, als seien es Spielzeughäuser. Sie konnte den einzigen Pub von Darkmoor erkennen, das Sea Street Café, Billys Haus, die Bücherei. Nördlich des Dorfes lag der Friedhof auf einem Hügel am Waldrand, rechts von Kate die Schafweiden, dahinter die Bucht mit den Fischerhütten und schließlich die Landzunge, an deren Ende die düstere Silhouette von Darkmoor Hall aufragte. Hinter den Klippen schimmerte das Meer, erstreckte sich bis zum Horizont wie ein endloser, grauer Teppich, aufgewühlt und mit weißen, schaumigen Flecken. Kate konnte sogar den Leuchtturm erkennen,

der in einiger Entfernung auf seiner kleinen Insel den Gezeiten trotzte.

Eine besonders starke Böe wehte das Blatt eines Baumes hinauf, das irgendwo von einem Ast gerissen worden war. Kate beobachtete, wie es durch die Luft wirbelte, immer höher getragen wurde und schließlich in Richtung Kirchturmspitze davonwehte. Kates Augen folgten seinem Flug, wie es um die goldene Wetterfahne herumwirbelte, als wollte es mit ihr tanzen, um dann von einer weiteren Böe davongetragen zu werden.

Lächelnd wandte Kate den Blick ab und sah Billy und Gus entgegen, die rechts von ihr wieder auftauchten; sie hatten die Umrundung des Turms beendet.

«Cool, oder?» Billy musste fast brüllen, so laut pfiff der Wind um sie herum.

«Ich glaube, an klaren Tagen kann man von hier aus bis nach Frankreich sehen.» Auch Gus musste schreien.

«Lasst uns wieder reingehen», rief Kate. «Hier draußen versteht man ja sein eigenes Wort nicht.»

Kate schob die Jungs ins Innere des Turms, wo es zwar immer noch zugig, aber deutlich leiser war.

«Besser», seufzte Kate, «viel besser.»

Sie öffnete ihren Rucksack und holte die Papiertüte heraus. «Ich hab uns ein zweites Frühstück mitgebracht.»

«Zitronenmuffins?», fragte Billy hoffnungsvoll.

«Exakt.»

Sie setzten sich auf den Boden, und Kate verteilte die Muffins.

«Lecker», sagte Billy mit vollem Mund. «Besser waren die von der alten Molly auch nicht!»

«Ich geb's weiter», erwiderte Kate lächelnd. Dann wandte sie sich an Gus. «Jetzt erzähl aber mal. Hältst du es noch aus mit deiner Tante?»

«Tante Ethelda war wütend, weil ich mich mit euch getroffen habe», sagte Gus. «Aber sonst hat sie nichts erwähnt.»

«Kein Wort von dem Ausflug in die Mine?», fragte Kate überrascht.

Gus schüttelte bloß den Kopf.

«Barnaby hat uns doch garantiert angeschwärzt.»

«Offenbar nicht.»

«Komisch.» Billy schüttelte den Kopf. «Ich hätte gedacht, dass dich der alte Knacker zur Rede stellt und den Stein einfordert. Er weiß ja, dass wir das Amulett suchen.»

«Apropos», warf Kate ein. «Langsam wird es Zeit, dass die Jäger der Winde den nächsten Stein in ihren Besitz bringen.»

«Der Meinung bin ich auch.» Gus kramte einen Zettel aus der Tasche und faltete ihn auseinander. «Ich hab extra den Rätseltext aus dem letzten Brief noch mal mitgebracht.»

«Das ist gut», sagte Billy. «Ich hab nämlich nur die Hälfte behalten. Irgendwas mit Turm und Licht und Feuer oder so.»

Gus strich die Rätselseite glatt, die sie zusammen mit Notos, dem gelb funkelnden Diamanten und ersten der vier Winde, in der Mine gefunden hatten. «Okay, hört zu.»

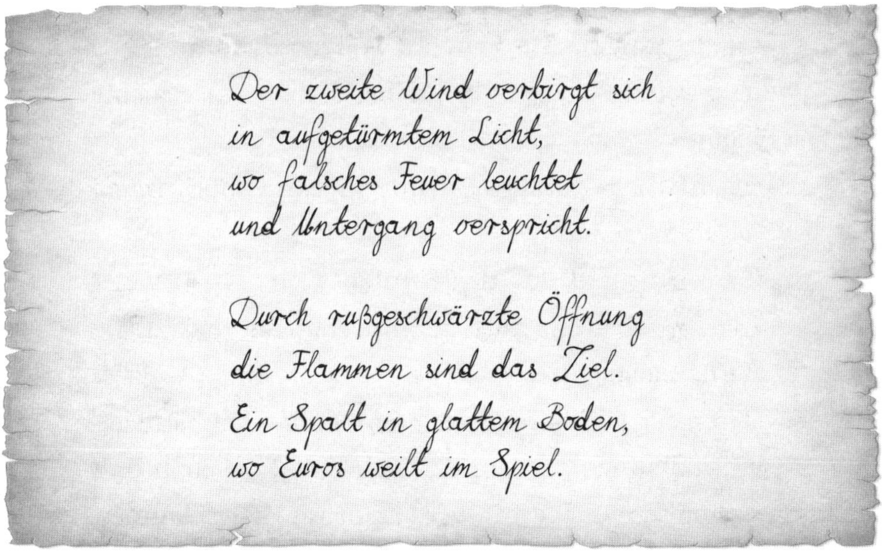
Der zweite Wind verbirgt sich
in aufgetürmtem Licht,
wo falsches Feuer leuchtet
und Untergang verspricht.

Durch rußgeschwärzte Öffnung
die Flammen sind das Ziel.
Ein Spalt in glattem Boden,
wo Euros weilt im Spiel.

«Also ich finde, die Sache ist klar», sagte Kate. Sie hatte zwei Wochen Zeit gehabt, um sich über das Rätsel Gedanken zu machen, und eigentlich gab es nur eine vernünftige Lösung.

«Jep, finde ich auch», bestätigte Billy zu ihrer Überraschung. «*Aufgetürmtes Licht.* Licht und Turm. Damit kann eigentlich nur der Leuchtturm vor der Küste gemeint sein.»

«Glaub ich auch», sagte Gus. «Euros ist ein anderer Name für den Ostwind, und der Leuchtturm befindet sich im Osten von Darkmoor. Das passt alles zusammen.»

«Nur das mit dem falschen Feuer verstehe ich nicht», warf Billy ein.

«Wahrscheinlich ist das Signallicht vom Leuchtturm gemeint», sagte Kate. «Das ist ja kein richtiges Feuer wie in einem Kamin oder so, sondern eine Lampe.»

«Aber warum verspricht es dann Untergang?», fragte Billy stirnrunzelnd. «Eigentlich soll es den Schiffen doch helfen.»

Kate winkte ab. «Keine Ahnung. Wenn wir erst mal auf der Insel sind, sehen wir bestimmt klarer. War bei der Mine genauso.»

«Ich hab befürchtet, dass du das sagst», seufzte Billy. «Hab ich schon mal erwähnt, dass das Betreten des Leuchtturms verboten ist?»

«War das Betreten der Mine auch.»

«Und dass die Überfahrt zur Insel lebensgefährlich ist?»

«War der Abstieg in die Mine auch.»

«Ehrlich, Kate. Die Felsen um die Insel sind so

scharf wie Rasiermesser. Besonders die unter Wasser, die man nicht sieht. Wenn man vom Kurs abkommt, können sie einem das Boot aufschlitzen, und dann heißt es *blubb blubb* und auf Wiedersehen.»

Kate sah Billy herausfordernd an. «Sag bloß, du lässt dich von so etwas abhalten?»

«Dass ich ertrinken könnte?!», fragte Billy fassungslos. «Allerdings. Davon lasse ich mich sehr wohl abhalten.»

«Wir müssen eben aufpassen», entgegnete Kate unwirsch. «Dann kommen wir schon irgendwie rüber. Ich gebe auf jeden Fall nicht auf, bloß weil es ein bisschen gefährlich wird.»

«Und mit welchem Boot willst du fahren?», fragte Billy.

Kate zögerte. «Ähm … ehrlich gesagt, keine Ahnung. Aber da findet sich bestimmt eine Lösung.»

«Morgen trifft sich Tante Ethelda wieder mit ihren Freundinnen zum Bridge-Spielen», warf Gus ein. «Beim letzten Mal hat sie mich mitgenommen, aber das fanden ihre Mitspielerinnen nicht gut. Deswegen lässt sie mich dieses Mal zu Hause.»

«Perfekt», rief Kate und klatschte erfreut in die Hände. «Dann fahren wir also gleich morgen zur Insel rüber.»

«Auf keinen Fall», entgegnete Billy. «Selbst wenn wir tatsächlich so dämlich sein sollten, es zu versuchen, müssen wir warten, bis das Wetter besser ist. Bei den Wellen da draußen haben wir keine Chance, heil auf der Insel anzukommen.»

«Wir könnten doch …»

«Nein, Kate!», unterbrach Billy sie mit erstaunlichem Nachdruck. «Wir warten. Mit dem Meer ist nicht zu spaßen.»

Kate verdrehte die Augen und wollte schon etwas entgegnen wie *Jetzt stell dich nicht so an* oder *Sei nicht so ein Angsthase*. Doch dann biss sie sich auf die Lippen. Billy lebte schon sein ganzes Leben in Darkmoor-on-Sea und kannte sich mit dem Meer um einiges besser aus als sie. Und es wäre nicht das erste Mal, dass sie die Natur hier an der Küste unterschätzt hätte.

Sie verzog kurz das Gesicht und nickte ergeben. «Na schön. Warten wir.»

«Ich hätte einen Vorschlag, was wir stattdessen machen können», sagte Gus. «Wie wäre es, wenn wir in die Bücherei gehen und nach Informationen über das Amulett der Winde suchen?»

Jetzt verdrehte Billy die Augen. «Oh bitte, nicht schon wieder in die Bücherei.»

«Mir geht es in erster Linie um den Computer dort», erwiderte Gus. «Es sei denn, wir können bei einem von euch ins Internet? In Darkmoor Hall ist nach wie vor jede Technologie verboten, die jünger ist als dreißig Jahre.»

Kate und Billy schüttelten gleichzeitig den Kopf.

«Wir haben immer noch keinen Internetanschluss», sagte Kate bedauernd. «Und wenn ich mit dem Handy ins Internet gehe, bringt meine Mutter mich um. Das ist viel zu teuer.»

«Und wir haben immer noch kein Geld für einen Computer», sagte Billy achselzuckend. «Und mein Handy … na ja, du kennst das alte Ding ja. Der Akku hält nicht länger als 'ne halbe Stunde, deswegen hängt es ständig zu Hause am Strom. Bevor wir uns zu dritt neben die Steckdose hocken, gehen wir lieber in die Bücherei.»

Kate nickte widerstrebend. «Das ist zwar nicht ganz so spannend wie einen alten Leuchtturm nach einem Diamanten abzusuchen», sagte sie seufzend, «aber besser als nichts.»

Ein Geräusch an der Falltür ließ sie aufhorchen – ein Schlittern und Rumpeln, vermischt mit einem unterdrückten Fluch. Billy riss erschrocken die Augen auf, doch Kate legte einen Finger auf die Lippen und bedeutete ihm, zu schweigen.

Sie huschte zur Falltür und spähte in den Glockenraum hinab. Eine Gestalt lief davon, und sie konnte nicht viel mehr erkennen als eine Stoffhose und ein Hemd. Doch mehr musste sie auch gar nicht sehen.

«Ihr erratet nie, wer das war», sagte sie und ging zu den Jungs zurück. «Dan Hughes.»

«Oh Mist», erwiderte Billy und wurde bleich. «Ist er noch da?»

«Nee, er ist abgehauen.»

«Ob er gehört hat, wie wir uns über das Rätsel unterhalten haben?», fragte Gus.

«Glaube ich nicht», erwiderte Kate. «Bei dem Wind hier oben hat er garantiert nichts verstanden.» Sie grinste. «Habt ihr gesehen, wie albern er in seinen schicken Klamotten aussieht? Wie ein geschniegelter Pinguin. Ich wette, er hasst es, wenn Mami ihn jeden Sonntag zwingt, sich fein zu machen.»

«Papi», erwiderte Billy. «Mami ist nicht mehr da. Seine Mutter hat die Familie an Weihnachten verlassen.»

«Oh.» Kates Grinsen erlosch. «Das ... wusste ich nicht.» Ein seltsames Gefühl, das sie nicht so recht einordnen konnte, breitete sich in ihrer Magengrube aus. Unschlüssig schwiegen die Kinder sich an; eine Weile lang war nur das stetige Wehen und Pfeifen des Windes zu hören.

«Wie viel Uhr ist es eigentlich?», durchbrach Gus die Stille.

Billy zuckte zusammen und sah auf seine Armbanduhr. Dann sprang er wie von der Tarantel gestochen auf. «Gleich halb elf. Wir müssen zurück, sonst fliegen wir auf!»

Hastig liefen sie zur Falltür, kletterten so rasch wie möglich die Leiter hinab und rannten durch den Glockenraum. Einige der metallenen Ungetüme setzten sich bereits in Bewegung.

«Schnell», rief Billy. «Sonst platzt uns gleich das Trommelfell.»

Kaum hatten sie die Treppe erreicht, als der erste Klöppel gegen den Schlagring schlug. Ein markerschütternder Ton erklang, hüllte Kate ein, füllte erst ihren Kopf aus und dann ihren gesamten Körper. Immer mehr Glocken stimmten in das Läuten mit ein und verschmolzen zu einer Axt aus Tönen, die drauf und dran war, ihren Schädel zu spalten.

Was in der Kirche oder unten auf der Straße wie ein feierliches Geräusch klang, war hier oben purer, unbarmherziger, kaum auszuhaltender Lärm. Kate presste die Hände auf die Ohren und rannte weiter. Nie hätte sie gedacht, dass irgendetwas auf der Welt so laut sein konnte.

Immer zwei Stufen auf einmal nehmend liefen sie die Treppen hinab. Je tiefer sie kamen, desto erträglicher wurde das Läuten, und als endlich der Turmausgang in Sicht kam, atmeten alle drei auf. Hastig schloss Billy die Tür wieder ab und warf den Schlüssel zurück in den Kerzenhalter. Dann rannten sie hinunter in den Vorraum und erreichten gerade rechtzeitig den Ausgang zur Seitenkapelle, damit Gus sich unauffällig unter die Teil-

nehmer der Kinderbibelstunde mischen konnte, die mit erleichterten Gesichtern ins Freie strömten.

«Also dann – morgen Nachmittag in der Bücherei», rief Kate Gus zum Abschied zu. Dann suchten Billy und sie das Weite, bevor Barnaby oder Lady Grenville auf sie aufmerksam werden konnten.

4

Verfluchtes Ding

Am nächsten Tag war es nicht nur bedeckt und windig, es regnete zur Abwechslung auch in Strömen. Wasser tropfte von Kates Kapuze, als sie an der Klingelschnur der alten Schulglocke zog, die neben dem Eingang der Bücherei hing. Billy stand den Kopf gesenkt neben ihr und sah aus wie ein begossener Pudel. Ein lila-pink gestreifter begossener Pudel, um genau zu sein. Da seine Regenjacke kaputt war, hatte er notgedrungen die abgetragene Jacke seiner Schwester Rachel anziehen müssen, die nicht nur zwei Nummern zu groß war, sondern eben auch eine auffällige Farbe hatte. Billy ertrug es mit Fassung, aber Kate wusste, wie sehr es an ihm nagte, dass seine Familie so wenig Geld besaß.

Die Tür zur Bücherei öffnete sich, und Mrs Gulliver, die Bibliothekarin, begrüßte sie mit einem freundlichen Lächeln. Auch heute trug sie ihre grauen Haare wieder zu einem Dutt frisiert, und die Augen hinter den dicken Brillengläsern funkelten sie fröhlich an.

«Da seid ihr ja, ihr zwei. Gus hat euch schon angekündigt. Kommt rein, kommt rein, ihr seid ja tropfnass.»

Billy und Kate traten in den kleinen Flur der Bücherei, zogen sich die nassen Jacken aus und hängten sie an die Garderobe, wo bereits eine andere Jacke hing. Sie musste Gus gehören. Auf dem Boden darunter hatte sich eine kleine Wasserlache gebildet.

Mrs Gulliver deutete auf den Korb mit den Hausschuhen. «Denkt dran – Schuhe ausziehen. Besonders bei dem Mistwetter.» Sie sah auf die Uhr und setzte eine etwas säuerliche Miene auf. «Ich freue mich ja, dass ihr hier seid, aber in zwanzig Minuten beginnt meine Lieblingssendung. Dann muss ich euch leider schon wieder rauswerfen. Ihr wisst ja, dass ich in dieser Zeit nicht gestört werden möchte!»

Kate und Billy sahen sich zerknirscht an. Daran hatten sie gar nicht gedacht. Aber vielleicht reichte die wenige Zeit ja trotzdem und sie fanden etwas, das sie weiterbrachte. Sie suchten sich passende Filzpantoffeln aus dem Korb, streiften sie über und betraten den mit unzähligen überladenen Regalen vollgestellten Büchereiraum. Gus saß bereits an dem Besuchercomputer, der auf einem kleinen Tisch in einer Ecke stand.

«Hi», begrüßte er sie. «Ich habe schon mal ein bisschen im Internet gesucht, aber … na ja, seht selbst.»

Er zeigte auf den Bildschirm, auf dem die Ergebnisseite der Suchmaschine zu sehen war. Die Einträge zur Suche «Amulett der Winde» waren spärlich und bezogen sich entweder auf billig produzierten Schmuck oder den Titel eines längst nicht mehr lieferbaren Romans.

«Nichts gefunden bisher?», fragte Billy.

Gus schüttelte den Kopf. «Das Vielversprechendste war eine Esoterikseite mit einer Anleitung für ein selbst gebasteltes Windamulett», sagte er. «Angeblich kann man damit seine inneren Stürme besänftigen.»

Kate kicherte. «Hoffentlich kontrolliert Mrs Gulliver die Cookies nicht», sagte sie. «Sonst hält sie uns für total übergeschnappt.»

Billy schnaubte. «Wenn Mrs Gulliver weiß, was Cookies sind, fress ich ’nen Besen.» Kaum waren die Worte aus seinem Mund, schaute er sich schuldbewusst um, doch die Bibliothekarin räumte außer Hörweite einige Bücher zurück in die Regale.

Nachdenklich betrachtete Kate die Liste mit den Suchergebnissen. «So kommen wir auf jeden Fall nicht weiter. Wir müssten die Suche irgendwie eingrenzen. Was wissen wir denn alles über das Amulett?»

«Nicht viel», erwiderte Gus. «Deswegen sind wir ja hier.»

«Na ja, ein paar Stichworte werden uns doch wohl einfallen. Die Himmelsrichtungen zum Beispiel oder die Namen der Winde.»

Gus nahm Kates Vorschlag auf und tippte die Stichwörter nacheinander in die Suchmaske ein. Jedes Mal vergingen quälende Sekunden, bis sich auf dem altersschwachen Computer die neuen Seiten aufgebaut hatten, und tatsächlich veränderten sich die Suchergebnisse. Anstatt auf Buch- oder Schmuckshops verwiesen die Einträge nun auf Seiten über griechische Mythologie oder über die Geschichte der vier Winde Boreas, Euros, Notos und Zephyros. Von einem Amulett war jedoch weit und breit nichts zu lesen. Auch mit den Stichwörtern «Edelstein» und «Diamanten» ergaben sich keine relevanten Treffer.

«Sieht ganz so aus, als müsste uns Mrs Gulliver gar nicht rauswerfen», sagte Billy niedergeschlagen. «Wir sind hier noch unter zwanzig Minuten fertig.»

Gus überhörte Billys Einwurf und starrte stirnrunzelnd auf den Bildschirm. «Verfluchtes Ding», murmelte er leise vor sich hin.

«Na ja», sagte Kate, «der Computer ist nicht mehr der Neueste, aber daran liegt es sicher nicht, dass wir nichts finden.»

Gus schüttelte den Kopf. «Das meine ich nicht. In Augustus' letztem Brief, da nannte er das Amulett *dieses verfluchte Ding*. Ich dachte, er schimpft über das Amulett, weil es deswegen Streit in der Familie gegeben hat. Aber was, wenn es genauso gemeint war, wie er es geschrieben hat?»

«Du meinst, dass ... dass ein Fluch auf dem Amulett liegt?», fragte Billy mit rauer Stimme.

«Genau.»

Gus tippte «Amulett der Winde» und «Fluch» in die Suchleiste und klickte auf *Enter*. Wieder bezogen sich die meisten Treffer auf irgendwelche Buchtitel. Doch dann, ganz unten auf der zweiten Seite, stießen sie auf einen Eintrag, der anders aussah als die anderen.

«Seht mal», sagte Kate und deutete auf die Überschrift. «*Fluchsammler. Ein Blog über legendäre und tödliche Schmuckstücke*. Das klingt doch nicht schlecht. Öffne die Seite mal.»

Billy verzog das Gesicht. «Tödliche Schmuckstücke. Also ich weiß nicht.»

Gus klickte auf den Link und sofort wurde der Bildschirm schwarz. Ein Ladesymbol in Form eines Totenkopfes erschien in der Mitte und drehte sich langsam um sich selbst. Billy sah sich nervös um, ob Mrs Gulliver auch weiterhin außer Sichtweite war. Internetseiten mit Totenköpfen würde sie sicher nicht gutheißen, weder auf dem Büchereicomputer noch sonst wo.

Endlich baute sich die Hauptseite des Blogs auf. Sie war in schlichtem Schwarz-Weiß gehalten, dafür klangen die Überschriften zu den einzelnen Einträgen umso reißerischer: *Haarnadel der Hölle, Dolch der ewigen Qualen, Ring der unendlichen Finsternis.*

«Haarnadel der Hölle.» Billy schnitt eine Grimasse,

die von Belustigung bis zu Entsetzen so ziemlich alles bedeuten konnte. «Ich weiß echt nicht, ob ich lachen oder weinen soll.»

Gus scrollte weiter nach unten, bis Kate plötzlich rief: «Da. Da ist es.» Sie deutete auf einen Artikel mit der Überschrift *Amulett des Todes.* Daneben befand sich eine Abbildung von einem aufwendig gestalteten Anhänger. Vier spiralförmige Wirbel schmiegten sich um einen Kompass, auf dessen Deckel das Gesicht von Äolus eingraviert war, dem griechischen Gott der Winde; in der Mitte der Wirbel glänzten vier Edelsteine. Auch wenn es sich nur um eine einfache Zeichnung handelte, bestand kein Zweifel: Es war ihr Amulett.

«Eindeutig, das ist es», sagte Billy. «Und seht mal: Der Kompass hat tatsächlich mal in die Mitte gepasst.»

«Volltreffer», rief Kate erfreut. «Klick mal drauf.»

Gus klickte den Artikel an. Es dauerte eine halbe Ewigkeit, bis sich die neue Seite aufgebaut hatte. Ganz oben war das Ölbild eines Segelschiffes zu sehen, das inmitten riesiger Wellen gegen einen Sturm ankämpfte. Darunter stand der Text über das Amulett.

Liebe Freunde der tödlichen Flüche, heute habe ich einen ganz besonderen Leckerbissen für euch: Das Amulett der Winde – oder sollten wir es besser das «Amulett des Todes» nennen? – ist eines der geheimnisvollsten Schmuckstücke der Welt. Niemand weiß, woher es stammt. Niemand weiß, wo es jetzt ist. Und manche bezweifeln sogar, dass es überhaupt je existiert hat. Ich erzähle euch, was ich darüber rausgefunden habe. Lasst mir gern ein Like da und kommentiert unter dem Eintrag, wie krass ihr die Geschichte fandet.

Das erste Mal wird das Amulett vor 200 Jahren erwähnt, als ein Schiff der East India Company, seinerzeit die reichste und mächtigste Handelsgesellschaft der Welt, mitten in einem scheußlichen Sturm auf ein fremdes Schiff stößt. Von der Besatzung fehlt jede Spur, also geht die Mannschaft an Bord und nimmt alles an sich, was von Wert ist. Der Kapitän, ein alter Seebär namens James McRory, durchsucht persönlich die Kapitänskajüte und stößt dabei auf ein Kästchen, in dem sich ein Amulett mit vier riesigen Edelsteinen befindet. McRory beschließt, das Schmuckstück nicht bei der East India Company abzuliefern, und schenkt es seiner Frau.

Leute, ihr glaubt nicht, was er damit angerichtet hat. Hätte er das Amulett mal lieber gelassen, wo es war. In seiner Familie häuften sich danach tragische Unfälle, und immer spielte der Wind dabei eine große Rolle. Sein Sohn kam in einem Wirbelsturm ums Leben, seine Enkelin in einem Orkan, und so ging es munter weiter, bis Generationen später ein Baum umgeweht wird, der so unglücklich auf die Familienvilla fällt, dass gleich mehrere Familienmitglieder zu Tode kommen. Gerüchte gehen herum, dass die Unfälle im Zusammenhang mit dem

Amulett stehen – immerhin ist auf dem Anhänger Äolus abgebildet, der griechische Gott der Winde. Außerdem wird erzählt, dass die Verunglückten kurz vor ihrem Tod eine Stimme gehört haben sollen, so als flüstere der Wind ihren Namen. Schließlich ist man sich sicher, dass ein Fluch auf dem Amulett lastet.
Tja, was soll ich sagen: Die Familie kommt endlich auf den Trichter, dass sie das Amulett loswerden müssen. Aber obwohl es hammermäßig wertvoll ist – allein die Diamanten sind so groß wie Murmeln –, findet sich niemand, der es kaufen will. Als Anfang des 20. Jahrhunderts erneut ein Familienmitglied in einem Hurrikan ums Leben kommt, macht die Familie schließlich Nägel mit Köpfen und schenkt das Amulett dem British Museum in London. Doch auch dort ist das Amulett kein Glücksbringer. Es wird kurz nach Ausstellungsbeginn gestohlen und gilt seitdem als verschollen.
Ist das nicht eine unglaubliche Geschichte, Leute? Wenn es in eurer Familie immer wieder zu ungeklärten Todesfällen kommt, checkt doch mal die Schmuckschatulle eurer Großmutter. Vielleicht ist das Amulett des Todes ja aus Versehen bei euch gelandet.
Wenn euch der Artikel gefallen hat, dann klickt auf den unten stehenden Link und unterstützt mich mit einer kleinen Spende.

Danke und ciao, euer Fluchsammler.

Der Text endete mit einer unleserlichen Unterschrift und ein paar Emojis, die einen Totenkopf, den Teufel und einige Schmucksymbole zeigten. In der Kommentarspalte fanden sich Einträge, die von «Echt krasse Story» bis «Total öde. Die *Haarnadel der Hölle* hat viel mehr drauf» reichten.

Gus scrollte bis zum Ende der Seite, doch wirklich Interessantes war nicht mehr dabei.

«Okay, Leute. Ich bin raus.» Billy trat einen Schritt zurück, als wollte er seine Aussage bekräftigen.

«Wieso das denn?», fragte Kate verdutzt.

«Kannst du nicht lesen? Das Ding ist verflucht. Jeder, der dem Amulett zu nahe gekommen ist, ist gestorben.»

Billy hatte so laut gesprochen, dass Mrs Gulliver hinter einem Bücherregal hervorschaute und sie fragend ansah. Dann warf sie einen Blick auf ihre Uhr und räusperte sich vernehmlich, bevor sie wieder hinter dem Regal verschwand.

«Mensch Billy, das ist doch totaler Blödsinn», erwiderte Kate mit gesenkter Stimme. «Erstens gibt es keine Flüche. Schon gar keine, die über Generationen eine ganze Familie ausrotten. Und zweitens ist dieser Blog nun wirklich alles andere als eine vertrauenswürdige Quelle. Allein die Anrede: *Liebe Freunde der tödlichen Flüche*, so ein Quatsch. Und dann bittet der Typ auch noch um Geld. Das ist total unseriös.»

«Mag ja sein. Aber der hat sich das Ganze doch nicht einfach ausgedacht. Irgendwas Wahres wird schon dran sein», erwiderte Billy. «Denk doch nur an die Grenvilles. Irgendwie ist das Amulett in ihren Besitz gekommen, und seitdem geht es mit ihnen steil bergab. Die Familie ist so gut wie ausgestorben. Es gibt nur noch Lady Grenville und Gus. Das kann doch kein Zufall sein!»

Kate verdrehte genervt die Augen. «Lassen wir den ganzen Fluchkram mal für einen Augenblick beiseite. Die Frage ist doch viel mehr, ob uns der Artikel irgendwie weitergeholfen hat. Ich meine, außer einer reißerischen Geschichte über tragische Familienunglücke steht da nicht viel drin. Das Amulett ist wie aus dem Nichts aufgetaucht und dann genauso plötzlich wieder verschwunden.»

«Irrtum», entgegnete Gus. «Wir haben sehr wohl etwas erfahren. Das Amulett wurde aus dem British Museum gestohlen, Anfang des 20. Jahrhunderts. Und das würde zeitlich ungefähr passen. Augustus hat die Briefe mit den Rätseln 1910 geschrieben, es muss also kurz nach dem Diebstahl in seinen Besitz gekommen sein.»

«Moment mal.» Kate sah ihn ungläubig an. «Glaubst du, dass Augustus der Dieb gewesen ist?»

«Nein, natürlich nicht. Warum sollte er das tun? Die Grenvilles waren Schmuggler, sie sind wohl kaum

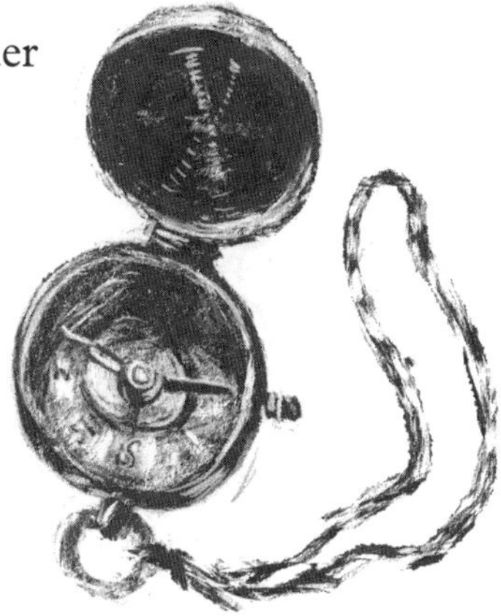

nach London gefahren, um eins der berühmtesten Museen der Welt auszurauben.»

«Aber wie ist er dann an das Amulett gekommen?»

«Weiß ich auch nicht. Wir könnten versuchen, mehr über den Diebstahl im British Museum herauszufinden. Vielleicht bringt uns das weiter.»

«Genialer Plan», sagte Billy mit einem Hauch von Spott in der Stimme. «Aber wie? Ich glaube kaum, dass sie Anfang des 20. Jahrhunderts schon Interneteinträge verfasst haben.»

Gus rieb sich nachdenklich über die Stirn. Dann sprang er plötzlich auf. «Ich hab eine Idee.»

Er ging zu dem Regal, hinter dem Mrs Gulliver vorhin verschwunden war. «Mrs Gulliver?», rief er vorsichtig.

Die Bibliothekarin lugte hinter einem Bücherstapel hervor. «Ah, ihr wollt gehen? Großartig, ich hätte euch sowieso gleich hinausgeworfen. In fünf Minu…»

«Eigentlich», unterbrach Gus sie, «wollte ich fragen, ob es hier so etwas wie ein Zeitungsarchiv gibt? Mit alten Zeitungen, also wirklich alten – so von ungefähr 1900.»

Kate erwartete, dass Mrs Gulliver sie forsch abweisen würde, doch stattdessen leuchteten ihre Augen auf.

«Ach, Junge, wie wundervoll. Nach dem Zeitungsarchiv hat mich schon seit Ewigkeiten niemand mehr gefragt. Natürlich gibt es hier eins, ein ganz stattliches sogar, nur fehlt es an geeigneten Aufbewahrungsmöglichkeiten. Na ja, es geht auch so, es wird tatsächlich nicht oft genutzt, aber es gibt Dinge, die muss man einfach für die Nachwelt aufbewahren, findet ihr nicht auch?»

Die Kinder sahen sich an und nickten dann zögerlich. «Ja, äh … genau», murmelte Kate.

«Kommt, ich zeig es euch.» Mrs Gulliver legte das Buch, das sie gerade hatte einräumen wollen, achtlos in ein Regal und ging energisch Richtung Flur. «Das Archiv ist oben, im 1. Stock.» Plötzlich blieb sie wie vom Donner gerührt stehen und sah auf die Uhr. «Oh …» Sie zögerte, schien hin- und hergerissen, doch dann straffte sie die Schultern. «Ach, was soll's. Ausnahmen bestätigen die Regel, nicht wahr? Ihr könnt euch im Archiv umsehen, während ich mich für ein Stündchen zurückziehe. Aber ihr müsst mir hoch und heilig versprechen, dass ihr keinen Unfug anstellt.» Ihr strenger Blick blieb an Billy hängen, der darunter förmlich zusammenzuschrumpfen schien.

«Großes Ehrenwort, Mrs Gulliver», sagte er schnell.

«Schön. Dann kommt.» Sie betrat die schmale Treppe, die in den 1. Stock führte. Auf halbem Weg wandte sie sich noch einmal um. «Ach ja», fügte sie in verschwörerischem Ton hinzu. «Verratet niemandem, dass ich euch das erlaubt habe. Das bleibt unser kleines Geheimnis, okay?»

5

Stapelweise Nachrichten

Mrs Gulliver dirigierte sie in eins der ehemaligen Klassenzimmer, die sich im 1. Stock befanden, und deutete vage in den Raum. «Die überregionalen Zeitungen sind auf Mikrofilm, hinten am Fenster, die regionalen auf Papier. Die Stapel sind nach Jahren geordnet, die Reihen nach Jahrzehnten. Bitte bringt nichts durcheinander.» Dann wandte sie sich ohne ein weiteres Wort um, eilte die Treppe hinunter in ihre Wohnung und ließ Kate, Billy und Gus allein zurück.

Die Kinder sahen sich mit wachsender Verwunderung um, und es dauerte eine Weile, bis ihnen klar wurde, welche Mammutaufgabe ihnen bevorstand. An einer Wand am Fenster standen ein Schubladenschrank und ein Tisch mit einem großen, eckigen Kasten, in dem sich ein Monitor befand. Der Rest des Raumes war leer. Abgesehen von den Hunderten, wenn nicht Tausenden von Zeitungen. Sie waren zu beängstigend hohen Stapeln aufgetürmt worden und bildeten unordentliche, krumme Reihen, die ein wenig an das Labyrinth aus Bücherregalen im Erdgeschoss erinnerten. Einige der Stapel waren so hoch, dass Billy, der Kleinste von ihnen, kaum darüber hinwegschauen konnte.

«*Das* soll das Archiv sein?», fragte Billy. «Wie sollen wir denn hier irgendwas finden?»

Kate ging zum nächstgelegenen Stapel und warf einen Blick auf die Titelseite der obersten Zeitung. «Das ist die *Cornwall Gazette*, eine Ausgabe von Januar 2015. Wenn ich Mrs Gulliver richtig verstanden habe und die Reihen nach Jahrzehnten geordnet sind, müsste das Jahr 1900 irgendwo am anderen Ende des Zimmers sein.»

Während Billy und Kate sich einen Weg durch die Zeitungsstapel bahnten, nahm Gus sich den kastenartigen Monitor am Fenster vor. Er musste eine Weile suchen, bis er endlich einen Knopf fand, mit dem er ihn einschalten konnte.

«Was ist das eigentlich?», rief Billy durch eine Lücke zwischen zwei Stapeln hindurch. Er und Kate waren inzwischen im Jahr 1950 angekommen.

«Ein Lesegerät für Mikrofilme», erwiderte Gus. «Immerhin funktioniert es schon mal. Jetzt muss ich nur noch den richtigen Film finden.» Er trat an den Schubladenschrank, öffnete das Fach, das mit den Zahlen 1900–1920 beschriftet war, und holte eine kleine Filmrolle heraus.

«Weißt du denn, wie das Ding funktioniert?», fragte Kate.

«Mein Vater hat es mir mal gezeigt», antwortete Gus, während er zum Lesegerät zurückging und die Rolle auf die dafür vorgesehene Halterung steckte. «Er war Archivar.»

Er spannte den Film auf das Transportband und drückte auf einen Knopf. Der schwarze Bildschirm flackerte auf und zeigte eine abfotografierte Seite der Londoner *Times* vom 2. Januar 1900. Gus drehte an dem Rädchen, mit dem er den Film vor- und zurückspulen und so die nachfolgenden Zeitungsseiten anzeigen konnte, und begann zu suchen.

Auch Billy und Kate hatten den 1900er-Stapel gefunden. Er bestand zu gleichen Teilen aus Ausgaben der *Cornwall Gazette* und der *Cornish Weekly*. Sie setzten sich neben den Stapel auf den Boden und begannen, die einzelnen Zeitungen durchzublättern – auf der Suche nach einer Meldung über den Diebstahl im British Museum oder sonst einem Hinweis, der sie irgendwie weiterbrachte.

In der nächsten halben Stunde wurde es still in dem Klassenzimmer. Die Kinder sprachen nicht viel, und so waren eine ganze Weile nur das Rascheln von Papier, das Sirren des Lesegeräts und das Prasseln des Regens gegen die Fensterscheiben zu hören.

«Das gibt's doch nicht», rief Kate plötzlich aus, die

sich gerade durch eine Ausgabe vom Juni 1902 der *Cornwall Gazette* arbeitete. «Hier steht was über ein Schiffsunglück vor der Küste von Darkmoor. Davon habe ich erst gestern was in einer Dokumentation über die Legenden von Cornwall gesehen.»

«Meinst du das Geisterschiff, das mitsamt Schatz vor der Leuchtturminsel gesunken ist?», fragte Billy.

«Ja, genau.» Kate schüttelte ungläubig den Kopf. «Ich dachte, das wäre bloß ein Märchen. Aber hier steht's schwarz auf weiß: *Geheimnisvolles Schiff im Sturm gekentert.*» Sie strich die reichlich vergilbte Zeitung glatt und las vor. «*In den schweren Stürmen der letzten Wochen kam jüngst ein Segelboot aus ungeklärten Gründen vom Kurs ab und zerschellte an den Felsen der Leuchtturminsel von Darkmoor-on-Sea. Von der Besatzung fehlt jede Spur* … und so weiter. Es muss das gleiche Schiff sein, von dem mir auch der alte Marcus mal erzählt hat. Nur von einem Schatz wird nichts erwähnt.»

«Jeder hier in Darkmoor kennt die Legende von dem Geisterschiff», erwiderte Billy unbeeindruckt. «Ich hab's ja schon mal gesagt – nur weil du nicht an diese Dinge glaubst, heißt das noch lange nicht, dass es sie nicht gibt.»

«Ja, ja, schon gut», winkte Kate ab.

Sie beugten sich wieder über ihre Zeitungen und versanken in Schweigen. Auch Gus war in der Zwischenzeit im Sommer 1902 angekommen. Er wischte sich über die Augen, die vom unablässigen Starren auf den Bildschirm ganz trocken geworden waren. Dann scrollte er zu einer weiteren Ausgabe der *Times.* Als sein Blick auf eine der Überschriften fiel, richtete er sich ruckartig auf.

«Hier», rief er aufgeregt. «Ich hab was gefunden!»

Billy streckte sich und gähnte herzhaft. «Wurde auch Zeit. Mir verschwimmen schon die Buchstaben vor den Augen.»

Gus ignorierte Billys Kommentar und fuhr fort: «Ein Artikel in der Rubrik ‹London und Umgebung›. Die Überschrift lautet: *Spektakulärer Raub im British Museum.*»

«Hey, das klingt vielversprechend», sagte Kate.

«Finde ich auch. Wartet, ich lese mal vor.»

Am vergangenen Sonnabend übertrug sich im British Museum ein spektakulärer Raub zu. Das Amulett der Winde, ein Anhänger mit vier farbigen, jeweils 2 Karat großen Diamanten, das dem Museum erst vor Kurzem durch eine Schenkung überlassen worden war, wurde am helllichten Tag aus einem bestens gesicherten Schaukasten entwendet. Von dem Dieb fehlt fürderhin jede Spur.

Bei seinem alltäglichen Rundgang durch die Ausstellung *Schmuckstücke aus aller Welt* wurde ein Wachmann des leeren Schaukastens gewahr, der am Morgen noch das Amulett der Winde beherbergt hatte. Anstatt des Schmucks befand sich darin einzig ein Zettel, der darüber Auskunft gab, das Amulett würde nun endlich zu seinem rechtmäßigen Besitzer zurückkehren.

Der Dieb ging bei seiner Tat überaus geschickt vor und beschädigte weder den Schaukasten, noch löste er den Alarmruf aus. Auch die Wahl des Diebesguts gilt als erstaunlich, da in nebenstehenden Schaukästen deutlich namhaftere Schmuckstücke ausgestellt waren, unter anderem ein Kronjuwel des indischen Maharadschas und ein osteuropäisches Diamantschwert aus dem 12. Jahrhundert.

Bei der nachfolgenden Befragung der Museumsgäste berichteten einige von einem Mann, der sich höchst befremdlich verhielt. Es wurde ein Phantombild erstellt, das Sie, geschätzte Leser, unter diesem Artikel abgedruckt sehen. Sollten Sie einem Mann, der dem Bild ähnlich sieht, in den vergangenen Tagen begegnet sein, melden Sie dies bitte umgehend den zuständigen Ermittlern von Scotland Yard.

Unter dem Artikel war eine Bleistiftskizze von dem mutmaßlichen Dieb abgebildet. Der Mann wirkte eher unscheinbar, außer der auffälligen Narbe, die quer über die rechte Wange verlief.

«Ich will ja kein Spielverderber sein», warf Billy ein, «aber … was bringt uns das? Dass das Amulett aus dem Museum gestohlen wurde, wussten wir ja.»

«Das stimmt», sagte Gus. «Aber immerhin wissen wir jetzt, wann genau es gestohlen wurde. Im Juni 1902.»

«Kommt danach noch mal was über den Raub?», fragte Kate. «Ein paar Tage später? Vielleicht haben sie den Dieb ja doch erwischt.»

«Gute Idee. Und ihr solltet auch mal schauen, ob in einem der Regionalblätter etwas über den Raub steht.»

Billy und Kate wandten sich wieder den Zeitungsstapeln zu, während Gus den Mikrofilm Seite um Seite weiterlaufen ließ, bis sie alle die Ausgaben der folgenden sechs Wochen überflogen hatten.

«Nichts», seufzte Gus schließlich.

«Hier auch nicht», sagte Kate.

«Und bei mir erst recht nicht», murrte Billy. «Die *Cornish Weekly* hat sich scheinbar ausschließlich mit Viehmärkten, Dorffesten und Kirchenbasaren beschäftigt.»

«Schade», erwiderte Gus. «Dann hat die Aktion wirklich nicht viel gebracht.»

Lustlos wandten sie sich wieder Zeitungsstapeln und Lesegerät zu und blätterten durch weitere Ausgaben, ohne zu wissen, wonach sie eigentlich noch suchten. Als Billy erneut herzhaft gähnte, beschlossen sie, die Suche aufzugeben. Keiner sprach es aus, aber sie hatten alle das dumpfe Gefühl, in einer Sackgasse gelandet zu sein.

6

Staub und Papier

Nachdem sie die Zeitungen auf die Stapel zurücksortiert und das Lesegerät ausgeschaltet hatten, verließen sie das ehemalige Klassenzimmer. Als sie in den Flur hinaustraten, knarrten die alten Holzbohlen unter ihren Schritten. Der Gang lag im Dunkeln; die einzige Lichtquelle war ein kleines Fenster am Ende des Flurs, durch das nur wenig Helligkeit drang.

«Was wohl in den anderen Räumen ist?», fragte Kate und deutete auf weitere Türen, die allesamt geschlossen waren.

Billy zuckte mit den Schultern. «Keine Ahnung. Und ich will es auch gar nicht wissen. Von Papier hab ich erst mal die Nase voll.»

«Ach was. Kommt, wir sehen mal nach.» Kate ging zur nächstgelegenen Tür und drückte sie auf. In dem Raum dahinter stapelten sich ausrangierte Tische und Stühle. Staub hatte sich über alles gelegt und ließ die Möbel noch älter und grauer aussehen, als sie ohnehin schon waren. Kate schloss die Tür und ging zur nächsten. Der Raum dahinter war leer. Auch hier hatte sich eine Staubschicht auf dem Holzboden gebildet, die vom Öffnen der Tür aufgewirbelt wurde.

«Puh.» Rasch schloss Kate die Tür wieder. «Hier war schon lange niemand mehr.»

«Sollten wir nicht langsam zurück nach unten?», fragte Gus. «Mrs Gulliver gefällt es bestimmt gar nicht, wenn wir hier herumschnüffeln.»

«Ihre Sendung läuft noch eine Viertelstunde», erwiderte Billy. «Bis dahin lässt sie sich garantiert nicht blicken.»

Kate hatte inzwischen eine Tür am Ende des Flurs erreicht, die im Gegensatz zu den anderen mit einem altmodischen Riegel verschlossen war. Als sie ihn zur Seite schob, öffnete sich die Tür mit einem Quietschen und gab den Blick auf eine schmale, steile Treppe frei.

«Cool», rief sie erfreut und begann, ohne zu zögern, die Stufen hinaufzusteigen. «Da geht's bestimmt auf den Dachboden.»

«Kate, nicht», versuchte Gus sie aufzuhalten. Seine Stimme klang nervös. «Ich weiß nicht, ob wir wirklich …»

Kate wandte sich um. «Warum denn nicht?»

«Ich finde, das geht zu weit.»

«Quatsch! Ich will doch bloß mal gucken. Was ist denn groß dabei?» Ohne eine Antwort abzuwarten, ging sie weiter. Billy und Gus sahen sich gequält an, bevor sie Kate die Treppe hinauf folgten.

Auf dem Dachboden war es ähnlich duster wie unten im Flur. In dem spärlichen Licht, das durch zwei kleine Dachluken drang, schälten sich die Umrisse von unzähligen Kisten und wild durcheinander gewürfelten Gegenständen heraus. Spinnweben hingen von der Decke, und auch hier hatte sich über alles eine Schicht aus grauem Staub gelegt, als wolle sie das Gerümpel vor neugierigen Blicken schützen. Einen Lichtschalter gab es nicht.

«Ist das nicht irre?» Kate drehte sich im Kreis. «Genauso stelle ich mir einen richtigen Dachboden vor.»

«Was ist daran so spannend?», fragte Billy irritiert. «Hier ist doch bloß altes Zeug.»

«Wer weiß», sagte Kate. «Wäre nicht das erste Mal, dass jemand zwischen lauter altem Plunder einen Schatz gefunden hätte.»

Billy stöhnte. «Oh bitte – nicht noch einen.»

Kate stieß Billy in die Seite und schlängelte sich dann zwischen einem inzwischen blind gewordenen Standspiegel und einem alten Lehrerpult hindurch in den hinteren Teil des Dachbodens. Hier lag der Staub so dick, dass ihre Schuhe Abdrücke darin hinterließen. Alte Schultafeln lehnten an holzwurmzerfressenen Regalen, in denen sich alte Gesangbücher und Atlanten stapelten. In einer halb offen stehenden Schublade

einer Kommode erkannte sie Federkiele und leere Tintenfässer. «Das ist fast so, als würde man in der Zeit zurückreisen», sagte sie.

Trotz seiner anfänglichen Gleichgültigkeit hatte jetzt auch Billy die Neugier gepackt. Er öffnete den Deckel einer Truhe und zog ein mottenzerfressenes Kleidungsstück heraus, das offenbar mal eine alte Schuluniform gewesen war. «Ich glaube, die haben nach der Schließung der Schule einfach alles hier hoch geschafft und dann vergessen.»

«Sieht ganz so aus.» Kate öffnete eine andere Schublade, in der abgebrochene Kreidestücke und ein alter Zeigestock lagen.

Vom gegenüberliegenden Ende des Dachbodens erklang ein Rumpeln.

«Gus?», rief Kate. «Alles in Ordnung?»

«Ja, ich bin nur über eine Kiste … cool. Das müsst ihr euch ansehen!»

Aber als Kate und Billy sich zurück zur Treppe gekämpft hatten, war Gus nirgends zu sehen.

«Wo bist du denn?»

«Hier. Hinter den Ölgemälden.»

Kate und Billy drückten sich an einigen riesigen Bilderrahmen vorbei und fanden Gus auf dem Boden zwischen alten Büchern und zerknickten Heften. Offenbar hatte sich der Inhalt des Kartons, über den er gestolpert war, über den Boden verstreut.

«Das sind lauter alte Schulhefte», sagte Gus und deutete auf weitere Kisten neben sich. «Da stehen sogar die Namen drin. Das hier ist von einem Rodney Stark, Mathe, dritte Klasse. Und das hier von … Moment … Penelope Crooker.»

«Crooker?», rief Billy aus. «So hieß die alte Molly, der mal das Sea Street Café gehört hat. Muss ihre Mutter oder Großmutter gewesen sein.» Er kniete sich neben Gus auf den Boden und inspizierte die übrigen Hefte in der Kiste. «Das heißt, dass hier auch Hefte von meinen Urgroßeltern sein könnten.»

«Gut möglich.» Gus hielt kurz inne. «Oder … von meinen.»

Kate kicherte. «Cool. Ich würde zu gern sehen, wie sich Ethelda Grenville in Mathe geschlagen hat.»

Gemeinsam blätterten sie durch die Hefte auf dem Boden und warfen auch einen Blick in die anderen Kisten, die ordentlich übereinandergestapelt unter die Dachschräge geschoben worden waren. Als Kate den Deckel einer Kiste öffnete, die ganz am Rand stand, sahen ihr einige besonders vergilbte Exemplare entgegen.

«Du meine Güte, die hier sind mindestens hundert Jahre alt», sagte sie erstaunt und nahm das oberste

Heft vorsichtig heraus. Das Papier war bereits so brüchig, dass es ihr beinahe zwischen den Fingern zerfiel. Als ihr Blick auf den Namen fiel, stutzte sie. «Ihr erratet nie, welches Heft ich gerade gefunden habe», sagte sie verblüfft.

Sie hielt den anderen das Heft hin, auf dem in kleiner und etwas krakeliger Schrift der Name *Augustus Grenville* stand.

Gus nahm das Heft entgegen. «Hauswirtschaftslehre, 4. Klasse», sagte er und blätterte vorsichtig die ersten Seiten um. «Die Tinte ist so blass, dass man kaum noch etwas erkennen kann.»

«Scheint ihm auf jeden Fall keinen großen Spaß gemacht zu haben», sagte Billy. Er deutete auf ein paar Kritzeleien am Rand und fügte trocken hinzu: «Von ihm hast du dein Zeichentalent jedenfalls nicht geerbt.»

Sie fanden noch weitere Sachen mit Augustus' Namen, doch bei allen bot sich ein ähnliches Bild: Das Papier der Hefte war brüchig, die Tinte verblasst, und an den Büchern löste sich die Verleimung des Einbands, sodass einzelne Seiten herausrutschten und bald um die ganze Kiste verteilt lagen.

«Schade», meinte Kate, während sie die losen Seiten wieder einsammelte. «Aber wir hätten ja ohnehin nicht viel damit anfangen können.»

«Wir sollten langsam los», meinte Billy nach einem Blick auf die Uhr. «Mrs Gullivers Sendung ist fast vorbei. Und ich glaube nicht, dass sie begeistert davon wäre, uns ohne ihre Erlaubnis hier oben zu finden.»

Gus legte die Hefte wieder zurück in die Kiste und wollte gerade den Deckel drauflegen, als ihm etwas auffiel. «Wartet mal.» Er schob ein paar alte Schulbücher zur Seite und zog ein weiteres Buch hervor. Es war ein wenig kleiner als die anderen und in festes Leder eingebunden, das die vielen Jahre besser überstanden hatte als die übrigen Sachen.

«Was ist das?», fragte Kate.

«Ich weiß nicht.» Gus schlug das Buch auf. Die Seiten waren aus dickem, leicht vergilbtem Papier, erstaunlich gut erhalten – und leer. Nur ganz unten auf der Innenseite des Einbands stand «Gus Grenville», in der gleichen krakeligen Schrift wie zuvor in den Heften.

«Da steht nur Augustus' Name drin, sonst nichts.» Achselzuckend klappte Gus das Buch wieder zu. Erst jetzt fiel ihm auf, dass vorne etwas in das Leder eingeprägt worden war. «*Tagebuch*», las er laut vor.

Billy sah erneut auf seine Uhr. «Wir müssen los», drängte er. «Glaubt mir, ihr wollt Mrs Gulliver nicht erleben, wenn sie sauer wird.»

Stirnrunzelnd betrachtete Gus das leere Buch, dann steckte er es kurz entschlossen in seinen Hosenbund.

«Du nimmst es mit?», fragte Kate verdutzt. «Aber es steht doch gar nichts drin.»

«Dann benutz ich es eben», erwiderte Gus achselzuckend. «Es wird wohl kaum jemand vermissen, oder?»

Sie schlängelten sich zwischen den Regalen, Truhen und alten Gemälden hindurch zur Treppe und liefen hinunter in den ersten Stock. Sie hatten gerade die Tür zum Archiv erreicht, als sie Schritte von unten hörten.

«Ah, Kinder. Das seid ihr ja noch.» Mrs Gulliver erschien am Ende der Treppe. «Ich dachte, ich sehe mal nach euch. Seid ihr zurechtgekommen?»

Gus zog unauffällig seine Jacke über den Hosenbund, in dem das Buch steckte. «Ja, danke.»

Die Bibliothekarin lächelte. «Sehr schön. Wollt ihr mir verraten, wonach ihr gesucht habt? Seid ihr immer noch auf der Suche nach dem schwarzen König?»

«Der schwarze König?» Billy schien kurz verwirrt. «Ach so, der. Nein, nein, den haben wir schon ge… Au!»

Kate hatte Billy auf den Fuß getreten. «Wir müssen dann auch gehen», sagte sie rasch. «Vielen Dank, dass wir ausnahmsweise so lange hierbleiben durften.»

«Oh.» Mrs Gulliver konnte kaum ihre Enttäuschung darüber verbergen, dass die Kinder sie nicht in ihre geheimen Nachforschungen einweihen wollten. Doch sie hatte sich rasch wieder im Griff. «Natürlich. Gern geschehen.» Dann zwinkerte sie ihnen zu. «Aber denkt dran: Niemandem verraten. Ich habe einen Ruf zu verlieren.»

7

Gegenspieler

Das hat echt wehgetan», beschwerte sich Billy, als sie aus der Bücherei hinaus ins Freie traten. Der Regen hatte aufgehört, doch aus den bleigrauen Wolken über ihnen konnte sich jederzeit der nächste Regenguss lösen. Anklagend deutete er auf seinen Fuß. «Was sollte denn das?»

«Du warst kurz davor, Mrs Gulliver von der Geheimtür im Keller von Darkmoor Hall zu erzählen», sagte Kate.

«Deswegen musstest du aber nicht so fest zutreten», sagte Billy trotzig. «Ich hätte schon nichts Wichtiges verraten.»

«Trotzdem», beharrte Kate und wich einer der vielen Pfützen aus, die sich auf dem Platz vor der Bücherei gebildet hatten. «Je weniger Leute in die Sache mit dem Amulett eingeweiht sind, desto besser. Bei Erwachsenen weiß man nie. Am Ende nehmen sie uns noch alles weg, was wir bisher gefunden haben. Einfach so, weil sie es können.»

«Vielleicht», erklang eine kalte Stimme hinter ihnen, «nehmen *wir* es euch auch weg. Einfach so.»

Kate fuhr herum und stöhnte innerlich auf. Unbemerkt hatten sich Dan Hughes, Karl Fallon und Pete Dillinger herangeschlichen. Dan trug jetzt wieder seine grässliche gelb-rot karierte Öljacke und fixierte sie mit stechendem Blick, daneben verschränkte Karl, schlaksig, pickelig und mit einer Kappe auf den orangefarbenen Haaren, demonstrativ die Arme vor der Brust, und auf Petes fahlem Hefeteiggesicht prangte sein übliches gehässiges Grinsen. Jeder für sich war schon unerfreulich genug, aber zusammen waren sie das größte Ärgernis, das Darkmoor-on-Sea zu bieten hatte.

«Was wollt ihr?», fragte Kate eisig.

Dan lächelte übertrieben freundlich. «Wir würden gerne mehr über die Diamanten erfahren, nach denen ihr sucht.»

«Woher weißt du …» Billy schlug sich die Hand vor den Mund, aber es war zu spät.

«Interessant», erwiderte Dan, und sein Lächeln wurde noch breiter. «Erzählt doch mal.»

Kate schnaubte. «Habt ihr eigentlich nichts Besseres zu tun, als anderen nachzuspionieren?»

«Wenn diese anderen nach verschollenen Diamanten suchen? Nein.»

«So ein Schwachsinn.» Kate versuchte, so viel Verachtung in ihre Stimme zu legen wie möglich, was ihr bei Dan nicht schwerfiel. «Euer Leben muss erbärmlich langweilig sein, wenn ihr euch krampfhaft irgendwelche Juwelenjagden zusammenfantasiert.»

«Ach ja?» In Dans Stimme mischte sich etwas Lauerndes. «Das klang aber bei dem kleinen Loser hier gerade ganz anders. Und gestern im Glockenturm auch.»

Billy lief rot an vor Zorn, doch bevor er irgendetwas sagen konnte, deutete Pete auf Gus und rief: «Oi! Was hat der denn da?»

Gus zog verzweifelt die Jacke über das Tagebuch, doch Dan hatte es auch bemerkt. Wie beiläufig schlenderte er zu Gus und baute sich vor ihm auf. «Der verloren geglaubte Gruselhaus-Erbe. Ich muss sagen, du siehst aus der Nähe noch verweichlichter aus als von Weitem.»

Gus war so verunsichert, dass er sich überhaupt nicht mehr rührte. Er reagierte auch nicht, als Dan ihm beinahe freundschaftlich eine Hand auf die Schulter legte.

«Freut mich außerordentlich, dich kennenzulernen.»

«Lass ihn in Ruhe», zischte Kate.

«Aber warum denn? Ich will doch nur ein bisschen plaudern. Schließlich hat man nicht alle Tage die Gelegenheit, sich mit dem Dorfadel zu unterhalten.» Wieder lächelte Dan sein falsches Lächeln. «Ich würde zum Beispiel gerne wissen, was du da unter deiner Jacke hast.»

«Nichts.» Gus sprach so leise, dass man ihn kaum verstand.

Dan beugte sich so nah zu ihm, dass Gus ein Stück zurückwich. «Wie war das?»

«Du sollst ihn in Ruhe lassen.» Kate machte einen Schritt auf Dan zu, doch der war schneller, griff unter Gus' Jacke und zog das Buch heraus.

«Ein altes Buch?», fragte er amüsiert.

«Gib es zurück», bat Gus beinahe flehentlich.

«Wieso so erschrocken? Hast du es geklaut?»

«Es gehört mir.»

«Wer's glaubt.»

«Mein Name steht vorne drin.»

Dan lachte spöttisch. Er klappte das Buch auf und hob erstaunt die Augenbrauen, als er den Namen *Gus Grenville* las. Dann blätterte er ein paar Seiten durch. «Da steht ja gar nichts drin.»

«Dann kannst du es ihm ja auch zurückgeben», sagte Kate.

Mit gerunzelter Stirn blickte Dan erst auf das Buch, dann zu Gus. Als er den verzweifelten Ausdruck in dessen Augen sah, setzte er eine scheinbar gleichgültige Miene auf und hielt das Buch in die Höhe. «Wenn es dir so wichtig ist – dann hol es dir.»

Kate sah, wie es in Gus arbeitete. Er ahnte, dass

Dan bloß Katz und Maus mit ihm spielte. Doch der Wunsch, Augustus' Buch wiederzuhaben, war stärker.

Er streckte die Hand aus, um nach dem Buch zu greifen, doch bevor er es zu fassen bekam, lachte Dan auf und warf das Buch zu Pete, der es ebenfalls in die Höhe hielt und damit in der Luft herumfuchtelte. «Komm schon, Adelssöhnchen, hol's dir.»

Als Gus widerstrebend einen Schritt auf ihn zu machte, warf Pete das Buch zu Karl, und der warf es wieder zurück zu Dan. Gus hatte keine Chance.

«Gebt es mir zurück», sagte er, doch seine leise, beinahe zerbrechliche Stimme ging in dem meckernden Lachen der Jungs unter. «Bitte.»

Kate spürte Wut in sich aufsteigen. Sie sah zu Billy, der ihren Blick mit hilflosem Schulterzucken beantwortete. Sie verstand selbst nicht, warum das leere Buch Gus so wichtig war. Aber wie sich Dan, Pete und Karl aufführten, ging entschieden zu weit.

«Hört auf damit, ihr Vollidioten!» Sie lief auf Dan zu, der gerade das Buch von Karl gefangen hatte. Er hielt es hoch über seinen Kopf und sah sie belustigt an.

«Und wenn nicht?», höhnte er. «Wirfst du dann wieder mit Steinen?»

«Ich brauche keine Steine, um es mit euch aufzunehmen», entgegnete Kate. «Gebt Gus sofort das Buch zurück.»

«Erst verratet ihr uns, was es mit den Diamanten

auf sich hat. Und tu bloß nicht so, als hättest du keine Ahnung, wovon ich spreche. Ich weiß, was ich im Glockenturm gehört habe.»

«Kurz bevor du in deinem schicken Anzug von der Leiter gefallen und abgehauen bist? Vielen Dank übrigens. Wir haben uns köstlich amüsiert.»

Dan presste die Lippen zusammen. «Wie du meinst. Dann hast du ja sicher nichts dagegen, wenn wir uns noch ein bisschen auf *eure* Kosten amüsieren.»

Er warf das Buch wieder zu Pete, doch der hatte nicht damit gerechnet. Er versuchte noch, das Buch zu fangen, aber es rutschte durch seine Finger und landete mit einem hässlichen Platschen in einer Pfütze.

«Nein!» Gus rannte zur Pfütze, kniete sich hin und fischte das Buch aus dem schlammigen Wasser. Rasch rieb er mit dem Ärmel über den Einband und versuchte, das alte Papier vor dem Aufweichen zu retten. Er war den Tränen nahe. Die Jungs stießen sich belustigt an und lachten.

In Kate explodierte etwas. Mit aller Kraft, die sie aufbringen konnte, versetzte sie Dan einen Stoß. «Typen wie ihr sind echt das Allerletzte.»

Dan stolperte und landete rücklings im Matsch. Normalerweise hätte Kate ihn jetzt ausgelacht, doch sie war so wütend, dass ihr jegliches Lachen verging. Sie beugte sich zu Dan hinab, wollte ihn mit dem Gesicht in den kalten Schlamm drücken, ihn demütigen, so wie er Gus gedemütigt hatte. Als Dan in ihr entschlossenes, wutverzerrtes Gesicht sah, weiteten sich seine Augen. Kate glaubte, eine Spur von Angst darin zu entdecken.

Doch bevor sie irgendetwas unternehmen konnte, wurde sie zurückgerissen. «Hör auf!»

Mit geballten Fäusten drehte sie sich um, in der Erwartung, Karl oder Pete zu sehen. Stattdessen blickte sie in das Gesicht von Billy.

«Bitte, Kate», bat er, ohne ihren Arm loszulassen. «Lass ihn einfach.»

Erst jetzt fiel ihr auf, wie still es geworden war. Das gehässige Lachen der Jungs war verstummt, und alle sahen sie an, erstaunt und erschrocken. Sie wusste, dass Billy recht hatte, aber sie war immer noch so wütend, dass sie sich am liebsten von ihm losgerissen und Dan zur Rechenschaft gezogen hätte.

«Was ist denn hier los?», erklang eine empörte Stimme hinter ihnen.

Alle fuhren herum und starrten Mrs Gulliver an, die in geblümten Gummistiefeln aus der Tür der Bücherei trat und auf sie zu stapfte. Gus steckte rasch das Buch unter seine Jacke und stellte sich neben Kate und Billy. Auch Dan rappelte sich auf und wischte sich den Matsch von der Hose.

«Los, redet schon», sagte Mrs Gulliver und sah mit scharfer Miene von einem zum anderen. Als sie bei

Dan ankam, schien ihr Blick ihn zu durchbohren. «Mr Hughes? Sie sind der Älteste hier. Was ist geschehen?»

«Wir …», sagte Dan und zögerte. «Wir hatten eine kleine … Meinungsverschiedenheit.»

«Mit anderen Worten: Sie haben sich gestritten.»

«So könnte man es auch nennen, ja.»

«Und worüber, wenn ich fragen darf?»

Dan zögerte erneut. Wenn er petzte, dass Kate ihn geschubst hatte, musste er auch zugeben, dass sie Gus geärgert hatten. «Ach», sagte er schließlich, «eigentlich war es nicht so wichtig.»

«Hm, so so, nicht so wichtig. Und deswegen haben Sie rücklings in einer Pfütze gesessen.» Mrs Gullivers hellgrüne Augen funkelten hinter den dicken Brillengläsern. Ihr war anzumerken, dass sie ihm kein Wort glaubte. Sie nahm noch einmal jeden von ihnen ins Visier. «Möchte jemand der Schilderung von Mr Hughes etwas hinzufügen?» Als niemand etwas sagte, schüttelte sie grimmig den Kopf. «Nur, dass das klar ist: Ich dulde keine Schikane und erst recht keine Gewalt, weder in der Bücherei noch in Sichtweite davon. Ihr solltet kreativere Wege finden, eure … Meinungsverschiedenheiten zu klären. Und jetzt verschwindet. Bevor der nächste Regenguss kommt.»

Damit schien die Angelegenheit für sie erledigt zu sein. Sie drehte sich um, stapfte zurück in die Bücherei und ließ die Tür mit einem besonders lauten Knall hinter sich zufallen.

Die sechs Kinder blieben schweigend zurück. Niemand wusste, wie er reagieren sollte. Billy war es schließlich, der den Bann brach. Er zupfte Kate sanft am Arm und sagte: «Lass uns gehen.»

Kates Wut hatte sich inzwischen ein wenig gelegt und im Grunde war sie froh, dass Billy dazwischengegangen war – auch wenn Dan es zweifellos verdient gehabt hätte, eine Abreibung zu bekommen. Deswegen nickte sie bloß und sagte: «Gute Idee. Hier halte ich es nämlich keine Sekunde länger aus.»

«Komm schon, Dan», sagte Karl. «Wir hauen auch ab.»

Doch Dan rührte sich nicht, fixierte Kate nur aus seinen kleinen, stechenden Augen. Als sie an ihm vorbei Richtung Straße ging, zischte er so leise, dass nur sie es hören konnte: «Wir sehen uns wieder, Miststück. Mit dir bin ich noch nicht fertig.»

«Sehr gut», entgegnete Kate kalt. «Ich mit dir nämlich auch nicht.»

8

Das leere Buch

«Die Luft ist rein. Schnell jetzt.»

Kate sprintete hinter der Hecke hervor, von der aus sie das Herrenhaus beobachtet hatten. Billy folgte ihr. Kies knirschte unter ihren Schuhen, als sie über den Vorplatz liefen, am Brunnen mit der Statue des halbnackten Mannes vorbei, der einen Sack auf den Schultern trug. Irgendwo raschelte ein Vogel im Gebüsch. Ansonsten blieb alles ruhig.

Durch das offene Garagentor des Kutschenhauses konnten sie die Limousine erkennen, es war also jemand zu Hause. Doch im Herrenhaus selbst regte sich nichts. Kate sah zu den Fenstern hinauf. Sie sahen wie Höhlen aus in der düsteren Fassade, dunkel und leer. In der oberen Etage spiegelten sich die tief hängenden Wolken in den Scheiben. Ansonsten wirkte Darkmoor Hall so abweisend und verlassen wie immer.

Kate, Billy und Gus hatten auf dem Rückweg von der Bücherei beschlossen, sich dem Besuchsverbot von Lady Grenville zum Trotz am nächsten Tag in

Darkmoor Hall zu treffen. Wenn sie den Hintereingang durch Gus' Fenster nahmen, würde schon niemand merken, dass sie da waren. Sie durften sich nur nicht erwischen lassen.

Sie liefen am Herrenhaus vorbei und bogen auf den schmalen Grasstreifen ab, der sich zwischen dem Haus und der Klippe befand. Unter ihnen rauschte das Meer. Der Regen hatte aufgehört, aber der Wind wehte unvermindert stark, ließ die Wellen gegen die Felsen krachen und trug das Salz bis zu ihnen herauf, sodass sie es auf der Zunge schmeckten.

Sie erreichten den verfallenen Schuppen, über den sie zu Gus' Fenster hinaufklettern konnten. Aus dem Inneren des Schuppens drang ein Klappern, das sie erst bemerkten, als sie direkt davorstanden.

Eine Gestalt erschien in der niedrigen Tür. «Soso», dröhnte die tiefe Stimme von Rupert Jones, dem Gärtner von Darkmoor Hall, «ungebetener Besuch.»

Seine Hand berührte wie beiläufig das Gewehr, das er immer bei sich trug. Kate hatte keine Ahnung, warum eigentlich. Sie spürte, wie ihr das Herz bis zum Hals schlug.

«Hallo, Mr Jones», sagte sie vorsichtig. «Wir … wollten zu Gus.»

«Denke ich mir», brummte der Gärtner. «Dürft ihr aber nicht.»

«Es muss ja niemand erfahren.»

Der Gärtner fixierte sie aus zusammengekniffenen Augen. «Nenn mir einen Grund, warum ich euch helfen sollte.»

Kate war ein wenig verunsichert. Trotz seines rauen Auftretens war Rupert Jones bisher immer nett zu ihnen gewesen. Hatte er Ärger mit Lady Grenville bekommen? Sie sah sich zu Billy um, doch der war auch keine große Hilfe. Er stand mit dem Rücken gegen die Mauer des Herrenhauses gedrückt und hielt den Blick starr auf das Gewehr gerichtet, das der Gärtner über der Schulter hängen hatte.

Jones schien die Situation richtiggehend auszukosten. Kate überlegte fieberhaft, was sie antworten könnte. Eigentlich hatte sie nichts zu verlieren. «Weil Sie es genauso unfair finden wie wir, dass Gus von dieser gefühllosen Schreckschraube hier eingesperrt wird», sagte sie schließlich mit aller Entschiedenheit, die sie aufbringen konnte.

Einen Moment lang glaube sie, zu weit gegangen zu sein. Doch Jones gluckste nur amüsiert in sich hinein. «Gute Antwort. Nun macht schon. Bin ja froh, dass der Junge nicht total vereinsamt in dem alten Kasten.»

Kate atmete erleichtert auf. «Danke», sagte sie und wandte sich grinsend zu Billy um. «Komm schon, du Angsthase.»

Billy schnaubte empört. «Du hast genauso … ach, ist ja auch egal.» Als wollte er ihren kleinen Seitenhieb widerlegen, stapfte er entschlossen an Kate und Jones vorbei und kletterte in Windeseile an der Schuppenwand hinauf aufs Dach.

Jones brummte anerkennend. «Was ist mit dir?», fragte er Kate. «Brauchst du Hilfe?»

Kate winkte ab. «Nein danke, das geht schon.»

«Also gut.» Mit eingezogenem Kopf, um sich nicht an der niedrigen Tür zu stoßen, verschwand Jones wieder im Schuppen. «Ich bin noch eine Weile hier», rief er, begleitet von einem metallischen Klirren. «Hatte mir schon lange vorgenommen, das alte Ding mal zu entrümpeln.»

Kate begann nun ebenfalls, an der Schuppenwand mit den vielen praktischen Rissen und Spalten hochzuklettern. Sie musste sich beeilen, Billy hinterherzukommen, denn der kletterte bereits die Strickleiter hinauf, die Gus aus dem Fenster geworfen hatte, und kurz darauf sprang auch Kate von der Fensterbank in Gus' Zimmer.

«Hi», begrüßte Gus die beiden. «Tut mir leid wegen Jones. Ich hab ihn gesehen, aber ich konnte euch nicht mehr warnen.»

«Schon okay», erwiderte Kate. «Er verrät uns nicht. Ich bin mir ziemlich sicher, dass er auf unserer Seite ist.»

«Also ich weiß ja nicht», sagte Billy und ließ sich auf Gus' Schreibtischstuhl fallen. «Irgendwie ist mir der Typ nicht geheuer. Warum hat der eigentlich immer sein Gewehr dabei? Und dafür, dass er Gärtner ist, schneidet er die Hecken ganz schön schief.»

Kate zuckte mit den Schultern. «Vielleicht hat Lady Grenville niemand anderen gefunden, der den Job machen wollte. Wundern würde es mich nicht. Apropos – ist die Luft rein? Oder müssen wir damit rechnen, dass sie jeden Augenblick hier hereinplatzt?»

Gus schüttelte den Kopf. «Tante Ethelda interessiert sich nur dann für mich, wenn es Ärger gibt. Ansonsten kommt sie so gut wie nie zu mir.» Er seufzte. «Dafür hat Barnaby schon wieder mein Zimmer durchsucht. Kurz nachdem wir aus der Mine zurückgekommen sind. Alles lag durcheinander. Sogar meine Matratze war verschoben.»

«Was?», rief Kate aus. «Davon hast du gar nichts erzählt.»

«Bestimmt hat er den Stein gesucht, den wir in der Mine gefunden haben.» Gus ging zu seinem Nachtisch und fingerte an der Wandvertäfelung herum. «Aber von dem Geheimfach weiß er zum Glück nichts.»

Er öffnete das Fach und holte ein Samtsäckchen

heraus, dessen Inhalt er auf sein Bett ausleerte. Das Amulett und der sonnengelb funkelnde Diamant purzelten auf die Bettdecke.

Kate griff nach dem Edelstein und hielt ihn ins Licht. «Er ist so wunder-wunder-schön», sagte sie ehrfürchtig. Dann hielt sie ihn Billy hin.

Billy winkte ab und schob sich mit dem Stuhl noch ein Stück weiter vom Bett weg. «Nein danke.»

«Wieso das denn?»

«Falls die Sache mit dem Fluch stimmt, will ich mit dem Ding so wenig wie möglich zu tun haben.»

«Ach Billy.» Kopfschüttelnd legte Kate den Stein zurück in das Säckchen und setzte sich aufs Bett. «Huch.»

Unter ihrem Hintern befand sich etwas Hartes. Sie tastete nach dem Gegenstand und fischte das leere Tagebuch von Augustus unter der dünnen Tagesdecke hervor. Es schien den Sturz in die Pfütze gut überstanden zu haben, nur das Papier war an den Rändern ein wenig wellig geworden. Als sie es aufschlug, fiel ihr ein Zettel entgegen. In Gus' ordentlicher Handschrift war darauf zu lesen: *Zitronensaft, Zwiebelsaft, Essig, Milch.*

«Was ist das denn?», fragte Kate erstaunt. «Hast du 'ne Einkaufsliste gemacht?»

«Nein.» Gus sah sie unsicher an, als fürchtete er,

dass sie ihn auslachte. «Ich glaube nur nicht, dass das Tagebuch wirklich leer ist. Ich meine, vielleicht … wurde es mit Geheimtinte geschrieben. Und das sind alle Arten, unsichtbar zu schreiben, die mir eingefallen sind. Wenn man nicht gerade ein halbes Chemielabor zu Hause hat.»

Kate sah ihn zweifelnd an. «Geheimtinte aus Zitronensaft? Oder Essig? Und damit soll er ein ganzes Buch vollgeschrieben haben?»

Gus zuckte mit den Schultern. «Warum nicht?»

Sie fuhr mit den Fingern über eine Seite und betrachtete sie eingehend. Dann hielt sie sich das Buch an die Nase und schnupperte. «Glaub ich nicht», sagte sie entschieden.

Billy gluckste. «Bist du jetzt unter die Spürhunde gegangen?»

«Quatsch. Aber Essig würde man doch riechen.»

Billy kramte in seinen Taschen und förderte schließlich ein Feuerzeug zutage. «Die einzig wahre Methode, um Geheimtinte wieder sichtbar zu machen, ist Hitze.»

«Ist das nicht viel zu gefährlich?», fragte Kate stirnrunzelnd.

«Mein Bruder hat mal ’ne ganze Zeit lang seine Hausaufgaben mit Milch geschrieben», erwiderte Billy. «Und immer, wenn er deswegen Ärger bekommen hat, hat er sich beschwert, weil er die Hausaufgaben ja schließlich gemacht hat. Dass man sie auch lesen können muss, hätte ja keiner gesagt. Seine Lehrer sind fast wahnsinnig geworden. Sie haben extra wegen ihm die Schulordnung geändert.»

Kate kicherte. «Man darf keine Hausaufgaben mit Geheimtinte schreiben?»

«So in etwa. Gib mir das Ding mal.»

Billy nahm Kate das Buch aus der Hand und hielt wahllos eine Seite in die Höhe. Dann knipste er das Feuerzeug an.

«Ich weiß nicht, Billy», sagte Gus zögerlich. «Wenn das Papier Feuer fängt …»

«Ach was, ich pass schon auf.» Billy fuhr mit der Flamme vorsichtig am Papier entlang, doch nichts geschah. «Hm. Vielleicht muss ich länger an einer Stelle bleiben. Das Papier ist viel dicker als das von Allens Heften.»

Er hielt die Flamme in die Mitte der Seite, nur wenige Millimeter vom Papier entfernt. Tatsächlich begann sich das Papier zu verfärben. Ein dunkler, verkohlter Kreis entstand, und mit einem Mal lag ein beißender Geruch in der Luft.

«Vorsicht, Billy!», rief Kate.

Billy zuckte zusammen und ließ das Feuerzeug fallen, an dem er sich die Finger verbrannt hatte. Gleichzeitig fiel ihm das Buch aus der Hand.

Noch in der Luft loderte eine orangefarbene Flamme auf, und als das Buch auf dem Boden aufschlug, brannte das trockene Papier wie Zunder.

«Mist, Mist, Mist, Mist, Mist!» Billy sprang auf und versuchte, das Feuer auszutreten.

«Weg!» Gus schubste ihn unsanft zur Seite und warf seine Bettdecke über das Buch. Als er sie kurz darauf wieder wegzog, war das Feuer erstickt.

Vorsichtig hob Gus das Tagebuch auf und untersuchte es. Der Einband war verkohlt und fleckig, aber noch intakt, auch die Seiten am Anfang waren verschont geblieben. Doch der hintere Teil des Buches war komplett verbrannt.

Betreten betrachtete Billy die schwarzen Aschefetzen auf dem Boden. «Tut mir leid. Ich dachte … ach Mann. Ich bin so ein Idiot.»

«Schon gut», murmelte Gus und schüttelte vorsichtig die verkohlten Überreste aus den Seiten.

«So viel zu deiner Geheimtinten-Theorie», sagte Kate und seufzte. «Noch ein Rückschlag, nachdem wir gestern schon nichts Brauchbares gefunden haben.»

Gus schüttelte trotzig den Kopf. «So schnell gebe ich nicht auf. Warum hat jemand das Buch aufbewahrt, wenn es unbeschrieben ist?»

«Keine Ahnung», erwiderte Kate. «Wir sollten uns auf jeden Fall einen Plan B überlegen. Oder besser: zu Plan A zurückkehren. Der Erkundung des Leuchtturms.»

Sie ging zum Fenster und schaute aufs Meer hinaus. In diesem Moment erklang ein lautes Poltern unter ihr. Jones stand auf einer Leiter und inspizierte das Dach des Schuppens. Offenbar wollte er herausfinden, wie einsturzgefährdet das Gebäude war.

Kate winkte ihm zu, dann drehte sie sich wieder zu den Jungs um. «Ich finde, wir sollten endlich zur Insel rüberfahren und nach dem zweiten Stein suchen. Wellen hin oder her. Ich bezweifle, dass das Wetter hier irgendwann noch mal besser wird.»

Billy verzog das Gesicht. «Ich weiß nicht ... Vielleicht sollten wir lieber einen der Fischer bitten, uns überzusetzen. Die kennen das Meer in- und auswendig. Der alte Marcus würde uns bestimmt helfen.»

«Wenn wir jemanden um Hilfe bitten, müssen wir nur unangenehme Fragen beantworten», entgegnete Kate. «Je weniger Leute Bescheid wissen, desto besser.»

Billy sah kopfschüttelnd zu Gus. Doch ausgerechnet der schlug sich auf Kates Seite.

«Ich finde auch, dass wir niemanden einweihen sollten. Außerdem bekommt Tante Ethelda übermorgen Besuch von einer Freundin. Irgendeine Gräfin. Und offenbar mag sie keine Kinder.»

Kate prustete los. «Die beiden verstehen sich bestimmt prächtig.»

«Meine Tante hat mir ausdrücklich verboten, mich

blicken zu lassen, solange ihre Bekannte da ist. Nicht mal beim Essen darf ich dabei sein. Die Gelegenheit wäre also günstig, mich einen Nachmittag lang aus dem Haus zu schleichen.»

Kate klatschte erfreut in die Hände. «Fantastisch. Jetzt müssen wir nur noch irgendwo ein Boot auftreiben.»

Sie sah zu Billy, der ihren Blick grimmig erwiderte. «Vergiss es.»

«Jetzt komm schon.»

«Nein.»

«Schön, wie du willst. Wenn du keine bessere Idee hast, leihen wir uns eben eins der Fischerboote aus», sagte Kate trotzig.

«Bloß nicht!», rief Billy erschrocken. «Die Fischer kriegen sofort mit, wenn sich jemand an ihren Booten zu schaffen macht.»

«Dann gehen wir eben nachts.»

«Nachts auf dem Meer? Bist du lebensmüde?»

«Ich bin sicher, dass du einen besseren Vorschlag hast. Aber du rückst ja nicht raus mit der Sprache.»

Ein paar Sekunden lang schaffte es Billy, ihrem herausfordernden Blick standzuhalten. Dann seufzte er ergeben. «Es gab mal einen Ruderbootverleih, ein Stück unterhalb der Fischerhütten. Aber weil das Wetter hier meist schlecht ist, hat kaum jemand Boote ausgeliehen, und sie sind pleite gegangen. Soweit ich weiß, liegen noch ein paar von den Booten im Sand rum.»

Kate strahlte. «Perfekt! Die Jäger der verschwundenen Winde gehen wieder auf die Jagd. Übermorgen um drei bei den Fischerhütten. Einverstanden?»

Gus nickte. «Einverstanden.»

«Billy?»

Billy verzog gequält das Gesicht. «Ehrlich, Leute …»

Kate legte den Kopf schief und setzte ihr liebstes Lächeln auf. «Biiiitte!?!»

Billy seufzte erneut. «Ich weiß nicht, warum ich mich von dir immer zu so bescheuertem Zeugs überreden lasse.»

«War das ein Ja?»

«Ja, das war ein Ja. Ohne mich kommt ihr ja sonst nie heil auf der Insel an.»

9

Das wilde Meer

Diese Idioten sind echt die Pest!», schimpfte Billy und klopfte sich Sand von der Hose.

«Hoffentlich haben sie uns nicht doch gesehen», sagte Gus und schüttelte Sand aus seinem Ärmel.

«Glaub ich nicht», erwiderte Kate. «Dann wären sie längst hergekommen, um uns zu nerven. Sind sie aber nicht.»

«Hoffentlich hast du recht», sagte Billy. «Wenn sie herausfinden, was wir vorhaben, machen sie uns die Hölle heiß.»

«Wieso das denn?»

«Weil der Bootsverleih Petes Vater gehört hat.»

Sie stapften die letzten Meter durch den Sand, bis sie festen Untergrund erreicht hatten. Die vergangene halbe Stunde hatten sie hinter einer Sandverwehung bei den Fischerhütten gekauert, um sich vor Dan, Karl und Pete zu verstecken. Die drei waren unerwartet auf dem Klippenpfad aufgetaucht, kaum dass Kate, Billy und Gus sich am vereinbarten Treffpunkt getroffen hatten, und ebenfalls in Richtung Hütten geschlendert.

Allerdings schienen sie nicht wegen Kate, Billy und Gus dort zu sein, sondern einfach so in der Gegend herumzustreifen. Irgendwann fingen sie an zu streiten, schubsten sich gegenseitig, wobei Karl etwas hinunterfiel, das aussah wie ein Säckchen voller Murmeln, die er erst mühsam wieder einsammeln musste. Auf jeden Fall hatte es ewig gedauert, bis sie endlich weiterzogen und schließlich außer Sichtweite waren.

Kate, Billy und Gus waren unterdessen hinter der kleinen Düne immer ungeduldiger geworden. Das hatte nicht nur an der ungeplanten Verzögerung gelegen, sondern auch an dem stärker werdenden Wind, der ihnen innerhalb kürzester Zeit Sand in Nase, Mund und Augen und in jede Ritze ihrer Kleidung geweht hatte.

Als sie endlich aus dem Schutz der kleinen Düne heraustraten, zerrte der Wind noch kräftiger an ihnen.

Er kam vom offenen Meer und blies ihnen ins Gesicht, als wolle er sie in die entgegengesetzte Richtung davontreiben. Wellen rollten schäumend an den Strand. Am schmutzig grauen Himmel wurden Möwen von den Böen hin und her geworfen; ihre Schreie wehten im Wind davon.

Die drei gingen an den Fischerhütten vorbei und wandten sich nach links, wo in einiger Entfernung bereits die leer stehende Hütte des Ruderbootverleihs auszumachen war. Als sie näher kamen, konnten sie auch lesen, was in verblassten Buchstaben über dem Eingang stand.

«*Dillingers Bootsverleih*», las Kate. «Der hat wirklich schon mal bessere Tage gesehen.»

Billy zeigte auf einige Buckel im Sand, die man mit ein bisschen Fantasie für gestrandete Wale hätte halten können. «Seht ihr?», rief er. «Ich wusste doch, dass sie noch da sind.»

«Oh.» Mehr brachte Gus nicht heraus, als er die Boote sah, die kieloben im Sand lagen.

Auch Kates Herz sank bis in ihre Kniekehlen. «Das … das sind bessere Nussschalen, Billy», sagte sie fassungslos.

Billy zuckte mit den Schultern. «Was habt ihr denn erwartet? ’ne Luxusjacht?» Er klopfte den Sand von einem der Bootsrümpfe ab. Darunter kam eine Reihe morscher Planken zum Vorschein, in denen an einer

Seite ein riesiges Loch klaffte. «Hmm, also das nehmen wir schon mal nicht.»

Billy stapfte zum nächsten Boot, inspizierte es kritisch und klopfte erneut den Rumpf ab. «Das hier sieht gut aus», rief er. «Helft mir mal, es umzudrehen. Wenn wir Glück haben, liegen sogar noch die Ruder darunter.»

Sie hatten Glück. Zu dritt wuchteten sie das Boot herum, bis es schief im Sand zum Liegen kam. Zwei Ruder waren unter den Sitzbrettern festgeklemmt, und auch sie machten noch einen brauchbaren Eindruck.

«Na bitte», sagte Billy zufrieden. «Jetzt müssen wir das gute Stück nur noch ins Wasser ziehen.»

«Und hoffen, dass es noch schwimmt», murmelte Kate so leise, dass es niemand hörte. Sie wunderte

sich. Dafür, dass Billy ihrem Plan gegenüber so skeptisch gewesen war, schienen nun all seine Zweifel wie weggewischt – und das, obwohl sich das Wetter nicht unbedingt zum Guten entwickelt hatte. Sie betrachtete skeptisch die dunklen Wolkenberge, die sich am Horizont auftürmten, und die Wellen, die in immer kürzeren Abständen am Strand aufschlugen. Schließlich blieb ihr Blick am Leuchtturm hängen, der sich als heller Strich vor dem Himmel abhob. *Aufgetürmtes Licht.* Sie wollte wissen, welches Geheimnis er barg. Sie wollte nicht länger auf besseres Wetter oder bessere Boote warten, zumal es beides nicht so schnell geben würde. Billy schien zu wissen, was er tat. Jetzt oder nie.

Als sie sich wieder zum Strand umwandte, glaubte sie, am Rand der Klippe eine Bewegung auszumachen. Sie blickte nach oben und suchte die Felsen ab. Ein Steinchen löste sich von der Kante und rollte klackernd hinunter in den Sand. Sonst war nichts zu sehen.

«Was ist?», fragte Gus.

«Ich weiß nicht. Ich dachte, da oben wäre jemand.»

Gus schaute ebenfalls an der Klippe hinauf. «Vielleicht Dan und die anderen?»

Kate schüttelte den Kopf. «Glaub ich nicht. Die hätten sich längst bemerkbar gemacht. Wahrscheinlich hab ich's mir nur eingebildet.»

Gemeinsam zogen sie das Boot Richtung Wasser. In weiser Voraussicht hatten sie ihre Gummistiefel angezogen, trotzdem bekamen sie nasse Füße, als sie das Boot so weit in die Brandung zogen, dass es nicht direkt wieder auf Grund lief. Billy war der Letzte, der hineinsprang, und sofort begannen die Kinder zu rudern, um nicht von den Wellen zurück an den Strand getrieben zu werden.

Schon nach wenigen Ruderzügen schmerzten Kates Arme; gleichzeitig hatte sie das Gefühl, kaum vom Fleck zu kommen. Sie hatte nicht erwartet, dass das Rudern so anstrengend sein würde. Ein Blick in Gus' Gesicht verriet ihr, dass es ihm ähnlich erging. Nur Billy schien erstaunlich guter Dinge zu sein.

«Los, ihr Schnarchnasen», rief er munter. Er saß ganz vorne und hatte das Meer im Blick. Während Gus und Kate nur auf einer Seite ruderten, wechselte er die Seiten und stach mal links, mal rechts des Bootes ins Wasser, um sie auf Kurs zu halten.

Je weiter sie sich vom Strand entfernten, desto stärker blies ihnen der Wind entgegen. Wellen hoben das Boot hoch und ließen es achtlos wieder fallen, und immer wieder schwappte Wasser über den Rand, durchnässte sie von Kopf bis Fuß und sammelte sich zu einer bald knöcheltiefen Pfütze am Boden.

«Je näher wir der Insel kommen, desto stärker werden die Strömungen», rief Billy. «Irgendwann schieben sie uns direkt auf die Insel zu. Wenn wir es bis dahin schaffen, wird es leichter.»

Mit zusammengebissenen Zähnen stach Kate das Ruder ins Wasser. Es schien mit jedem Zug schwerer zu werden, das Meer dickflüssiger, ihre Kraft weniger. Der Himmel hatte sich von einem eintönigen Grau in ein zerfetztes Schwarz verwandelt. Die Möwen, die noch eine Weile über ihnen ihre Kreise gezogen hatten, waren verschwunden. Die Wellen warfen das Boot unbarmherzig hin und her, wie einen Ball, mit dem sie ihr Spiel trieben.

«Wir müssen umkehren, Billy!», rief Gus. «Wir fahren mitten in einen Sturm.» Seine Hände krampften sich so fest um das Ruder, dass seine Knöchel weiß hervortraten.

«Dafür sind wir schon zu weit von der Küste entfernt», rief Billy zurück. «Die Insel ist näher.» Kate merkte ihm an, wie sehr er sich bemühte, sorglos zu klingen. Doch es gelang ihm nicht.

Ein tiefes, langgezogenes Grollen mischte sich in das Tosen des Windes. Voller Schrecken erinnerte Kate sich an das Gewitter, in das sie mit Billy geraten war, an dem Tag, an dem alles seinen Anfang genommen hatte. Sie hatte zum ersten Mal erlebt, wie gnadenlos das Wetter hier an der Küste wüten konnte, und war gleichzeitig fasziniert gewesen von dem Schauspiel, das sich ihr bot. Mit dem Unterschied, dass sie da-

mals unter einem Felsvorsprung im Trockenen gesessen hatte. Hier draußen war sie dem Unwetter schutzlos ausgeliefert. Sie war keine Beobachterin mehr – sie war mittendrin.

Das Ruderboot stemmte sich ächzend gegen die Wellen. Kates Arme brannten. Doch sie durfte jetzt nicht aufgeben. Mechanisch zog sie das Ruder durch das Wasser, bemerkte kaum, wie ihr eine riesige Welle mitten ins Gesicht schwappte, wie ihr das Wasser an Hals und Nacken hinabrann, wie ihre Finger langsam taub wurden.

Plötzlich wurde das Boot von einer unsichtbaren Hand gepackt und nach vorn gerissen. Erschrocken sah Kate zu Billy, der konzentriert auf das Wasser starrte.

«Die Strömung!», brüllte er. «Wir müssen das Boot auf Kurs halten, sonst wird es gegen die Felsen gedrückt!»

In den nächsten Minuten blendete Kate alles aus, was um sie herum geschah, hörte nur noch auf Billys Stimme, die sie anwies, weiter nach links oder rechts zu rudern. Immer wieder schrammten sie an Felsen vorbei, die aus dem Wasser ragten, doch Kate wusste, dass die größte Gefahr unterhalb der Wasseroberfläche lauerte. Wie Billy in dem aufgewühlten Wasser erkennen konnte, wohin sie steuern mussten, wusste sie nicht, wollte es auch nicht wissen. Sie folgte seinen

Kommandos und hoffte, dass er sie sicher zur Insel brachte; ein Unterfangen, das von Minute zu Minute irrsinniger erschien.

Kate verfluchte ihre Sorglosigkeit, mit der sie die Jungs zu dieser Überfahrt gedrängt hatte. Hier draußen, in dieser Nussschale auf dem wild gewordenen Meer, hatte der Sturm ihre ganze Verwegenheit weggeblasen. Sie hatte Angst.

Ein Schlag durchfuhr das Boot, so heftig, dass Kate sich erschrocken ans Ruder klammerte. Ein hässliches Knirschen ertönte, und plötzlich sah Kate, wie unter ihren Füßen Wasser ins Boot gurgelte.

Es dauerte einen Moment, bis ihr Gehirn verarbeitet hatte, was passiert war. Ein Felsen hatte ein faustgroßes Loch in die Unterseite ihres Bootes gerissen. «Wir haben ein Leck!», schrie sie, und in ihre Stimme mischte sich Panik. «Hier kommt Wasser rein!»

Gus' Augen weiteten sich vor Schreck. Doch Billy rief bloß: «Schöpf es raus», und bedeutete Gus, schneller zu rudern. Ein Blitz zuckte über den Horizont, als wolle er Billys Worte untermalen, dicht gefolgt von dem Krachen des Donners.

Vergeblich sah sich Kate nach etwas um, womit sie das Wasser hinausbefördern konnte. Schließlich begann sie, mit den Händen zu schöpfen, doch die wenigen Tropfen, die sie so aus dem Boot bekam, waren nichts im Vergleich zu der Wassermenge, die durch das

Loch hineinströmte. Die Panik schloss sich wie eine Faust um ihren Brustkorb; sie hatte das Gefühl, keine Luft mehr zu bekommen. Das Wasser stand bereits so hoch, dass es in ihre Gummistiefel schwappte.

Ihre Gummistiefel!

Rasch zog sie sich beide Stiefel aus und begann, damit so viel Wasser aus dem Boot zu schaufeln, wie sie konnte. Sie hatte keine Ahnung, wie weit die Insel entfernt war, wusste nicht, ob sie überhaupt eine Chance hatten, sie noch zu erreichen. Sie konzentrierte sich darauf, das Wasser aus den Stiefeln über den Bootsrand zu kippen und war fast dankbar, dass sie den Blick nicht weiter aufs Meer richten musste, nicht sehen musste, wie um sie herum die Welt unterging und sie mit ihr.

Wieder knirschte und rumpelte es. Noch ein Riff, schoss es Kate durch den Kopf. Wir schaffen es nicht. Wir werden ertrinken. Und es ist alles meine Schuld.

Sie hörte Billy schreien, hob mühsam den Kopf. Er deutete wie wild auf einen Punkt vor ihnen, machte irgendein Zeichen – und sprang über Bord.

Kate erstarrte, schaute ungläubig auf die Stelle, an der Billy eben noch gesessen hatte. Ihre Gedanken schienen zu Blei geworden zu sein.

«Kate!» Gus rüttelte an ihrer Schulter. «Wir müssen schwimmen!»

Verständnislos blickte Kate ihn an. Erst jetzt fiel ihr

der Schatten auf, der hinter ihm in den Himmel ragte.

Der Leuchtturm!

Es waren nur noch wenige Meter bis zur Insel. Sie hatten es fast geschafft. Jetzt entdeckte sie auch Billy, der bereits festen Boden unter den Füßen hatte und sich mit letzter Kraft am felsigen Ufer hinaufzog.

«Komm schon, Kate», brüllte Gus wieder. «Sonst ertrinken wir!»

Kate wollte nicken, wollte aufstehen und ins Wasser springen wie Billy, doch im gleichen Moment spürte sie ein Knacken unter ihren Füßen. Das Boot, ihre tapfere, kleine Nussschale, gab sich dem tobenden Meer geschlagen und brach entzwei.

Eisige Dunkelheit schlug über ihrem Kopf zusammen. Kate strampelte nach oben, rang nach Luft, bevor eine Welle sie erneut unter Wasser drückte.

Sie fuchtelte wild mit Armen und Beinen, tauchte wieder auf, hustete und spuckte. *Gus!*, durchfuhr es sie. *Wo war Gus?*

Fieberhaft sah sie sich um, sah nur Wellen und Felsen und sonst nichts.

«Gus?», rief sie, so laut sie konnte. «Gus?!»

Wieder stieg Panik in ihr auf; wieder schloss sich die Faust um ihren Brustkorb und presste die Luft in kleinen Schluchzern aus ihren Lungen.

«Hier.» Kate fuhr herum. Da, nur wenige Meter neben ihr, hüpfte ein Kopf in den Wellen. Gus winkte ihr zu, signalisierte, dass alles in Ordnung war. Dann wandte er sich zum Leuchtturm um und begann, zu schwimmen.

Ein heftiger Schluchzer drang aus Kates Kehle; die Faust um ihren Brustkorb lockerte sich. Sie zwang sich, Ruhe zu bewahren, zwang ihre lahmen Arme, zu schwimmen, versuchte, sich von den Wellen mitziehen zu lassen, obwohl sie dabei immer wieder unter Wasser geriet.

Und dann, endlich, spürte sie Boden unter den Füßen.

Mit letzter Kraft schleppte sie sich an Land, brach auf dem felsigen Untergrund zusammen, links von ihr Billy, rechts Gus.

Sie waren klatschnass, entkräftet und durchgefroren. Aber sie waren am Leben.

10

Aufgetürmtes Licht

Kate wusste nicht, wie viel Zeit vergangen war. Der Sturm wütete unvermindert heftig. Jede Welle, die donnernd gegen die Felsen krachte, ließ den Boden unter ihnen erzittern, und der Wind rüttelte so heftig an den Mauern des Turms, als ärgere er sich darüber, dass ihm die Kinder entwischt waren.

Kate, Billy und Gus saßen im Erdgeschoss des Leuchtturms. Sie hatten sich in Decken gewickelt, die sie in einer Kiste gefunden hatten, und lauschten dem Unwetter. Hier drin war es trocken und windstill, und langsam wich die lähmende Kälte aus Kates Gliedern, und sie hörte auf zu zittern.

«Es tut mir leid», sagte sie irgendwann in das Schweigen hinein. «Ich hätte euch niemals zu der Überfahrt drängen sollen.»

Sie warf den beiden Jungs einen zerknirschten Blick zu. Ihr fiel es nie leicht, Fehler einzugestehen. Aber in Anbetracht der Tatsache, dass sie beinahe gestorben wären, hielt sie eine Entschuldigung für angebracht.

«Ich habe deine Warnungen nicht ernst genommen, Billy. Weil ich gedacht habe, ich wüsste es besser. Entschuldige.»

Billy winkte ab. «Schon gut. Wir hätten ja auch Nein sagen können. Du hast uns schließlich nicht mit einer Waffe bedroht.»

«Stimmt. Das nächste Mal versuche ich trotzdem, uns nicht in Lebensgefahr zu bringen.»

«Das wäre allerdings echt nett.»

Kate lächelte und zog die Decke fester um sich. Dann ließ sie ihren Blick durch den runden Raum schweifen. Er war leer, bis auf ein paar Kisten, in denen man Schwimmwesten, Rettungsleinen und andere Dinge für den Notfall deponiert hatte. Schließlich blieb ihr Blick an der schlichten Metalltreppe hängen, die sich an der Wand entlang nach oben schraubte.

«Was meint ihr – sollen wir anfangen, nach Euros zu suchen?»

Gus nickte. «Warum nicht? Solange es noch stürmt, sitzen wir sowieso hier fest.»

«Klar», stimmte Billy zu. «Schließlich habe ich nicht umsonst Kopf und Kragen riskiert, um hierher zu kommen.»

«Im Rätsel heißt es: *Durch rußgeschwärzte Öffnung, die Flammen sind das Ziel*», sagte Gus.

«Das bedeutet wahrscheinlich, dass wir nach ganz oben müssen», vermutete Kate. «Da, wo die Lampe des Leuchtturms ist.»

Sie schälten sich aus den Decken. Ihre Kleidung war nur noch klamm, während ihre Schuhe vermutlich erst vor einer Heizung richtig trocknen würden. Außer Kates Stiefel natürlich – die lagen zusammen mit dem Ruderboot auf dem Grund des Meeres.

Auf Socken folgte sie Billy und Gus die gewundene Treppe hinauf, bis sie auf eine Zwischenebene gelangten. Eine Tür führte in einen Raum, in dem sich ein leeres Regal an das nächste reihte.

Durch ein Fenster sah man hinaus auf das Meer, das sich mit den tief hängenden Wolken zu einem undurchdringlichen Grau vermischte, sodass man nicht erkennen konnte, wo das eine anfing und das andere aufhörte. Irgendwo weit entfernt am Horizont blitzte es.

Auf der nächsten Ebene befand sich die ehemalige Wohnkammer des Leuchtturmwärters. Ein Bettgestell stand noch darin, ein Tisch, ein alter Stuhl, ansonsten war auch dieser Raum leer.

Die Treppe endete schließlich auf einer Ebene ganz oben im Leuchtturm.

«So», sagte Billy und sah sich suchend in dem vollständig von Fenstern umgebenen Raum um. «Hier muss doch jetzt irgendwo die Laterne sein, mit der die Lichtsignale gesendet werden.»

Gus deutete auf eine Vorrichtung in der Mitte des Raumes – eine altertümliche Lampe, umgeben von einer Drehscheibe, auf der dicke, leicht gebogene Glasscheiben befestigt waren. «Du stehst genau davor.»

Billy runzelte die Stirn. «Das Ding da?»

Gus grinste. «Ja, klar. Die Laterne in der Mitte wurde wahrscheinlich mit Öl oder Petroleum betrieben. Und die Gläser sind die Linse. Damit wurde das Licht gebrochen und so verstärkt, dass ein Lichtstrahl entstanden ist.»

«Ah, ich verstehe», sagte Kate. «Und um den Strahl einmal im Kreis wandern zu lassen, wurde einfach die Linse um die Laterne gedreht.»

«Genau.»

«Gibt es eigentlich irgendwas, was du nicht weißt?», fragte Billy. Gus überlegte kurz und wollte gerade zu einer Antwort ansetzen, als Kate ihn unterbrach.

«*Rußgeschwärzte Öffnung*», sagte sie und deutete auf die Vorrichtung. «Das passt perfekt. Wenn Petroleum verbrennt, entsteht Ruß. Mit der Öffnung muss die Laterne gemeint sein.»

Sie beugte sich über die Drehscheibe und sah sich die Lampe genauer an. In der Mitte befand sich ein kleiner Docht, darunter war der Behälter für das Petroleum. Sie zwängte ihre Hand hinein und tastete darin herum, doch er war leer.

«Da ist nichts», sagte sie enttäuscht.

«Moment», warf Gus ein. «Im Rätsel heißt es ja auch: *Ein Spalt in glattem Boden.* Vielleicht ist der Stein gar nicht in der Lampe selbst, sondern darunter.»

Sie suchten den Boden unter der Laterne ab, dann den Boden des gesamten Raumes, doch nirgendwo fand sich ein Hinweis auf einen Spalt oder sonst eine Art von Versteck. Ratlos sahen sie sich um. Bis auf die Laterne war der Raum leer.

«Ganz ehrlich: Keine Ahnung, wo wir hier noch suchen sollen», sagte Billy.

«Aber es muss hier sein», beharrte Kate.

«Vielleicht draußen auf der Galerie?» Gus zeigte auf den schmalen Umlauf, der um den Lampenraum herumführte.

«Sehen wir nach», sagte Kate, und bevor einer der Jungs widersprechen konnte, öffnete sie die Tür, die auf den Umlauf hinausführte. Der Sturm traf sie mit voller Wucht, und sie klammerte sich an das Geländer, um nicht in die Tiefe gerissen zu werden. Sie konzentrierte sich auf jeden Schritt, den sie auf dem metallenen Gitterboden tat, suchte nach einem Spalt in der Außenmauer des Leuchtturms, nach irgendetwas, das anders aussah als normal. Der Wind raubte ihr die Luft zum Atmen und peitschte ihr unablässig die Haare ins Gesicht. Mühsam arbeitete sie sich einmal um den Turm herum, doch als sie die Tür zum Lampenraum wieder hinter sich zuzog, verriet ihre düstere Miene, dass sie keinen Erfolg gehabt hatte.

Gemeinsam suchten sie den gesamten Leuchtturm ab, sahen unter das Bett in der Schlafkammer, verrückten die Regale im Lagerraum, klopften Wände ab, kratzten den Putz und alten Staub aus Ritzen und Löchern. Doch sie fanden nicht den geringsten Hinweis auf das Versteck, das Augustus in seinem Rätsel beschrieben hatte. Am Ende ließen sie sich frustriert auf ihr Deckenlager im Erdgeschoss fallen und starrten dumpf vor sich hin.

«Ich kapier's nicht», sagte Kate mürrisch. «Wir waren uns so sicher, dass der Leuchtturm gemeint ist. *Aufgetürmtes Licht* – ich meine, deutlicher geht es doch gar nicht.»

«Na ja», meinte Billy zögerlich. «Das mit dem *falschen Feuer, das von Untergang spricht* oder so ähnlich … das kam uns von Anfang an komisch vor. Weil ein Leuchtturm doch dafür sorgen soll, dass die Schiffe eben nicht untergehen.»

«Vielleicht haben wir uns tatsächlich geirrt», sagte Gus. «Wir haben jeden Quadratzentimeter abgesucht. Hier ist nichts.»

Kate seufzte. «Aber was ist dann mit dem aufgetürmten Licht gemeint? Und mit dem falschen Feuer?»

Billy zuckte mit den Schultern. «Keine Ahnung. Ehrlich, ich steh total auf dem Schlauch.»

«Vielleicht könnten wir noch mal in die Bücherei gehen und nach Türmen in der Umgebung suchen», schlug Gus halbherzig vor. «Sonst fällt mir auch nichts ein.»

«So ein Mist! Das kann doch nicht alles umsonst gewesen sein.» Mit düsterer Miene starrte Kate auf ihre immer noch klammen Socken. «Außerdem habe ich keine Ahnung, wie ich meiner Mutter die Sache mit den Gummistiefeln erklären soll.»

«Da sehe ich noch ein ganz anderes Problem», sagte Billy trocken. «Um deiner Mutter das mit den Gummistiefeln zu erklären, musst du erst mal wieder zurück nach Hause kommen.»

Billys Einwand erwies sich als berechtigt. Ihr Ruderboot hatte die Herfahrt nicht überstanden, und ein anderes Boot gab es nicht auf der Insel. Billy und Kate holten ihre Handys hervor, doch bei Billys war der Akku leer, und Kates war so nass geworden, dass es nicht

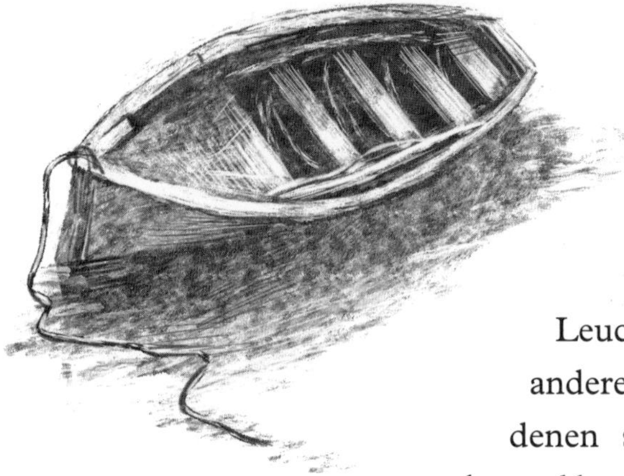

mehr anging. Sie durchsuchten die Kisten im Erdgeschoss nach Leuchtpistolen oder anderen Dingen, mit denen sie sich hätten bemerkbar machen können, doch sie fanden nichts.

Seufzend ließ sich Billy auf eine der Kisten plumpsen. Eine Sekunde später sprang er wieder auf. «Und wenn wir ...» Er beendete den Satz nicht, sondern begann aufgeregt, seine Hosentaschen zu leeren. Eine Büroklammer fiel klappernd zu Boden, ein durchweichtes Taschentuch, ein Bleistiftstummel, ein paar Münzen.

«Wenn wir was?», hakte Kate müde nach. Auch sie hatte sich auf eine Kiste gesetzt und die Knie an die Brust gezogen.

«Aha», rief Billy und hielt sein Feuerzeug in die Höhe, das er nach dem unglücklichen Vorfall mit Augustus' Tagebuch wieder in den Tiefen seiner Tasche versenkt hatte. Nachdem er ein paar Mal vergeblich versucht hatte, es anzumachen, flackerte eine kleine, blau-gelbe Flamme auf. «Na bitte.»

«Wenn wir was?», fragte Kate erneut. «Den Leuchtturm anzünden?»

«Nicht den Leuchtturm», erwiderte Billy. «Aber die Laterne.»

Wenig später standen sie im Lampenraum und starrten auf den Docht der Laterne, an den Billy die Flamme des Feuerzeugs hielt.

«Meint ihr wirklich, dass das nach all den Jahren noch funktioniert?», fragte Gus unsicher. «Das Petroleum wird doch längst verdunstet sein.»

«Ein Versuch ist es wert», erwiderte Kate. «Wenn es klappt, sieht jemand vielleicht das Licht im Leuchtturm und holt Hilfe.»

Die kleine Flamme leckte an dem Docht. Es rauchte und stank nach verbranntem Staub und ranzigem Öl. Plötzlich glomm der verkohlte Docht auf, erst ganz schwach, dann immer stärker, bis tatsächlich eine Flamme die Laterne zum Leuchten brachte. Sie flackerte und rußte, aber sie erfüllte ihren Zweck.

Die Kinder jubelten. «Es funktioniert!», rief Kate. «Billy, die Idee war genial!»

«Jetzt müssen wir den Lichtstrahl so ausrichten, dass er Richtung Darkmoor fällt», sagte Gus und begann, die Linse in die richtige Position zu drehen.

Wie gebannt blickten die Kinder in das Unwetter hinaus, das unvermindert heftig um den Leuchtturm tobte. Der Lichtstrahl zeichnete sich vor den tief stehenden Wolken ab, und sie konnten sehen, wie er langsam über das Wasser in Richtung Festland wanderte. Doch kaum hatte er die Küste vor Darkmoor erreicht, als die Flamme in der Laterne ein letztes Mal aufflackerte – und erlosch.

«Los, mach sie wieder an», drängte Kate.

Billy hielt erneut das Feuerzeug an den Docht, doch so verzweifelt er sich auch bemühte, die Laterne ließ sich nicht noch mal entzünden.

«Da war wohl nur noch ein Rest Petroleum drin», sagte Gus. «Das wird nichts mehr.»

Billy stöhnte. «Und dabei waren wir so nah dran!»

Ratlos sahen sich die Kinder an. «Und jetzt?», fragte Gus.

«Jetzt warten wir, bis der Sturm vorbei ist», schlug Kate vor. «Vielleicht fällt uns dann noch etwas ein.»

Mit hängenden Köpfen stiegen sie ins Erdgeschoss zurück und wickelten sich wieder in die Decken ein. Kate lauschte den Geräuschen vor dem Turm. Trotz der rohen Gewalt, mit der Wind und Wellen auf die Insel prallten, fühlte sie sich sicher im Schutz der dicken Mauern, und schon bald stellte sie fest, dass sie das unablässige Rumpeln und Krachen ganz schläfrig machte. Auch die Jungs starrten müde vor sich hin, und hinterher wusste niemand mehr, wem als Erstes die Augen zugefallen waren.

11

Vom Grund des Meeres

Kate schreckte auf und sah sich verwirrt um. Runde Wände, kalter Steinboden, Halbdunkel, Stille. Sie brauchte einen Moment, bis sie sich daran erinnerte, wo sie war. Billy und Gus lagen zusammengerollt neben ihr auf dem Boden und schliefen. Aber irgendetwas war anders. Sie kam nur nicht gleich darauf, was es war.

Sie lauschte auf die Geräusche vor der Tür. Und endlich begriff sie. Sie hörte nichts mehr. Im Leuchtturm herrschte eine beinahe gespenstische Ruhe.

Das Unwetter war vorbei.

«Gus! Billy! Wacht auf!», rief sie.

Billy murmelte irgendetwas im Schlaf, doch Gus schlug sofort die Augen auf. «Was ist?», fragte er alarmiert.

«Der Sturm ist vorbei. Wir können raus.»

Kate ging zur Tür und öffnete sie. Es war, als würde sie in eine vollkommen andere Welt blicken. Die dunklen Wolken waren weitergezogen und hatten den Wind mitgenommen. Das Meer lag beinahe unschuldig vor ihr, nur ein paar kleine Wellen schwappten friedlich gegen die Felsen. Und gegen …

«Ach du heilige Sch…!!» Fassungslos starrte Kate zur Tür hinaus. Dann drehte sie sich langsam zu den Jungs um und sah sie mit weit aufgerissenen Augen an. «Das glaubt ihr mir nie.»

«Was ist denn?», murrte Billy und setzte sich unwillig auf.

Gus trat neben Kate und spähte an ihr vorbei nach draußen. «Das gibt's doch nicht», murmelte er ebenso verblüfft wie Kate.

«Was ist denn los? Ihr tut gerade so, als hättet ihr einen Geist gesehen.»

«Keinen Geist», erwiderte Kate. «Aber ein Geisterschiff.»

Billy sprang auf und lief zu ihnen. «Was? So ein Quatsch! Ihr nehmt mich doch auf den … ach du Scheiße!»

In einer kleinen, dem Festland zugewandten Bucht, eingeklemmt zwischen Felsen und Insel, lag ein Schiff. Oder vielmehr das, was davon übrig war. Der über und über von Seepocken und Tang überzogene Rumpf wies ein großes, zerfetztes Loch auf, durch das man in das Innere des Schiffsbauchs sehen konnte. Das Deck wurde nur noch von wenigen Planken zusammengehalten, und die Masten stachen wie zersplitterte Fin-

ger in den Himmel. An der abgerissenen Takelage hing neben Schlick und Seegras noch ein Fetzen des ehemaligen Segels, das sanft hin und her baumelte. Im hinteren Teil des Decks befand sich ein Aufbau mit Kabine, und auf dessen Dach prangte das alte Steuer, noch vollkommen intakt, als wartete das Wrack nur darauf, endlich wieder in See stechen zu können.

«Bei allen Pixies – wo kommt das denn her?», murmelte Billy.

Gemeinsam gingen sie auf das Wrack zu, ganz langsam, als hätten sie Angst, dass es sich bei einer unbedachten Bewegung in Luft auflösen könnte. Es schaukelte sachte auf den Wellen auf und ab; die morschen Planken und Balken ächzten.

«Der Sturm muss es hier angetrieben haben», vermutete Kate.

«Ja, schon, aber – wo kommt es her?», fragte Billy erneut. «Es sieht so aus, als hätte es die letzten hundert Jahre auf dem Meeresgrund verbracht. Warum liegt es plötzlich hier vor der Insel?»

«Ich habe mal von einem versunkenen Schiff gelesen, das von einem Sturm an die Oberfläche gespült wurde», sagte Gus. «Die Wellen haben den Meeresgrund so aufgewühlt, dass das Schiff vom Grund gehoben und an die Küste getrieben wurde. Vielleicht ist das hier auch passiert.»

Kate nagte an ihrer Unterlippe. «Könnte es vielleicht …», überlegte sie, verstummte dann jedoch wieder. Der Gedanke war einfach zu absurd.

«Könnte es was?», hakte Gus nach.

«Ach, ich dachte nur … Könnte es das Schiff sein, von dem wir in der Zeitung gelesen haben? Das vor einem Jahrhundert hier an den Felsen zerschellt ist?»

«Das Geisterschiff?», fragte Billy erstaunt.

«Ja. Alt genug sieht es auf jeden Fall aus, oder?»

Gus wiegte nachdenklich den Kopf. «Warum eigentlich nicht?»

«Das wär ja echt ein Ding!» Billys Augen leuchteten auf. «Ob noch etwas an Bord ist? Wenn das mit dem Geisterschiff stimmt, stimmt das mit dem Schatz vielleicht auch.»

«Selbst wenn es den Schatz gegeben haben sollte, ist doch alles längst davongetrieben», erwiderte Gus.

«Und wenn nicht?», beharrte Billy.

«Das ist doch bloß eine Legende», sagte Kate.

«Meinst du so eine wie das Amulett, nach dem wir gerade suchen?», erwiderte Billy schnippisch.

Bevor Kate antworten konnte, war Billy auf die Felsen geklettert und arbeitete sich bis zum Rumpf des Schiffes vor.

«Billy?!?», rief Kate.

«Ich will nur mal gucken.»

«Bist du total durchgeknallt? Das ist gefährlich.»

Billy schnaubte. «Das sagt genau die Richtige.»

Prüfend fuhr er mit der Hand über das glitschige Holz und befühlte den Rand des riesigen, gezackten Lochs, das vermutlich von einem der Felsen in den Rumpf gerissen worden war.

«Billy», rief nun auch Gus. «Bitte mach das n…»

Er kam nicht dazu, den Satz zu beenden. Billy sah zu ihnen zurück, reckte grinsend einen Daumen in die Höhe und war mit einem geschmeidigen Sprung im Bauch des Wracks verschwunden.

«Dieser Idiot!», zischte Kate.

«Ganz unrecht hat er nicht», warf Gus ein. «Viel gefährlicher als das, was wir bisher so angestellt haben, wird es kaum sein.»

Kate verdrehte die Augen. «Das bedeutet noch lange nicht, dass …»

Sie wurde von einem Poltern und Knarzen aus dem Inneren des Wracks unterbrochen, gefolgt von einem «Whoa» und einem etwas gequälten «Nichts passiert».

«Hoffen wir einfach, dass er sich nicht den Hals bricht», sagte Gus. Er klang aber schon nicht mehr ganz so zuversichtlich.

Plötzlich erschien Billy oben auf dem Deck, auf das er irgendwie hinaufgeklettert sein musste. Langsam arbeitete er sich bis zum Heck vor, wich dabei den Löchern und Rissen in den Planken aus und hielt sich immer wieder an der Reling fest, um nicht auf dem nassen, glitschigen Holz auszurutschen. Als er den Aufbau erreicht hatte, kletterte er an den Überresten einer Leiter hinauf, stellte sich hinter das Steuer und winkte ihnen zu.

«Alle Mann an Bord», rief er grinsend. «Wir stechen in See.»

Als er an dem riesigen Rad drehte, ertönte ein lautes *Plong.* Wie in Zeitlupe kippte das Steuer nach hinten, fiel vom Aufbau und schlug krachend auf dem Oberdeck auf.

«Hoppla», rief Billy zerknirscht und hob die Hände.

«Das … äh … wollte ich nicht.»

Ein Knarzen erklang, als beschwere sich das Wrack über die unsanfte Behandlung. Irgendwo splitterte Holz.

«Komm lieber wieder runter, Billy», rief Gus.

«Ja, bitte», sagte Kate. «Ich hab nämlich keine Lust, noch mal bis auf die Knochen nass zu werden, weil ich dich aus einem untergehenden Wrack retten muss.»

«Schon gut, schon gut. Ich komm ja.»

Billy schlitterte die Leiter wieder hinunter. Doch anstatt zu ihnen zurückzukommen, wandte er sich der Tür zu, die in das Innere des Aufbaus führte. «Ich guck nur hier noch schnell rein.»

Als er die Klinke berührte, fiel die gesamte Tür wie ein Stück Pappe in sich zusammen. Billy verzog angewidert das Gesicht. «Puh, das mieft ganz schön da drin», rief er über die Schulter. «Nach Fischfriedhof.» Todesmutig machte er einen Schritt über die ramponierte Tür hinweg und verschwand aus ihrem Sichtfeld.

Kate und Gus warteten. Die Möwen waren an den Himmel zurückgekehrt und zogen kreischend über ihnen ihre Kreise. Auch ihnen war der Fischgeruch offenbar nicht entgangen. Doch Billy tauchte nicht wieder auf.

«Ob wir auch …?», fragte Gus zögerlich. «Ich meine, wenn ihm nun was passiert ist?»

Ein Poltern erklang, dann ein Fluchen, und kurz darauf erschien Billy in der Türöffnung, begleitet von einem Knacken und Ächzen. Mit einem Mal, ganz ohne Vorwarnung, knickte der hölzerne Aufbau ein und fiel krachend und splitternd in sich zusammen.

«Billy!», schrie Kate und krallte sich erschrocken in Gus' Arm. «Mach, dass du da runterkommst!»

Hastig schlitterte Billy über das Deck und verschwand im Schiffsbauch. Zähe Sekunden vergingen, bis Billys Gestalt endlich wieder in dem Loch auftauchte, durch das er in den Rumpf geklettert war. Erleichtert atmete Kate auf. Gus griff nach ihrer Hand, die sich noch immer in seinen Arm krallte, und bog vorsichtig die Finger auseinander.

«Oh», sagte sie entschuldigend. «Tut mir leid.»

«Schon gut.» Gus lächelte und rieb sich unauffällig über die schmerzende Stelle.

Während Billy über die Felsen zu ihnen zurückkehrte, schien sich das Wrack langsam zu beruhigen. Es grenzte an ein Wunder, dass es überhaupt in einem begehbaren Zustand gewesen war. Doch nach Billys Besuch glich es endgültig einem traurigen, hölzernen Gerippe, das sich leise ächzend in den Wellen wiegte und damit liebäugelte, jederzeit wieder auf den Grund des Meeres zurückzukehren.

«Du hast uns einen ganz schönen Schrecken eingejagt», beschwerte Kate sich, als Billy schließlich wieder neben ihnen stand.

«Ist ja noch mal gut gegangen», erwiderte er grinsend und wischte sich einen Streifen Seetang aus dem Gesicht. «Ich hab euch auch was mitgebracht.»

«Na, danke auch», sagte Kate und verzog angeekelt das Gesicht. «Ich verzichte.»

«Quatsch, doch nicht die olle Alge.» Billy zog etwas unter seiner Jacke hervor. «Sondern das hier.»

Er legte einige Gegenstände auf den Boden vor ihnen. «Das war die Kapitänskajüte oder so was Ähnliches. Es war noch alles da, vom Bett bis zum Schreibtisch. Natürlich total nass und kaputt und voller Schlick und Algen und so Zeugs. Aber wegen der geschlossenen Tür ist es wohl nicht weggetrieben worden. Das hier zum Beispiel hatte sich in einer Schublade verklemmt. Cool, oder?»

Kate betrachtete die Sammlung, die Billy vor ihnen ausgebreitet hatte. Sie erkannte eine rostige Gabel, etwas, das aussah wie die Spitze einer Harpune, ein leeres Tintenfass und eine kleine, flache Schatulle aus dunklem Holz.

Gus hob das Kästchen auf und strich beinahe ehrfürchtig über das raue, aufgequollene Holz des Deckels. Unter den

Schlickresten kam der Umriss einer Windrose zum Vorschein.

«Das ist wunderschön», sagte er leise.

«Dann behalt es doch», meinte Billy.

«Ehrlich?» Gus sah Billy aus großen Augen an. «Ich bin mir nicht sicher, ob man so was einfach behalten darf.»

«Klar, warum denn nicht? Das erfährt doch niemand.» Billy sammelte die anderen Gegenstände wieder ein und strahlte dabei übers ganze Gesicht. «Mensch, Leute, ich hab zwar kein Gold gefunden, aber ich fühl mich trotzdem wie ein Schatzsucher. Das war so aufregend. Vielleicht werde ich ja mal Wracktaucher. Gibt es nicht Leute, die ganz offiziell nach Schätzen suchen? Professionelle Schatzsucher? Das wär doch was, meint ihr nicht?»

Kate nickte. «Klingt nicht übel. Apropos: Du hast nicht zufällig auch ein altes Telefon gefunden? Oder ein Morsegerät? Oder irgendwas, womit man Rauchzeichen machen kann?»

«Äh … ne. Wieso?»

«Weil wir zwar jetzt eine Gabel und ein altes Tintenfass haben, aber immer noch nicht wissen, wie wir von dieser Insel wegkommen.»

12

Meeresleuchten

So angestrengt sie auch nachdachten, keiner von ihnen hatte eine Idee, wie sie ohne irgendwelche Hilfsmittel wieder von der Insel herunterkommen sollten. Ratlos saßen die Kinder auf den Felsen vor dem Leuchtturm und beobachteten, wie die Sonne, die kurz zwischen den Wolken hervorgekommen war, langsam hinter dem Horizont versank. Zu allem Überfluss erinnerten ihre Mägen sie mit lautem Knurren daran, dass sie seit dem Morgen nichts mehr gegessen hatten.

Das Brummen war so leise, dass sie zuerst nicht direkt einordnen konnten, was es war. Es schien vom Festland her in ihre Richtung zu kommen, doch die Felsen versperrten ihnen die Sicht.

Billy kletterte auf einen Felsvorsprung und spähte auf das dunkler werdende Meer hinaus. «Ein Boot», rief er aufgeregt. «Es kommt direkt auf die Insel zu.»

Kate atmete erleichtert auf. «Vielleicht hat doch jemand das Licht im Leuchtturm gesehen.»

Das Geräusch wurde immer lauter, und kurz darauf bog ein Boot mit einem alten, knatternden Außenbordmotor um einen Felsen. Im Boot saß ein Mann in einem dunklen Regenmantel und mit einem Regenhut, dessen breite Krempe bis tief in den Nacken reichte.

Das Boot drosselte die Geschwindigkeit, und der Fahrer manövrierte langsam, aber mit großem Geschick durch die Felsen. Kurz vor der Insel stellte der Mann den Motor aus. Das Boot trudelte sachte aus, bis es mit einem sanften *Pock* auf einem sandigen Stück Ufer aufsetzte.

Der Mann erhob sich und stieg aus. Was Kate am meisten beeindruckte, war nicht die geübte Art, mit der er aus dem Boot sprang, oder mit wie viel Bedacht er es sicherte, sondern dass er bei all dem nicht versäumte, an seiner Pfeife zu ziehen.

«Marcus!», rief sie und lief auf den Mann zu. «Sie schickt der Himmel!»

«Hab ich mich also nicht getäuscht», sagte der alte Fischer. Er musterte Kate von oben bis unten, und auf seinem wettergegerbten Gesicht machte sich ein besorgter Ausdruck breit. «Was ist passiert? Seid ihr verletzt?»

«Nein, nein», versicherte Kate. «Es ist nur … unser Boot ist gesunken, deswegen kommen wir hier nicht mehr weg.»

«Hmm», brummte Marcus. «Und dann habt ihr das Licht im Leuchtturm angemacht?»

Kate zögerte. Sie mochte den alten Fischer sehr. Aber sie konnte nicht einschätzen, wie groß der Ärger werden würde, den sie mit ihm wegen ihres Ausflugs zur Insel bekommen würden.

Unauffällig sah sie zu den Jungs hinüber. Gus schien sich am liebsten unsichtbar machen zu wollen, und Billy starrte ebenfalls zu Boden, trat verlegen von einem Bein aufs andere und knetete seine Hände.

«Wir wissen, dass es verboten ist, auf die Insel zu fahren», sagte sie schließlich. «Wir wollten auch gar nicht ... das mit dem Licht war bloß ...»

«Das mit dem Licht», fiel ihr der alte Fischer ins Wort, «war eine hervorragende Idee. Als ich es gesehen habe, dachte ich mir gleich, dass jemand in Not geraten ist. Deswegen bin ich hierhergefahren, nachdem sich der Sturm gelegt hatte.» Er hob noch einmal fragend die Augenbrauen und sah eindringlich von einem zum anderen. «Und euch geht es wirklich gut?»

Als die Kinder nickten, nahm er seine Pfeife aus dem Mund und deutete mit dem Mundstück auf einen Punkt hinter ihnen. «In diesem Fall», fuhr er mit einem Lächeln fort, «könnt ihr mir vielleicht erklären, was *das da* ist.»

Marcus hörte aufmerksam zu, während die Kinder

erzählten, wie das Wrack nach dem Sturm plötzlich an der Insel gelegen hatte. «Bei allen Pixies», murmelte er und strich sich gedankenverloren über den Bart. Dann ging er näher an das Wrack heran, das sanft auf den Wellen schaukelte. «Erstaunlich, in welch gutem Zustand es ist.»

«Ja, nicht wahr?», sagte Billy. «Ich war sogar …»

Kate schüttelte heftig den Kopf und warf ihm einen warnenden Blick zu. Marcus schien ihnen wohlgesinnt zu sein, trotzdem musste er nicht alles wissen.

«Was passiert jetzt mit dem Wrack?», fragte Gus rasch, um das Thema zu wechseln. «Bleibt es einfach hier liegen, bis es irgendwann ein zweites Mal untergeht?»

«Das glaube ich kaum», erwiderte der Fischer. «Wenn es bis morgen früh nicht wieder auf dem Meeresgrund verschwindet, werden andere das Wrack ebenfalls sehen und herkommen, um es zu untersuchen.» Er schmunzelte. «Vielleicht hoffen sie, doch noch das Gold zu finden, das angeblich an Bord gewesen sein soll.»

«Oh, ich kann versichern, dass da nichts … ugh!»

Diesmal war es Gus, der Billy mit einem Tritt zum Verstummen brachte. Er verzog gequält das Gesicht, schwieg aber.

Marcus musterte ihn fragend, und Kate war sich sicher, dass er zumindest ahnte, was Billy hatte sagen wollen. Doch dann meinte er nur: «Ihr müsst müde sein. Lasst uns nach Hause fahren.»

Sie stiegen zu Marcus ins Boot, und mit demselben Geschick, mit dem der Fischer das Boot zur Insel manövriert hatte, lenkte er es auch wieder hinaus. Sobald sie sich ein Stück von der Insel entfernt hatten, erhöhte Marcus die Geschwindigkeit, doch der knatternde, altersschwache Motor gab nicht viel her.

Kate hatte den Reißverschluss ihrer Jacke bis oben zugezogen und beobachtete, wie der Leuchtturm im schwachen Licht der Dämmerung langsam kleiner wurde. Das Meer hatte sich wie eine friedliche Decke um die Insel ausgebreitet, und nichts erinnerte mehr an das Drama, das sich erst vor wenigen Stunden hier auf dem Wasser abgespielt hatte.

«Schaut mal, da!», rief sie und deutete zur Insel zurück. «Seht ihr das auch?»

Das Wrack war von hier aus zwar kaum noch zu erkennen, dafür glaubte Kate, ein grünliches Leuchten auszumachen, das drumherum auf dem Wasser schwebte.

Billy folgte ihrem Blick und wurde mit einem Mal ganz blass. «Leichenlichter», hauchte er. «Die Seelen der Verstorbenen, die nie ein ordentliches Begräbnis bekommen haben.»

«Biolumineszente Mikroorganismen», entgegnete Gus. «Das Licht entsteht durch eine chemische Reaktion innerhalb der einzelligen Organismen.»

Lächelnd sah Kate von Billy zu Gus. Schon erstaunlich, wie beide dasselbe Leuchten beobachteten und vollkommen unterschiedliche Dinge darin erkannten. Aber sie waren ja auch sonst total verschieden: Billy mit seinem Aberglauben, Gus mit seiner Liebe zu Büchern. Dazu noch sie selbst, die immer mit dem Kopf durch die Wand wollte. Sie waren alle drei so verschieden, kannten sich erst seit ein paar Wochen – und doch waren sie zu Freunden geworden.

Je näher sie der Küste kamen, desto mehr verblasste das Leuchten, und als sie die Fischerhütten erreicht hatten, waren der Leuchtturm und das Wrack von der Dunkelheit verschluckt worden. Marcus steuerte das Boot geschickt an einen Steg und vertäute es. Mit steifen Gliedern und zitternd vor Kälte kletterten die Kinder an Land.

«Ihr kommt noch mit zu mir», brummte der Fischer. «Ihr müsst euch erst mal aufwärmen und was in den Magen bekommen, bevor ihr wieder unter Leute geht.»

Die Kinder versuchten gar nicht erst, Marcus zu widersprechen, und kurz darauf saßen sie um den Tisch in der bescheidenen Wohnstube. Der Fischer entzündete den Kamin, feuerte den alten Herd an und stellte bald darauf vier Tassen dampfenden Tee und einen Teller Kekse vor sie auf den Tisch.

Die schwarze Katze, die Kate schon bei ihrem ersten Besuch kennengelernt hatte, sprang auf den Schoß des alten Fischers und ließ sich dort nieder. Ihr Schnurren vermischte sich mit dem Knistern des Kaminfeuers und dem Kauen der Kinder, die die Kekse ausgehungert in sich hineinstopften.

Marcus schaute ihnen schweigend zu und wartete, bis die letzten Krümel verputzt waren. Seine Stimme klang gutmütig, als er fragte: «Verratet ihr mir, warum ihr wirklich auf die Insel gefahren seid?»

Die drei sahen sich unsicher an. Eigentlich hatten sie sich vorgenommen, niemandem etwas zu erzählen. Und sie hätten dem Fischer jede erdenkliche Geschichte auftischen können, von irgendeiner verlorenen Wette oder einer Mutprobe; er hätte ihnen vermutlich geglaubt. Andererseits hatte Marcus sie wie selbstverständlich von der Insel gerettet, bewirtete sie mit Tee und Keksen, anstatt ihnen eine Standpauke zu halten, und überhaupt steckten sie in einer katastrophalen Sackgasse, aus der sie vermutlich ohnehin nicht wieder herausfanden.

Als Gus und Billy nickten, atmete Kate noch einmal tief durch und sagte dann: «Wir sind auf der Suche nach … etwas.»

Der alte Fischer sah sie mit unbewegter Miene an, streichelte über das Fell seiner Katze und wartete geduldig darauf, dass sie fortfuhr.

Kate nagte an ihrer Lippe. «Wir … sind auf eine Art Gedicht gestoßen und glauben, dass es auf einen Ort hier an der Küste hinweist. Den Leuchtturm, um genau zu sein. Deswegen waren wir dort. Aber offenbar lagen wir falsch. Wir haben nichts gefunden.»

Marcus wiegte den Kopf. «Dürfte ich dieses Gedicht einmal hören?»

Kate sah zu den Jungs. Billy zuckte mit den Schultern, als wolle er sagen, *warum nicht?* Auch Gus nickte erneut.

«In der ersten Strophe ist die Rede von *aufgetürmtem Licht*», sagte Kate.

«*Der zweite Wind verbirgt sich in aufgetürmtem Licht, wo falsches Feuer leuchtet und Untergang verspricht*», zitierte Gus die gesamte erste Strophe.

«Der zweite Wind», murmelte Marcus. «Soso.» Dann begann er, seine Pfeife neu zu stopfen und verfiel dabei in nachdenkliches Schweigen.

Irgendwann hielt Kate die Stille nicht mehr aus. «Mit dem aufgetürmten Licht muss der Leuchtturm gemeint sein, auch wenn wir uns nicht ganz sicher sind, wie das mit dem falschen Feuer und dem Untergang gemeint ist. Aber wie gesagt …» Sie hielt kurz inne und versuchte, nicht allzu enttäuscht zu klingen. «Wir haben alles abgesucht. Da war nichts.»

Marcus zündete ein Streichholz an und hielt es in den frisch gefüllten Pfeifenkopf. Dann zog er ein paar Mal an der Pfeife, um die Glut anzufachen, und paffte den Rauch aus. Sofort füllte sich der Raum mit dem würzig-herben Duft des Tabaks.

Dann endlich schaute er auf und lächelte. «Das liegt daran», sagte er, «dass ihr an der falschen Stelle gesucht habt.»

«Sie meinen», Gus beugte sich gespannt vor, «mit dem aufgetürmten Licht ist gar nicht der Leuchtturm gemeint?»

Marcus nickte. «Genau.»

«Aber was dann?»

Der Fischer paffte kleine Rauchwölkchen in die Luft und lehnte sich zurück. «Was wisst ihr über die Geschichte von Darkmoor-on-Sea?»

Billy verdrehte die Augen. «Bitte nicht», murmelte er.

Gus ignorierte ihn. «Meinen Sie die Erschließung der Mine? Die Wheal St. Perran hat Darkmoor reich gemacht.»

Marcus brummte zustimmend. «Aber was geschah, nachdem man die Mine geschlossen hatte?»

«Die Dorfbewohner begannen zu schmuggeln», sagte Kate. «Um nicht auf ihren Reichtum verzichten zu müssen.»

«Genau. Sie warteten, bis ein Schiff in den Untiefen vor der Küste in Seenot geriet, und raubten es aus. Doch dann wurde der Leuchtturm gebaut und signalisierte den Schiffen, welche Routen sie meiden mussten.»

«Durch den Bau des Leuchtturms ist den Schmugglern ihr gesamtes Einkommen weggebrochen», folgerte Gus.

«Und das haben sie nicht so einfach hingenommen», ergänzte Marcus. «Wisst ihr, was der Ausdruck *falsches Feuer* bedeutet?»

Die Jungs schüttelten den Kopf, doch Kate war plötzlich wie elektrisiert. «Na klar», rief sie. «Die Schmuggler haben einfach ein falsches Lichtsignal gesendet, von einem anderen

Punkt an der Küste, um so die Schiffe auf ein Riff zu lenken.»

Der Fischer nickte. «Genau das haben sie getan.»

«Dann ergibt das mit dem Untergang auch einen Sinn», sagte Billy. «Wenn man dem falschen Feuer folgt, geht man unter.»

«Wissen Sie zufällig, wo diese Stelle gewesen ist?», fragte Gus. «Von der die Schmuggler das Lichtsignal gesendet haben?»

Marcus schüttelte den Kopf. «Nein, mein Junge. Das war lange vor meiner Zeit. Aber es muss an einem möglichst hoch gelegenen Punkt gewesen sein, damit das Licht weithin zu sehen war. Ich vermute, dass sie einen der alten Maschinenhaustürme der stillgelegten Mine benutzt haben. Ein Stück oberhalb der Bucht gab es mal zwei oder drei, vielleicht war es einer davon.»

Kate strahlte über das ganze Gesicht. «Marcus, das ist fantastisch. Sie glauben gar nicht, wie sehr uns das weiterhilft.»

«Ich nehme an, dass ihr mir nicht verraten werdet, was es mit dem Gedicht genau auf sich hat?»

Wieder sahen die drei sich an, doch bevor sie antworten konnten, winkte der alte Fischer ab. «Schon gut. Geheimnisse sind dazu da, um bewahrt zu werden. Ich werde auch eines bewahren und niemandem erzählen, dass ihr auf der Insel wart. Dafür müsst ihr mir versprechen, nie wieder so einen Unfug zu machen.»

Kate, Billy und Gus nickten eifrig. «Versprochen», erwiderten sie im Chor.

Marcus schmunzelte und erhob sich, was der Katze ein empörtes Maunzen entlockte. «Es ist schon spät. Ihr solltet zusehen, dass ihr nach Hause kommt.»

Sie verabschiedeten sich von dem alten Fischer und bedankten sich noch einmal für seine Hilfe. Dann traten sie in die Dunkelheit hinaus und gingen zum Klippenpfad, der sie zurück nach Darkmoor Hall und ins Dorf bringen würde.

«Was für ein Tag», seufzte Billy, während sie den schmalen Pfad zwischen Ginster und Heidekraut entlang liefen. «Ich bin fix und fertig.»

«Aber wir haben eine neue Spur», warf Kate ein.

«Oh, ich weiß, was du jetzt sagst», fiel Billy ihr ins Wort. «Mitgehangen, mitgefangen oder so was in der Art.»

Kate grinste. «Stimmt. Also: Treffen wir uns morgen wieder hier am Strand und suchen den richtigen Turm?»

Billy nickte ergeben. «Abgemacht. Du lässt ja sonst eh nicht locker.»

«Ohne mich», erwiderte Gus. «Tante Etheldas Freundin reist morgen ab.» Er versuchte, seine Enttäuschung hinter einem lässigen Schulterzucken zu verbergen. «Ihr könnt mir ja dann erzählen, was ihr gefunden habt.»

«Ganz ehrlich, Gus?», sagte Kate. «Ich weiß, dass du es dir mit deiner Tante nicht verscherzen willst. Andererseits gibt es nichts mehr, was sie dir noch wegnehmen könnte. Dann kannst du genauso gut auch mitkommen.»

Den Rest des Wegs legten sie schweigend zurück, zu müde, um das Thema weiter zu vertiefen. Nachdem sie sich an der Küstenstraße voneinander verabschiedet hatten, sah Kate Gus noch eine Weile nachdenklich hinterher. Wenn er sich offen gegen seine Tante stellte, würde es die Situation für ihn vielleicht doch nur noch schlimmer machen. Andererseits bekam Gus ihre Verachtung ohnehin täglich zu spüren. Die einzige Steigerung war im Grunde nur noch, dass sie Gus in den Keller sperrte, und so weit – hoffte Kate zumindest – würde selbst Lady Grenville nicht gehen.

13

Ruinen

Als Kate und Billy am nächsten Tag auf den Klippenpfad einbogen, wartete Gus bereits auf sie. Er wirkte fröhlich, fast ein bisschen verwegen, und hatte im Gegensatz zu sonst sogar etwas Farbe im Gesicht.

Kate lächelte. «Wie cool, dass du gekommen bist.»

«Ich werde es vermutlich bitter bereuen», erwiderte er. «Aber das ist es mir wert.»

Zu dritt machten sie sich auf den Weg. Es würde eine ganze Weile dauern, bis sie die langgezogene Bucht von Darkmoor-on-Sea umrundet hatten. Aber die Aussicht darauf, endlich den nächsten Stein des Amuletts zu finden, versetzte sie in beste Laune.

Was der alte Marcus ihnen gestern über die Schmuggler erzählt hatte, passte perfekt zur ersten Strophe des Rätseltexts. Zwar führte der Klippenpfad nach Norden, aber hinter der Bucht von Darkmoor, wo die Ruinen der Maschinenhäuser standen, machte er einen Knick nach Osten – also genau dorthin, wo sie den Ostwind zu finden hofften.

Sie liefen durch eine blühende Heidelandschaft, immer mit Blick auf das Meer, das sich heute in unschuldigem Blau bis zum Horizont erstreckte. Das gute Wetter hatte vereinzelte Wanderer hervorgelockt, die die Kinder jedoch nicht weiter beachteten. Die meisten waren ausgerüstet, als befänden sie sich im Hochgebirge und nicht an der Küste Südenglands.

Ein Wanderer, der in einiger Entfernung hinter ihnen über den Klippenpfad schlenderte, hatte einen ausladenden Hut auf dem Kopf und ein so riesiges Fernglas um den Hals hängen, dass er von hier aus sogar die Vögel im Londoner Hyde Park hätte beobachten können, wie Billy mit einem scherzhaften Grinsen anmerkte.

Je näher sie dem Knick kamen, der den Pfad in östliche Richtung lenkte, desto mehr veränderte sich die Landschaft um sie herum. Bäume und Sträucher gesellten sich zu Stechginster und Heidekraut, und bald

liefen sie durch ein lichtes Waldstück, das sich bis an den Rand der Klippen vorgewagt hatte.

Schließlich blieb Gus stehen, holte eine Wanderkarte der Umgebung hervor und studierte sie eingehend. «Hier muss es irgendwo sein», sagte er und sah sich aufmerksam um. «Wenn wir dem Pfad zu lange folgen, bewegen wir uns wieder nach Norden und sind viel zu weit vom Dorf entfernt.»

«Aber hier ist nichts», entgegnete Billy. «Nur Bäume und Felsen.»

Kate kam ein Gedanke, der ihr unwillkürlich einen Stich versetzte. «Und wenn sie die Maschinenhäuser abgerissen haben?», fragte sie beklommen.

«Dann hätte sich einer der Arbeiter über einen ziemlich großen Diamanten gefreut», warf Billy ein.

Doch Gus schüttelte den Kopf. «Alles, was mit der Mine zu tun hat, steht unter Denkmalschutz. Es darf nicht einfach abgerissen werden. Sie müssen also noch irgendwo sein.»

Die Kinder suchten die gesamte Umgebung ab, fanden aber nichts, was auf die Existenz der alten Maschinenhäuser hinwies. Kate hatte sich zwischen Unterholz und Felsen bis zum Rand der Klippe vorgearbeitet und ließ ihren Blick nun über das Meer schweifen. Hier wäre tatsächlich der perfekte Ort gewesen, um ein Lichtsignal zu senden, dachte sie. So hoch, dass man es noch von weit draußen auf dem Meer erkennen konnte. Und so von den Bäumen verborgen, dass es zum Land hin vor neugierigen Blicken geschützt war.

Ein Stein löste sich unter ihrem Schuh und fiel in die Tiefe hinab. Sie sah ihm hinterher und entdeckte zu ihrer Überraschung, dass sich genau unter ihr ein Felsplateau befand. Ein kleines, halb eingefallenes Haus stand darauf, das so in die Felsen gebaut war, dass es daraus hervorzuwachsen schien. Und nur wenige Meter daneben, auf einem weiteren Vorsprung, ragten die Überreste eines Schornsteins auf. Er musste früher ziemlich hoch gewesen sein, doch die Zeit und das Meer hatten es nicht gut mit ihm gemeint. Die dem Wasser zugewandte Seite war eingefallen, die losen Steine mussten direkt ins Meer gestürzt sein.

«Billy! Gus!», rief Kate über die Schulter. «Ich glaube, ich hab ihn gefunden!»

Als die beiden Jungs kurz darauf neben sie traten, deutete sie in die Tiefe. «Es ist leider nicht mehr viel davon übrig», sagte sie, «aber immerhin ist er noch da.»

«Wow.» Billy starrte ehrfürchtig in die Tiefe. «Wie haben die es geschafft, da etwas hinzubauen? Und warum ausgerechnet an so einer Stelle?»

«In dem Maschinenhaus ist bestimmt eine Pumpe gewesen», vermutete Gus. «Irgendwo hier in der Nähe müssen Stollen unter dem Meer entlangführen. Und je näher die Pumpe bei den Stollen ist, desto einfacher ist es, das Wasser herauszupumpen.»

«Und der Schornstein?», fragte Kate.

«Durch den ist der Rauch der Maschine entwichen, die die Pumpe angetrieben hat.»

«Aufgetürmtes Licht, rußgeschwärzte Öffnung», sinnierte Kate. «Es passt alles zusammen. Jetzt müssen wir nur noch irgendwie da runterkommen.»

Billy deutete auf eine Stelle in den Klippen, die mit viel Fantasie einmal eine Treppe gewesen sein mochte. «Da geht's prima.»

Gus verlor sämtliche Farbe, die an diesem Tag in seinem Gesicht gewesen war. «*Da* runter?»

Billy zuckte mit den Schultern. «Du kannst auch springen. Tut aber vermutlich mehr weh.»

Gus verzog das Gesicht. Aber Billy hatte recht – es gab keine andere Möglichkeit, zu den Gebäuden hinunterzukommen. Also blieb ihnen nichts anderes übrig, als das Wagnis einzugehen.

Es wurde eine abenteuerliche Kletterpartie. Viele der in den Fels gehauenen Stufen waren weggebrochen; an manchen Stellen fanden sie nur auf Zehenspitzen Halt oder mussten ein Stück in die Tiefe springen, weil Wind und Wetter gleich mehrere Stufen auf einmal abgetragen hatten. Die Kinder krallten sich an Spalten und hervorstehenden Felsbrocken fest, und Kate musste kurz an das Gesicht ihrer Mutter denken, als sie über einen Vorsprung rutschte und sich danach ein Riss in ihrem Hosenbein befand. Irgendwie schafften sie es trotzdem, halbwegs unversehrt am Fuß der Treppe anzukommen.

Sie gingen an der Ruine des Hauses vorbei zum Schornstein, und kurz darauf standen sie neben dem

Schlot des Maschinenhauses – oder besser, neben dem, was von ihm noch übrig geblieben war.

Von Nahem sah der Schornstein noch zerstörter aus als oben von den Klippen. Ein Teil des Felsens war abgebrochen und hatte dabei die Hälfte des Bauwerks mit in die Tiefe gerissen. Die gesamte dem Meer zugewandte Seite war verschwunden.

Entsetzt starrten sie auf das wenige, was von dem Schlot noch übrig war. «Es ist weg», sagte Gus tonlos. «Die Mauer, der Boden, alles.»

Vorsichtig kniete Kate sich an die Abbruchkante und fuhr mit dem Finger über den Rest des Fundaments, das damals mit Mörtel zu einer glatten Fläche verputzt worden war. An einer Stelle direkt an der Kante glaubte sie, eine Vertiefung im Boden zu erkennen. Ob hier ein Hohlraum gewesen war? Hatte Augustus eine Art Geheimfach in den Felsen gehauen, das man durch einen Spalt hatte öffnen können?

Es bestand kein Zweifel: Dieses Mal hatten sie den richtigen Ort gefunden. Doch sie waren zu spät gekommen. Viele Jahre zu spät.

Sie richtete sich wieder auf und sah am Rand der Felsen hinab ins Meer. Wellen schlugen gegen die Klippen, zwar sanfter als gestern, aber doch mit solcher Kraft, dass die Gischt bis zu ihnen hinauf spritzte. Euros weilte nicht mehr in dem Spiel, das Augustus sich für seine Familie ausgedacht hatte. Er war zu einem Spielball des Meeres geworden, war zwischen Gesteinsbrocken und Mauersteinen in das rastlose, schäumende Wasser gefallen und würde für immer in den Tiefen des Meeres verschwunden bleiben.

14

Aus und vorbei

«Es war alles umsonst.» Frustriert trat Billy gegen einen Stein, der in hohem Bogen über die Klippen ins Meer fiel. «Wir haben uns zwei Mal in Lebensgefahr gebracht. Und wozu das alles? Für nichts und wieder nichts. So ein verflixter Mist!» Er setzte sich neben Gus und Kate, die an den Mauerresten des alten Maschinenhauses lehnten.

Wie zum Hohn kam die Sonne hinter den Wolken hervor, tauchte die Klippen in goldgelbes Licht und brachte das Meer unter ihnen zum Glitzern. Doch niemand hatte einen Blick dafür übrig. Alle drei hatten den Kopf auf die Hände gestützt und starrten trübsinnig vor sich hin.

«Wie er wohl ausgesehen hat?», überlegte Billy.

Kate runzelte die Stirn. «Wer?»

«Euros. Der Edelstein. Ob er auch gelb gewesen ist wie Notos?»

Kate zuckte nur mit den Schultern. Die Enttäuschung lag wie ein Klumpen Blei in ihrem Magen. *Die*

Jäger der verschwundenen Winde. Pah. Der Ostwind war davongeflogen, und mit ihm jeglicher Hinweis auf die weiteren Steine – welche Farbe er gehabt haben mochte, war ihr in diesem Moment herzlich egal.

Ein helles Blinken ließ sie aufblicken. Stirnrunzelnd sah sie an den Klippen hinauf zu dem kleinen Wäldchen. Da war es wieder. Ein kurzer, greller Lichtblitz, wie von einer besonders hellen Lampe oder einer Spiegelung. Außerdem glaubte sie, einen Schatten gesehen zu haben.

«Was ist?», fragte Gus, der ihren Blick bemerkt hatte.

«Ich weiß auch nicht. Da war so ein komisches Blinken. Hab ich mir aber vielleicht auch nur eingebildet.»

Gus seufzte. «Lasst uns zurückgehen. Hier ist ja doch nichts mehr zu holen.»

Sie ließen das Maschinenhaus und den eingefallenen Schlot hinter sich und begannen, über die Treppe zurück nach oben zu klettern. Der Aufstieg erwies sich als noch schwieriger als der Abstieg – zu viele Stufen waren weggebrochen, zu viele von denen, die noch da waren, bröckelten unter ihrem Gewicht davon. Immer wieder verloren sie den Halt, rutschten ein Stück ab und konnten sich oft erst in letzter Sekunde irgendwo festkrallen. Mechanisch arbeiteten sie sich nach oben, ohne über Schrammen oder zerrissene Hosen nachzudenken, bis sie endlich den Rand der Klippe erreicht hatten.

«Sieh an, sieh an», begrüßte sie eine altbekannte Stimme.

Kate zog sich die letzten Stufen nach oben und richtete sich auf. Vor ihr standen Dan, Karl und Pete.

«So ein Zufall.» Dan lächelte sein unschuldiges Lächeln.

«Macht ihr Sightseeing?», fragte Karl.

«Oder sucht ihr ein neues Zuhause für die Parishs?», warf Pete mit einem gehässigen Lachen ein. «Verständlich. Jede Ruine wäre besser als die Bruchbude, in der sie hausen.»

Karl fiel in Petes Lachen mit ein.

Die kleine Kugel in Kates Bauch begann zu pulsieren. «Ihr verdammten Scheißkerle!» Hoppla. Das war ihr unfreundlicher herausgerutscht als geplant. Eigentlich hatte sie sich vorgenommen, sich von Dan und seinen Kumpanen nicht mehr provozieren zu lassen, aber es gelang ihr nicht. Nicht nach dem, was vor der Bücherei geschehen war, nicht nach der Art, wie sie Gus zugesetzt und sich über sie alle lustig gemacht hatten. Nicht nach dem Kommentar über Billys Familie. Über Armut machte man keine Witze.

Sie zwang sich, tief durchzuatmen, merkte aber gleich, dass es nicht viel nutzte. Die Abneigung, die sie gegen Dan und seine Freunde empfand, schwoll in ihr an wie ein Ballon, der kurz vor dem Platzen war. Sie musste schleunigst hier weg, doch einfach an den

Jungs vorbeizumarschieren war keine Option. Die drei hatten sich so breitbeinig nebeneinander aufgestellt, dass sie den gesamten Weg versperrten.

Billy schien dasselbe zu denken wie Kate. «Lasst uns vorbei.»

«Könnt ihr vergessen», erwiderte Karl.

«Nicht, bevor ihr uns gesagt habt, was ihr hier gesucht habt», fügte Pete hinzu.

Dan sagte nichts. Er musterte Kate schweigend und mit unbewegtem Gesicht.

«Also?» Karl wurde langsam ungeduldig. «Was wolltet ihr da unten?»

Billy schnaubte. «Als wenn wir euch irgendeine Antwort schuldig wären. Lasst uns in Ruhe.» Er wollte sich an Pete vorbeidrängen, doch der untersetzte Junge trat einen Schritt zur Seite und hinderte ihn daran.

«Ihr meint das ernst mit dem Schatz, oder?», sagte er. «Ihr habt dort unten danach gesucht.»

«Und selbst wenn», warf Kate wütend ein, «geht euch das einen Scheiß an.»

Karl lachte gehässig. «O doch, das tut es. Darkmoor ist *unser* Revier. Falls ihr etwas findet, gehört es uns.»

«Lächerlich. Von jemandem, der nicht mal seine Pickel im Griff hat, lass ich mir doch nichts von Revieren erzählen.»

Karl ballte die Fäuste und trat auf Kate zu. «Du dumme …»

Weiter kam er nicht. Dan packte seinen Arm und hinderte ihn daran, auf Kate loszugehen. Er hatte kein einziges Wort gesagt, hatte sie nur unentwegt angesehen, und wenn Kate ehrlich war, machte sie das nervöser als ein Karl mit geballten Fäusten. Mit dem konnte sie es aufnehmen. Bei Dan war sie sich nicht so sicher.

«Rückt endlich raus mit der Sprache», knurrte Karl, der sich nur unwillig von Dan zurückhalten ließ. «Sonst prügeln wir es aus euch raus.»

Kate konnte nicht anders – sie musste lachen. «Ihr wollt *uns* verprügeln? Das ist ja wohl der Witz des Jahrhunderts. Wieso glaubt ihr eigentlich immer noch, dass ihr mit uns machen könnt, was ihr wollt?»

«Das tun wir gar nicht», meldete sich Dan endlich zu Wort. In seiner Stimme schwang eine unverhohlene Drohung mit. «Aber ich kenne jemanden, mit dem wir das können.»

«Was soll das?» Plötzlich hatte Kate ein mulmiges Gefühl. «Was meinst du damit?»

«Ich denke da zum Beispiel an diesen Jungen, den ich heute Morgen am Strand gesehen habe. Er war gerade auf dem Weg zum alten Marcus. Ziemlich klein für sein Alter, schmächtig, braune Haare. Und er sieht dir ähnlich. Dein Bruder, nehme ich an?» Er musterte Kate kalt. «Ich bin mir sicher, dass er uns nicht viel entgegenzusetzen hätte.»

«Das wagt ihr nicht!» Kate spürte, wie etwas in

ihrem Innern zu brodeln begann. Sie machte einen Schritt auf Dan zu, der jedoch keinen Millimeter zurückwich und ihren Blick ungerührt erwiderte. Um seine Mundwinkel spielte ein winziges, triumphierendes Lächeln.

«Mein Bruder hat mit der ganzen Sache überhaupt nichts zu tun!» Irgendjemand griff nach ihrem Arm, Gus oder Billy, sie wusste es nicht. Wütend schüttelte sie ihn ab. «Ich schwöre euch, wenn ihr ihm auch nur ein Haar krümmt …»

«Dann was?» Das Lächeln um Dans Mund wurde breiter, und genau dieses überhebliche Lächeln war es, das etwas in Kate zum Explodieren brachte.

Sie brüllte wie eine angeschossene Löwin und stürzte sich auf Dan. Sie wollte ihn schlagen, treten, ihm irgendwie wehtun dafür, dass er ihren kleinen Bruder bedrohte. Doch Billy und Gus hielten sie zurück, und sie versuchte vergeblich, den eisernen Griff der beiden abzuschütteln.

Das laute Knacken eines Astes ließ die Kinder herumfahren. Auf dem Klippenpfad, der in ein paar Metern Entfernung zwischen den Bäumen entlangführte, ging ein Mann vorbei. Um seinen Hals hing ein riesiges Fernglas, das Gesicht war von einem breitkrempigen Hut verdeckt. Es musste der gleiche Wan-

derer sein, den sie schon auf dem Hinweg gesehen hatten.

Er beachtete die Kinder nicht, schaute beinahe demonstrativ in eine andere Richtung. Doch Billy und Gus nutzten die durch ihn entstandene Ablenkung und zogen Kate hinter sich her, an den Jungs vorbei zum Klippenpfad, zurück nach Darkmoor.

«Wir können doch nicht ...» Kate versuchte immer noch, sich aus dem Griff der beiden zu befreien. Sie war noch nie in ihrem Leben so aufgebracht gewesen. «Habt ihr gehört, was er gesagt hat? Wir können doch nicht einfach so gehen.» Billy und Gus ignorierten sie und liefen stumm weiter. Dan, Karl und Pete folgten ihnen nicht. Sie hatten ihre Botschaft mehr als deutlich überbracht.

«Das können die nicht machen!», rief Kate. «Wie kann man jemanden bedrohen, der so viel kleiner ist. Diese feigen Mistkerle!» Wütend sah sie Billy und Gus an. «Jetzt sagt doch auch mal was.»

Sie waren inzwischen aus dem Wäldchen heraus, und endlich ließen die beiden sie los. «Natürlich hast du recht – das geht gar nicht», sagte Billy schließlich. «Aber sich mit ihnen zu prügeln, ist auch keine Lösung.»

«Ach, verdammt.» Kate trat gegen einen Stein, der in hohem Bogen davonflog. «Das ist alles so ein gigantischer Bockmist!»

Den Rest des Wegs legten sie schweigend zurück. Der Wanderer mit dem Fernglas war nirgendwo mehr zu sehen, und auch Dan, Karl und Pete tauchten nicht wieder auf.

Kates Wut verebbte langsam, verschwand aber nicht ganz, sondern nistete sich als kleine, pulsierende Kugel in ihrer Magengrube ein. Voller Bitterkeit dachte sie daran, was für eine Wendung dieser Tag genommen hatte. Die Abenteuerlust, mit der sie aufgebrochen waren; die Hoffnung, endlich den zweiten Wind zu finden; das Wissen, es jederzeit mit Dan und seiner Gefolgschaft aufnehmen zu können – all das war in den letzten Stunden so gründlich begraben worden wie Euros auf dem Grund des Meeres.

Mrs Baker stellte drei Becher Kakao vor ihnen ab, auf denen sich ein riesiger Berg Sahne türmte, und kehrte kurz darauf mit drei Tellern Apfelkuchen zurück. Es war ein ruhiger Nachmittag im Café, daher hatte Kates Mutter ihnen extragroße Stücke abgeschnitten. Als die Kinder jedoch nicht wie sonst vollkommen ausgehungert über den Kuchen herfielen, hielt sie überrascht inne.

«Ist alles in Ordnung mit euch?», fragte sie. «Ihr seht aus, als wäre jemand gestorben.»

«Nicht direkt», brummte Kate. «Aber es ist etwas ins Wasser gefallen.» Näher ging sie nicht darauf ein.

Dans Drohung, sich Ben vorzuknöpfen, würde sie ihren Eltern wohlweislich verschweigen.

Ihre Mutter runzelte die Stirn. Doch bevor sie weiterfragen konnte, streckte Kates Vater den Kopf aus der Küchentür. «Hannah!», rief er, und seine Stimme klang nicht sehr freundlich. «Ich hab dir doch gesagt, du sollst das feine Mehl bestellen und nicht das grobe. So gelingen mir die Biscotti nie.»

Die Miene ihrer Mutter verfinsterte sich. «Dann bestell dein verflixtes Mehl doch selbst», murmelte sie kaum hörbar. Aber Kate hatte es gehört.

Ihre Mutter sah entschuldigend zu den Kindern. «Tut mir leid. Ihr könnt es mir später erzählen, okay?» Dann drehte sie sich um und eilte wutentbrannt in die Küche. Die Tür knallte hinter ihr ins Schloss, trotzdem war deutlich zu hören, wie ihre Eltern miteinander diskutierten.

Die Kugel in Kates Magen begann wieder zu pulsieren. Mit grimmiger Miene löffelte sie die Sahne von ihrem Kakao und starrte vor sich hin. Die Jungs taten so, als hörten sie den Streit ihrer Eltern nicht, stocherten aber auch nur lustlos in ihrem Kuchen herum. Sie waren genauso ratlos und frustriert wie sie selbst.

Schließlich schob Billy seinen Teller von sich, auf dem er das Kuchenstück fachmännisch in kleinste Krümel zerlegt hatte, und sah fragend zu den anderen. «Und was machen wir jetzt?»

«Was schon?», entgegnete Kate. «Gar nichts. Der zweite Stein ist auf Nimmerwiedersehen verschwunden.»

«Und die beiden anderen Steine? Im Norden und Westen? Vielleicht sind die noch da», warf Billy wenig überzeugt ein.

«Vielleicht.» Gus seufzte. «Aber wir haben keine Ahnung, wo wir nach ihnen suchen sollen. Der Hinweis auf den nächsten Stein ist zusammen mit Euros ins Meer gefallen.»

«Also war es das? Einfach so?»

«Sieht ganz so aus», erwiderte Gus. Seine Stimme war so leise, dass sie ihn kaum noch verstanden.

Als Kate sah, wie er sich verstohlen eine Träne aus dem Augenwinkel wischte, musste sie schlucken. Für Gus hing so viel mehr an dieser Suche als ein paar wertvolle Edelsteine oder ein aufregendes Abenteuer. Das Amulett war mit seiner Familiengeschichte verknüpft, es war eine Spur zu seinem Urgroßvater, zu der Familie, die es nicht mehr gab. Er hatte alles verloren – sein Zuhause, seine Eltern und nun auch noch die Möglichkeit, Licht in die Vergangenheit zu bringen. Sie nahm seine Hand und drückte sie.

Gus lächelte dankbar. «Ich sollte langsam zurück. Tante Ethelda kocht bestimmt vor Wut.»

«Hat sie dich nicht schon genug schikaniert?», fragte Kate. «Ich weiß, du hast Angst, sie noch mehr gegen dich aufzubringen. Aber ich finde, du solltest ihr sagen, wie du dich fühlst. Vielleicht ist es ihr gar nicht bewusst. Und viel schlimmer kann sie dich ohnehin nicht mehr behandeln.»

Gus warf ihr einen zweifelnden Blick zu. «Ich geh dann mal», sagte er bloß und stand auf. «Danke für den Kuchen und … für alles andere.»

Kate und Billy sahen ihm nach, wie er mit hängendem Kopf aus dem Café trottete. Das fröhliche Bimmeln der Türglocke, das ihn begleitete, war Kate noch nie so fehl am Platz erschienen.

«Und was hast du jetzt vor?», fragte sie Billy.

Er seufzte. «Bis an mein Lebensende Rasen mähen.»

«Wie viel Geld hast du denn schon zusammen?»

«Ungefähr die Hälfte.»

«Können deine Eltern nicht was dazugeben?»

Billy schüttelte den Kopf. «Unser Heißwasserboiler ist kaputtgegangen. Das hat erst mal Vorrang, und so eine Reparatur ist schweineteuer.»

«Oje, das tut mir leid.»

«Ehrlich gesagt hatte ich mich ein bisschen darauf verlassen, dass wir bald alle furchtbar reich sind. Aber daraus wird ja wohl nichts mehr.»

«Wenn ich irgendwie helfen kann …»

«Das ist lieb. Danke.» Er warf einen beinah wehmütigen Blick auf den zerkrümelten Kuchen vor ihm. Offenbar war sein Appetit doch zurückgekehrt. Doch statt die Krümel wieder zusammenzukratzen, stand er auf. «Ich sollte auch nach Hause. Wir sehen uns, ja?»

Kate lächelte. «Klar. Mach's gut.»

«Sag mal …» Billy zögerte. «Weißt du schon, was du wegen Dan unternimmst? Ich meine, falls er sich wirklich deinen Bruder vorknöpft?»

Kates Lächeln wurde breiter, bis es an Dans gespielt unschuldiges Haifischlächeln erinnerte. «Keine Sorge», erwiderte sie. «Mit dem nehm ich es schon auf.»

15

Gus

Als Gus die schwere Pforte von Darkmoor Hall öffnete, begrüßte ihn die Eingangshalle mit dunkler, bleierner Stille. Wie immer hatte er das Gefühl, kein Haus zu betreten, sondern ein riesiges Grab. Leise schloss er die Tür hinter sich und ging die Treppe nach oben. Der dicke, verblichene Teppich auf den Stufen verschluckte jeden seiner Schritte, trotzdem lief er auf Zehenspitzen, um so wenig Geräusche wie möglich zu machen.

Das Rascheln des Kleides hätte ihn warnen sollen. Doch Gus konzentrierte sich so sehr darauf, ungesehen in sein Zimmer zu kommen, dass er es nicht hörte. Seine Zimmertür lag genau gegenüber der Treppe. Nur noch die letzten Stufen, dann …

«WIE KANNST DU ES WAGEN?» Die eisige Stimme fuhr ihm wie ein Dolch in die Eingeweide. Gus taumelte und musste sich am Geländer festhalten, um nicht das Gleichgewicht zu verlieren. Am liebsten hätte er auf dem Absatz kehrtgemacht und wäre weggelaufen. Stattdessen zwang er sich, den Kopf zu heben und aufzuschauen.

Seine Tante stand am Ende der Treppe. Im Halbdunkel der Eingangshalle waren ihre Gesichtszüge kaum zu erkennen, doch ihre Wut war beinahe körperlich spürbar.

«Wo warst du? Du weißt genau, dass du das Haus ohne meine Erlaubnis nicht verlassen darfst», sagte sie mit harter, unbarmherziger Stimme. Gus überlegte, ob sie jemals in einem anderen Ton mit ihm gesprochen hatte. Schweigend wandte er den Blick ab.

«Antworte mir gefälligst!»

«Ich habe einen Spaziergang gemacht», erwiderte Gus leise. «An den Klippen.»

«Allein?»

Gus zögerte. «Nein», sagte er schließlich. «Kate und Billy waren dabei.»

«Ausgerechnet! Ich habe dir ausdrücklich verboten, dich mit diesem Dorfgesindel weiter zu treffen. Was fällt dir ein, dich meinen Anweisungen zu widersetzen?»

Gus schwieg erneut. Kate hatte recht. Im Grunde konnte es nicht viel schlimmer werden. Er sollte seiner Tante sagen, wie schrecklich er sich fühlte, wie sehr er unter dem Tod seiner Eltern litt, wie sehr er sich nach einem Zuhause sehnte, nach Geborgenheit und nach einem kleinen bisschen Zuneigung. Aber ihm fehlte der Mut dazu.

Seine Tante thronte unverändert ein paar Stufen über ihm, die Hände in die Hüften gestemmt, und machte keine Anstalten, sich von dort wegzubewegen. «Ich habe es gewusst», fauchte sie. «Es war ein Fehler, dich in meinem Haus aufzunehmen. Gehorsam, Disziplin, Respekt, all das ist dir völlig fremd. Stattdessen treibst du dich mit irgendwelchen dahergelaufenen Dorfkindern herum oder verkriechst dich hinter Büchern. Du bist eine Schande für den Namen Grenville.»

Eine Schande … Das Wort löste etwas in Gus aus, als hätte jemand einen Schalter umgelegt. Es war nicht das erste Mal, dass seine Tante mit solcher Verachtung von ihm sprach. Und es würde auch nicht das letzte Mal sein. Die Erkenntnis hätte ihn verzweifeln lassen können. Stattdessen verlieh sie ihm den Mut, der ihm noch vor einer Minute gefehlt hatte.

«Warum hasst du mich so?» Seine Stimme war laut und klar und hallte in der Eingangshalle wider.

«Wie bitte?»

«Du hast mir nie eine Chance gegeben. Ich war von Anfang an eine Last für dich, eine Enttäuschung, die man irgendwie ertragen muss. Dabei kennst du mich doch überhaupt nicht.»

Seine Tante schnaubte. «Das muss ich auch nicht. Es ist offensichtlich, dass dir der Name Grenville nichts bedeutet. Von einem Nachfahren von Augustus war im Grunde nichts anderes zu erwarten. Mit ihm hat alles angefangen. Er hat seine Familie verraten. Du erinnerst mich an ihn. Sogar euer Name ist ähnlich. Und dann soll ich dich mit offenen Armen empfangen und alles vergessen, was geschehen ist? Lächerlich.»

«Aber was kann ich denn dafür? Das ist doch alles über hundert Jahre her.»

«Ich werde das nicht mit dir diskutieren. Geh auf dein Zimmer. Ich will dich heute nicht mehr sehen.»

«Nein.» Gus war selbst überrascht, wie selbstbewusst seine Stimme klang. «Ich will wissen, was damals passiert ist. Was hat Augustus so Furchtbares getan? Warum ist er weggegangen? Warum hat er das Amulett versteckt?»

Seine Tante sog hörbar die Luft ein und fasste sich mit der Hand an die Brust. «Woher weißt du von dem Amulett?», zischte sie.

«Wir haben es gefunden», erwiderte Gus trotzig.

Schweigend sah seine Tante auf ihn hinab. «Wie kann das sein?», fragte sie schließlich.

«In Augustus' Testament stand ein Rätsel, das von Generation zu Generation weitervererbt wurde. Kate, Billy und ich haben es gelöst.»

«Oh, dieser Schuft», knurrte sie. «Er hat ein Spiel mit seiner eigenen Familie gespielt. Hat sie *gegeneinander* ausgespielt. Diese Farce muss ein für alle Mal aufhören. Wo ist das Amulett? Gib es mir, sofort.»

«Nein. Außerdem ist es noch nicht vollständig.»

«Das ist mir egal. Dieses elende Ding quält unsere Familie schon viel zu lange.»

Gus fiel auf, wie verbittert die Stimme seiner Tante plötzlich klang. Und dann kam ihm noch ein anderer Gedanke. Woher wusste sie überhaupt von dem Amulett? Augustus hatte lange vor ihrer Zeit gelebt.

«Was ist damals passiert?», fragte er erneut. «Warum hat Augustus das Amulett versteckt?»

«Weil er ein nichtsnutziger Querulant war.» Die Stimme seiner Tante war voller Verachtung. «Er verabscheute alles, was einen echten Grenville ausmacht: Er war ungehorsam, unangepasst und eigensinnig. Als seine Eltern von dem Amulett erfuhren, forderten sie ihn auf, es ihnen zu geben. Doch anstatt seiner Pflicht nachzukommen, hat er mit diesem lächerlichen Rätsel alle an der Nase herumgeführt, hat sich über sie lustig gemacht, sie beschimpft und verunglimpft. Seine eigene Familie!»

«Woher weißt du das alles?», fragte Gus. «Du hast Augustus doch gar nicht gekannt. Das ist ja alles viel zu lange her.»

Seine Tante musterte ihn, als überlegte sie, ob er es überhaupt wert war, die Wahrheit zu erfahren.

«Weil ich einen Brief von ihm gefunden habe», sagte sie schließlich. «Als ich noch ein Kind war. In der Kommode meiner Großmutter. Es war sein Abschiedsbrief, in dem er ankündigte, Darkmoor Hall zu verlassen und seiner Familie für immer den Rücken zu kehren. Dazu hatte er ein vollkommen wirres Gedicht verfasst, über den Schlund eines Dämons. Grauenhaft. Ich habe meine Großmutter gefragt, was es damit auf sich hat. Als sie mich mit dem Brief sah, ist sie förmlich aus der Haut gefahren, so sehr hat sie sich aufgeregt. Am Ende hat sie mir den Brief aus der Hand gerissen und ins Feuer geworfen.»

Sie hielt kurz inne und schüttelte leicht den Kopf, fast so, als müsse sie die Gespenster der Vergangenheit abschütteln. «Ich weiß nicht, wie er an das Amulett gekommen ist», fuhr sie fort. «Aber es gehörte ihm nicht. Es wäre seine Pflicht gewesen, es seiner Familie auszuhändigen. Stattdessen widersetzte er sich ihren Anweisungen und hielt alle zum Narren.»

Als sie weitersprach, klang ihre Stimme wieder so

kalt und abweisend wie zuvor. «Du wirst mir das Amulett aushändigen. Augenblicklich.»

Gus war sich ziemlich sicher, dass seine Tante genauso wenig Anrecht auf das Amulett hatte wie er selbst. Andererseits – war das überhaupt noch wichtig? Sie hatten ohnehin keine Chance mehr, die übrigen Steine zu finden. Ihm bedeutete das Amulett nichts. Sollte seine Tante es haben, wenn es sie glücklich machte.

«Es ist in meinem Zimmer.» Er ging die letzten Stufen hinauf und öffnete die Tür. Seine Tante folgte ihm mit raschelnden Röcken. Es fühlte sich merkwürdig an, sie hier drin zu sehen. Der Raum war kahl und unpersönlich, kein Vergleich zu dem Zimmer in seinem alten Zuhause. Trotzdem war es seins, sein Rückzugsort, und die Anwesenheit seiner Tante war wie das Eindringen eines Feindes.

Sie ließ den Blick durch den Raum schweifen und runzelte beim Anblick der vielen Bücher und des mit Zeichnungen übersäten Schreibtisches missbilligend die Stirn. Dann sah sie ihn auffordernd an.

Gus trat neben sein Bett und löste die Wandvertäfelung, hinter der sich das Geheimfach verbarg. Es war das einzige sichere Versteck in seinem Zimmer gewesen, aber nun würde seine Tante unweigerlich davon erfahren. Erstaunt stellte Gus fest, wie wenig ihm das ausmachte. Irgendwie war jetzt alles egal.

Doch als Gus das Paneel von der Wand nahm, reagierte sie kaum darauf. «Interessant», sagte sie nur beiläufig. «Ich wusste gar nicht, dass sich in diesem Zimmer ebenfalls eines befindet.»

Offenbar gab es mehrere dieser Geheimfächer in Darkmoor Hall, und ganz so geheim waren sie wohl auch nicht. Seltsam eigentlich, dachte Gus, dass Barnaby, der doch ebenfalls davon wissen musste, dieses hier bei seiner Zimmerdurchsuchung nicht entdeckt hatte.

Als er seiner Tante das Samtsäckchen in die ausgestreckte Hand legte, spürte er plötzlich doch einen schmerzhaften Stich. Die Übergabe des Amuletts schien ihre Niederlage endgültig zu besiegeln. «Das Amulett und einer der Steine.»

Streng genommen stimmte das nicht. Der Kompass war ebenfalls ein Teil des Amuletts. Doch den würde er ihr nicht geben. Niemals. Er war seit Generationen in seiner Familie vererbt worden. Er gehörte ihm. Und er war alles, was er noch von seiner Familie hatte.

Lady Grenville öffnete das Samtsäckchen und holte das Amulett und den Edelstein heraus. Notos funkelte selbst in dem fahlen Licht des Zimmers in einem strahlenden Gelb. Die Augen seiner Tante leuchteten auf, doch dann verdunkelte sich ihr Gesicht sofort wieder. «Und wo sind die anderen Steine?», fragte sie misstrauisch.

«Keine Ahnung. Augustus hat das Amulett auseinandergenommen und die Steine einzeln versteckt.»

Entrüstet schüttelte seine Tante den Kopf. «Ich sage es ja: keinerlei Ehrgefühl.» Sie steckte den Diamanten und das Amulett zurück in das Säckchen und verstaute es in der Tasche ihres Kleides.

Gus wusste, dass es so gut wie aussichtslos war, aber er musste es einfach versuchen. «Vielleicht», begann er zögerlich. «Ich meine, jetzt, wo du den Diamanten hast … vielleicht könntest du Billy die Schulden für die Vase erlassen? Der Stein ist viel mehr wert. Und ohne Billy hätten wir ihn nie gefunden.»

«Du kannst nicht etwas als Zahlungsmittel verwenden, was dir gar nicht gehört», sagte sie mit kalter Stimme. «Ich habe erst heute an die Familie Parish geschrieben und sie erneut aufgefordert, ihre Schulden zu begleichen. Andernfalls werde ich einen Anwalt einschalten.»

Sie wandte sich zum Gehen, drehte sich dann aber noch einmal zu ihm um. «Nach dem Tod deiner Eltern habe ich dich aufgenommen, um meiner familiären Pflicht nachzukommen und dir ein Zuhause im Familiensitz der Grenvilles zu ermöglichen. Aber du scheinst keinen großen Wert darauf zu legen, dich hier einzuleben. Vielleicht wäre es besser, wenn sich unsere Wege wieder trennen. Ich werde in den nächsten Tagen Kontakt mit dem Jugendamt aufnehmen und alles Nötige veranlassen. Ich bin sicher, dass sich irgendwo ein Waisenhaus finden lässt, das dich aufnimmt.»

Ohne auf Gus' Reaktion zu warten, verließ sie das Zimmer.

Gus sah ihr eine Weile reglos nach, dann ließ er sich aufs Bett fallen und starrte an die Decke. Er hätte erschrocken sein sollen. Traurig. Wütend. Doch er fühlte nichts. Die Taubheit ließ seine Glieder schwer werden, drückte ihn tief in die Laken hinein, und beinahe hoffte er, dass er einfach durch die Matratze hindurchfallen würde in ein großes, dunkles Nichts, wo er nicht mehr darüber nachdenken musste, wie viel er verloren hatte und wie wenig ihm das Leben im Gegenzug dafür bot.

Als er erwachte, war es bereits dunkel im Zimmer. Gus knipste die Nachttischlampe an und ging zu seinem Schreibtisch. Eigentlich hatte er sein Skizzenbuch holen wollen, um ein wenig zu zeichnen. Immer, wenn er den Stift auf das Papier setzte, schienen die Gedanken, die sich sonst wie eine Spirale in seinem Kopf drehten, aus ihm herauszufließen und sich wie von selbst zu ordnen. Doch während er nach einem Stift suchte, fiel sein Blick auf das Holzkästchen aus dem Wrack, das er auf den Schreibtisch gelegt hatte.

Da war es wieder, dieses komische Gefühl. Er hatte es bereits gespürt, als er das Kästchen zum ersten Mal in der Hand gehalten hatte. Irgendetwas nagte an ihm, wenn er es ansah, aber er kam nicht darauf, was es war.

Er legte das Skizzenbuch wieder zurück, nahm stattdessen das Kästchen und betrachtete es genauer. Dunkles Holz, grau geworden von der Zeit unter Wasser. Rostige Scharniere. Eine Windrose auf dem Deckel.

Die Windrose …

Sie war immer noch halb verdeckt von getrocknetem Schlick und Sand. Vorsichtig schabte er die Überreste des Meeresgrunds vom Deckel, bis alle Details des Musters zu sehen waren, das in feinster Handarbeit in das Holz eingraviert worden war. Gedankenversunken fuhr Gus die Linien mit dem Finger nach. Plötzlich stutzte er. Konnte das sein?

Hastig zog er den Kompass aus der Hosentasche, klappte ihn auf und hielt ihn neben die Windrose.

Sie waren identisch. Bis ins kleinste Detail.

Gus' Herz begann wie wild zu pochen. Er öffnete das Kästchen und legte den Kompass hinein. Es war ein wenig zu groß, selbst wenn man davon ausging, dass sich ein Samtkissen oder eine andere Polsterung darin befunden hatte, um den Inhalt zu schützen. Aber wenn der Kompass in Wahrheit ein Teil des Amuletts war … dann besaß das Kästchen exakt die richtige Größe.

Verwirrt starrte Gus die beiden Gegenstände an. Wenn das Kästchen und das Amulett zusammengehörten … dann musste das Amulett auf dem Schiff gewesen sein, das vor über einhundert Jahren vor der Leuchtturminsel gesunken war. Und das bedeutete, dass der Dieb, der das Amulett aus dem British Museum gestohlen hatte, an Bord des Schiffes gewesen war.

Das Geisterschiff und das Amulett der Winde – sie gehörten zu derselben Geschichte.

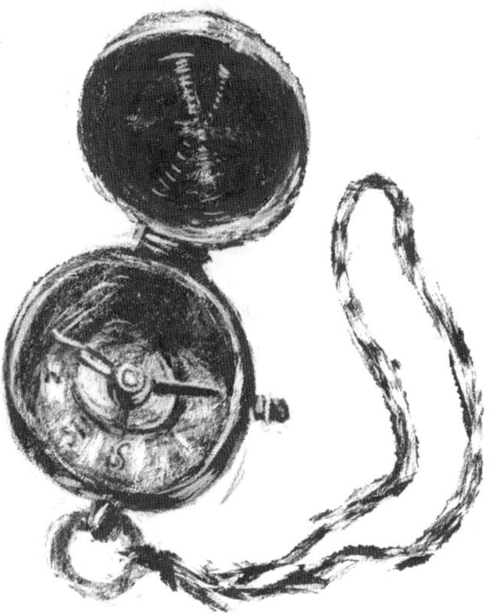

16

Kate

Kate beobachtete, wie das kleine Touristenboot vor der Leuchtturminsel kreuzte, um einen Weg durch die Felsen zu finden, das Unterfangen schließlich aufgab und wieder zum Festland zurückfuhr. Diese Hobbyschatzsucher würden das Wrack nur aus der Ferne fotografieren können. Andere waren geschickter gewesen und bis zur Insel vorgedrungen.

Wie vermutet hatte das Auftauchen des Wracks eine Menge Aufmerksamkeit erregt. Sämtliche Zeitungen hatten davon berichtet, sogar das Fernsehen war dagewesen, und auch die staatliche Denkmalschutzbehörde hatte das Wrack in Augenschein genommen. Seitdem wimmelte es in Darkmoor nur so von Schaulustigen, die das alte Ding fotografierten und – obwohl ausdrücklich verboten – versuchten, darauf herumzuklettern.

Kate war den ganzen Vormittag über ziellos am Strand umhergestreift und hatte die Boote beobachtet, die versuchten, auf die Insel überzusetzen. Als sie die Stelle erreichte, an der ihr der Wind Gus' Skizze vor die Füße geweht hatte, war sie aus einer Laune heraus zu der Nische hinaufgeklettert, wo sie sich zusammen mit Billy vor dem Unwetter verkrochen hatte. Wie aufregend sich damals alles angefühlt hatte. Und wie bleiern ihr der Rest der Ferien, der Rest ihres ganzen Lebens hier in diesem Kaff plötzlich vorkam, nachdem das Abenteuer so abrupt beendet worden war.

Da sich ihre Laune auch nach einer ganzen Weile nicht besserte, beschloss sie, dass sie genauso gut zu Hause Trübsal blasen konnte. Sie verließ den Strand, überquerte die Küstenstraße und stapfte mürrisch über die Tilly Road zum Dorf zurück. Als sie gerade den Marktplatz hinter sich gelassen hatte und in die Sea Street einbiegen wollte, hörte sie aus der schmalen Gasse neben dem Dorfpub ein Geräusch. Normalerweise hätte sie nicht weiter darauf geachtet. Es kam öfter vor, dass eine Katze maunzend um die große Mülltonne strich, in der der Pub seine Essensreste entsorgte. Doch irgendetwas an diesem Geräusch kam ihr komisch vor. Es klang nicht wie das Miauen einer Katze. Eher wie … ein ersticktes Schluchzen.

Vorsichtig lugte sie in die Gasse hinein. Hinter den Mülltonnen bewegte sich etwas. Wieder hörte sie das Schluchzen. Gelächter. Und schließlich Stimmen.

«Wie wäre es, wenn der Müll nicht zu ihm kommt, sondern er zum Müll?»

Gehässiges Lachen ertönte. «Gute Idee. Aber erst müssen wir die Hände freibekommen.»

Noch mehr Gelächter.

Sie kannte die Stimmen. Und schlagartig wurde ihr bewusst, um wen es ging. Kates Magen zog sich schmerzhaft zusammen, und mit einem Knall platzte die kleine Kugel, die sich dort eingenistet hatte. Die Wut breitete sich wie Feuer in ihr aus, schoss in ihre Arme und Beine, vernebelte ihren Kopf. Wie ferngesteuert rannte sie in die Gasse hinein.

Ihr Bruder kauerte an der Wand neben der Mülltonne und hielt schützend die Arme vor das Gesicht. Karl und Pete waren gerade dabei, ihn mit den Überresten einer Portion Fish 'n' Chips zu bewerfen, und um ihn herum, auf seiner Jacke und seinen Haaren lagen alte Pommes, Fischpanade und welke Salatblätter. Dan stand daneben und öffnete grinsend den Deckel der Mülltonne.

Kate dämmerte, dass sie Ben in die Tonne zu den Essensabfällen stecken wollten. Ihren kleinen, stillen, gutmütigen Bruder, der keiner Fliege etwas zuleide tun konnte, der an Riesen und Meerjungfrauen glaubte und Weltraumforscher werden wollte.

Karl packte Bens Arm und zog ihn auf die Mülltonne zu. Ihr Bruder wimmerte, doch gegen die deutlich größeren und älteren Jungs hatte er keine Chance.

Kate dachte nicht darüber nach, was das Klügste wäre oder ob es eine andere Möglichkeit gab, die Situation zu regeln. Mit einem wütenden Aufschrei stürzte sie sich auf Karl und boxte ihm so heftig in die Seite, dass er ihren Bruder losließ und keuchend nach hinten taumelte.

«Ihr feigen Mistkerle! Warum sucht ihr euch nicht jemanden, der genauso groß ist wie ihr?» Sie schob sich schützend vor ihren Bruder und starrte die drei Jungs an, die Hände zu Fäusten geballt. Ihre Augen sprühten Funken. Beinahe wünschte sie sich, dass die drei sich wehren würden, damit sie einen Grund hatte, erneut auf sie loszugehen.

Karl rieb sich die Stelle, wo ihn ihr Schlag getroffen hatte. Seine Kiefer mahlten aufeinander, und fast hatte es den Anschein, als würde er ihr den Gefallen tun, aber irgendetwas hielt ihn zurück. Ob er am Ende doch Angst vor ihr hatte?

Für einen Augenblick schien die Zeit stehen zu bleiben. Sie starrten sich gegenseitig an, die Jungs verunsichert, Kate kochend vor Wut.

Ein Trupp Wracktouristen passierte die Gasse. Sie beachteten die Kinder nicht, trotzdem schien das Geräusch ihrer Schritte und ihrer aufgeregten Gespräche den Bann zu lösen.

Dan kam auf Kate zu, brachte seinen Kopf ganz nah an ihren und zischte: «Du wirst nicht ewig den Babysitter spielen können. Irgendwann erwischen wir ihn, und dann ist er dran.» Er richtete sich wieder auf und fügte mit seinem typischen, falschen Lächeln hinzu: «Es sei denn, ihr hört auf, uns zu verarschen, und sagt uns endlich, was es mit den Diamanten auf sich hat. Deine Entscheidung. Vielleicht solltest du dir überlegen, was dir wichtiger ist.»

Er gab Karl und Pete ein Zeichen, und die drei verschwanden aus der Gasse. Kate sah ihnen nach, bis sie um die Ecke gebogen waren. Dann, als hätte ihr jemand sämtliche Kraft aus dem Körper gezogen, ließ sie die Hände sinken und atmete hörbar aus.

«Sind sie weg?», flüsterte Ben hinter ihr.

Kate drehte sich zu ihrem Bruder um. Angst stand in seinen Augen, und im ersten Moment wusste Kate nicht, ob sie den Jungs oder ihr selbst galt. Plötzlich war ihr Hals ganz trocken. Sie versuchte, eine möglichst unbekümmerte Miene aufzusetzen und nickte.

«Ja, sie sind weg. Ist alles in Ordnung?»

Bens Unterlippe zitterte, und dann quollen Tränen aus seinen Augen. Kate fluchte innerlich. Was für eine bescheuerte Frage. Gar nichts war in Ordnung. Ihr Bruder war gerade von drei älteren Jungs in eine dunkle Gasse gedrängt worden, ohne zu wissen, warum.

«Oh, Ben. Es tut mir so leid.» Sie nahm ihn in den Arm, und eine Weile standen sie einfach so da.

«Komm», sagte Kate, nachdem Ben aufgehört hatte, zu zittern. «Lass uns nach Hause gehen.»

Ihr Bruder schniefte und wischte sich mit dem Ärmel über das Gesicht. Dann nahm er ihre Hand, und zusammen gingen sie zurück ins Café.

Sie schmuggelten Ben unbemerkt in die Wohnung und auf direktem Weg unter die Dusche. Nachdem er sich saubere Sachen angezogen hatte, verkroch er sich wortlos in sein Zimmer, schaltete seinen Sternenprojektor ein und rollte sich unter der Bettdecke zusammen. Kate wollte sich zu ihm setzen, doch dann rief ihr Vater sie nach unten, weil er ihre Hilfe im Café brauchte. Er stecke mitten in der Zubereitung einer Sahnetorte und ihre Mutter sei gerade «frische Luft schnappen». Kate wusste, was das bedeutete: Ihre Eltern hatten sich mal wieder gestritten, woraufhin ihre Mutter ein paar Minuten spazieren ging, um nicht vor den Gästen – oder ihren Kindern – zu weinen.

Zum Glück war gerade ein großer Trupp Wracktouristen aufgebrochen und hatte das Café beinahe leer zurückgelassen. Kate verkroch sich hinter der Theke und räumte die Spülmaschine aus. Sie hätte niemals gedacht, dass Dan, Karl und Pete ihre Drohung tatsächlich wahr machen würden. Sie kochte immer noch vor Wut, wenn sie an das hilflose Schluchzen ihres Bruders dachte oder an den verschreckten Ausdruck in seinem Gesicht. Sie wusste, dass es falsch gewesen war, Karl zu schlagen, aber bei der Erinnerung an Dans gemeines Grinsen begann es erneut, in ihrem Magen zu rumoren.

Leider musste sie sich eingestehen, dass Dan in einem Punkt recht hatte: Sie sollte sich darüber klar werden, wo ihre Prioritäten lagen. Die Suche nach dem Amulett der Winde war alles, was sie sich je erträumt hatte: ein Geheimnis, ein Abenteuer, ein Schatz von kaum messbarem Wert.

Aber am Ende war ihr Bruder wichtiger als das größte Abenteuer oder der wertvollste Schatz der Welt. Warum erzählte sie Dan nicht einfach alles? Die Suche war ja ohnehin beendet.

Andererseits konnte sie diese Typen doch nicht gewinnen lassen. Aus Prinzip nicht. Wenn sie sich jetzt einschüchtern ließ, würde sie immer wieder zur Zielscheibe werden. Wer weiß, mit was diese Mistkerle als Nächstes kommen würden.

«Darling?»

Kate zuckte zusammen. Sie hatte gar nicht gemerkt, dass sie seit geraumer Zeit über die gleiche Stelle auf der Anrichte wischte und dabei grübelnd ins Leere starrte.

«Kate?», rief Mrs Farringdon erneut. Sie war inzwischen der einzige Gast im Café. «Würdest du mir noch eine Tasse Kaffee bringen?»

Kate nahm die Kaffeekanne von der Warmhalteplatte und ging zum Tisch der alten Dame hinüber. Während sie wortlos ihre Tasse füllte, musterte Mrs Farringdon sie kritisch.

«Du siehst schrecklich aus, Darling. Komm, setz dich zu mir und erzähle, was los ist.»

Kate wusste nicht, ob es an ihren weisen Augen lag, die oft so spitzbübisch funkelten, oder an ihrer freundlichen, bestimmten Art, aber Mrs Farringdon hatte etwas an sich, was in Kate den Wunsch auslöste, der alten Dame ihr Herz auszuschütten. Wie ein nasser Sack ließ sie sich in den Stuhl neben sie plumpsen.

«Es ist alles am Arsch», seufzte sie.

«Na, na, so schlimm wird es schon nicht sein», erwiderte Mrs Farringdon und tätschelte Kates Hand.

Kate lächelte gequält, als die Ringe der alten Dame schmerzhaft auf ihre Knöchel schlugen. Ansonsten war Mrs Farringdon heute für ihre Verhältnisse geradezu schlicht gekleidet. Nichts klimperte oder glitzerte, nur der große Stein in ihrer Brosche, die Kate schon einmal aufgefallen war, funkelte in einem prächtigen Blau.

Kate seufzte. «Ich weiß nicht, was ich machen soll. Ich hab irgendwie den Überblick verloren, was richtig ist und was falsch. Soll ich für mich einstehen und mich verteidigen, oder soll ich etwas aufgeben, was mir wichtig ist, um jemanden zu beschützen?»

Anstatt sofort zu antworten, betrachtete Mrs Farringdon sie nachdenklich. Dann nickte sie. «Du bist da einer sehr großen Sache auf der Spur, Darling. Diese Frage wird dir noch oft im Leben begegnen. Und so leid es mir tut, aber es gibt darauf keine Antwort. Im Grunde musst du jedes Mal neu entscheiden, was in diesem Moment wichtiger ist.» Sie hielt kurz inne, dann fragte sie: «Dein Problem hat nicht zufällig etwas mit Dan Hughes und seinen Freunden zu tun?»

Kate sah sie überrascht an. «Woher wissen Sie das?»

Die alte Dame lächelte. «Das war nicht schwer zu erraten. Der Junge fordert den Ärger geradezu heraus.»

«Ganz genau», stimmte Kate erbost zu. «Ich verstehe nicht, wie er so gemein sein kann. Warum kann er uns nicht einfach in Ruhe lassen?»

Wieder ließ sich Mrs Farringdon Zeit, bevor sie antwortete. «Nachdem mein seliger Albert verstorben ist, war ich schrecklich einsam. Also habe ich einen Hund aus dem Tierheim adoptiert. Wenn ich mit ihm allein war, war er das liebste Tier, das du dir vorstellen kannst. Aber wenn ich mit ihm spazieren gegangen bin, hat er sich auf jeden gestürzt, der uns zu nahe kam. Einmal hat er jemanden so schlimm gebissen, dass man mir gesagt hat, ich solle ihn einschläfern lassen. Durch Zufall habe ich herausgefunden, dass er von seinem vorigen Besitzer geschlagen worden ist. Er hatte Angst vor fremden Leuten, und anstatt sich zu verstecken, hat er sie angegriffen. Das war seine Art, mit seiner Angst umzugehen.»

«Wollen Sie damit sagen, dass Dan Angst vor uns hat?»

Die alte Dame wiegte den Kopf. «Ich will nur sagen, dass es für alles einen Grund gibt. Was weißt du über den Jungen?»

«Nicht viel. Billy hat erzählt, dass seine Eltern sich getrennt haben.»

«Hmm», machte Mrs Farringdon und sah Kate vielsagend an. «Jeder hat seine eigene Art, mit Problemen umzugehen. Nicht wahr?»

Kate glaubte zu verstehen, worauf die alte Dame hinauswollte. Gus zog sich in ein Schneckenhaus zurück, Ben in den Weltraum. Dan schikanierte andere, um von seinem Kummer abzulenken. Und in ihrem Magen meldete sich die kleine, pulsierende Kugel, wann immer sich ihre Eltern stritten. Vielleicht, dachte sie erschrocken, waren Dan und sie gar nicht so verschieden.

Nein! Dan war ein fieser Kotzbrocken. Ganz egal, wie die Sache mit ihren Eltern ausging – sie würde niemals einfach so andere quälen.

«Möglicherweise», gab Mrs Farringdon zu bedenken, «sind Dan und seine Freunde auch neidisch auf euch.»

Kate schnaubte. «Auf Billy, Gus und mich? Billys Familie weiß nicht, wie sie selbst die nötigsten Reparaturen im Haus bezahlen soll. Gus hat seine Eltern verloren und muss nun bei dem schrecklichsten Menschen wohnen, den man sich vorstellen kann. Und ich …» Sie warf einen Blick in Richtung Küche, dann schüttelte sie den Kopf. «Nie im Leben!»

«Aber vielleicht ist er neidisch auf die Freundschaft, die euch verbindet. Und vielleicht würde er gern auch so etwas Aufregendes erleben, wie ihr das tut.»

«Das ist noch lange kein Grund, so gemein zu uns zu sein. Und zu Ben schon gar nicht», entgegnete Kate bestimmt.

«Zu deinem Bruder?» Mrs Farringdon hob erstaunt die Augenbrauen. «Was ist denn passiert?»

«Sie haben … ach, egal. Ich regel das schon.»

Die alte Dame betrachtete sie mit sorgenvoller Miene. «Ganz egal, wie schlecht es einem selbst geht – Gewalt ist niemals eine Lösung. Niemals, hörst du?»

«Soll ich einfach zugucken, wie er Ben quält?», fragte Kate empört.

«Natürlich nicht. Wenn man angegriffen wird, darf man sich wehren. Aber darüber hinaus könntest du versuchen, ihn zu verstehen, anstatt ihn zu bekämpfen.»

Kate runzelte die Stirn. Um ehrlich zu sein, hatte sie keine Lust, Verständnis für den Kotzbrocken aufzubringen. «Was ist denn eigentlich aus Ihrem Hund geworden?», fragte sie stattdessen. «Haben Sie ihn einschläfern lassen?»

«Natürlich nicht. Ich habe ihn ganz langsam an fremde Menschen gewöhnt. Das hat mich eine Menge Zeit und Geduld gekostet, aber es hat sich gelohnt.»

Mrs Farringdon lächelte und lehnte sich in ihrem Stuhl zurück. Durch das Fenster fiel Sonnenlicht auf die Brosche und brachte den Stein darin zum Glühen. Gedankenverloren starrte Kate darauf. Wie eine kleine, blaue Sonne, dachte sie. Der Stein erinnerte sie an den Diamanten, den sie in der Mine gefunden hatten.

Sie setzte sich so ruckartig auf, dass Mrs Farringdon erschrocken zusammenzuckte. «Der Stein», rief sie. «Woher, sagten Sie, haben Sie die Brosche?»

«Die Brosche?» Die alte Dame sah sie verständnislos an. «Mein seliger Albert hat den Stein am Strand gefunden, zusammen mit anderem Strandgut, das hier ständig angeschwemmt wird. Ich habe den Stein daraufhin in eine Brosche fassen lassen, um ihn tragen zu können. Aber Darling, ich habe es dir schon mal gesagt – es ist nur Glas. Deswegen musst du nicht gleich so aus dem Häuschen sein.»

Wortlos starrte Kate auf das Schmuckstück. Konnte das sein? Die Größe stimmte. Das Feuer, das im Inneren des Steins glühte, war dasselbe. Konnte Euros, der bei der Ruine in den Klippen ins Wasser gefallen war, von der Strömung und den Gezeiten bis an den Strand von Darkmoor getragen worden sein, wo ihn der Mann von Mrs Farringdon vor vielen Jahren gefunden hatte? War der Stein, den Mrs Farringdon für billiges Glas hielt, in Wahrheit ein unendlich wertvoller Diamant?

«Hat Ihr Albert noch etwas gefunden an diesem Tag?», fragte sie. «Einen Brief vielleicht?»

Mrs Farringdon sah Kate an, als zweifle sie langsam an ihrem Verstand. «Einen Brief? Am Strand? Nein, ganz sicher nicht. So etwas löst sich im Wasser doch auf.»

Das stimmte natürlich. Und ohne den Brief fehlte ihnen nach wie vor der Hinweis darauf, wo der nächste Stein versteckt war. Trotzdem war Kates gedrückte Stimmung wie weggeblasen, und sie spürte, wie die Abenteuerlust zurückkehrte. Den Südwind hatten sie bereits. Der verschollen geglaubte Ostwind war wieder aufgetaucht. Irgendwo in Darkmoor-on-Sea gab es noch zwei weitere Steine – und die Jäger der verschwundenen Winde würden sie finden!

17

Billy

Missmutig schleppte Billy sich die letzten Meter über die Auffahrt bis zum Haus. Sein gesamter Körper schmerzte – die Arme, die Beine, der Rücken. Und zu allem Überfluss stank er von oben bis unten nach Fisch.

Er hatte den ganzen Vormittag über dem alten Pedro geholfen, Kisten voller Fisch und anderem Meeresgetier auszunehmen, zu verladen und auf dem Fischmarkt in der Stadt zu verkaufen. Er mochte Fisch genauso wenig wie den alten Pedro, ein grantiger, wortkarger Fischer, der ununterbrochen seinen Kautabak in die Gegend spuckte. Aber er hatte ein bisschen was verdient – lange nicht so viel, wie er brauchte, und für seinen Geschmack nicht ansatzweise angemessen für die Arbeit, die er verrichtet hatte. Aber es war besser als nichts.

Er hatte inzwischen etwas mehr als die Hälfte der Summe zusammen, die er Lady Grenville für die zerbrochene Vase schuldete. Vor ein paar Tagen war ein weiterer Brief von ihr angekommen, in dem sie noch einmal ausdrücklich die Zahlung des Betrags einforderte und rechtliche Schritte ankündigte. Er hatte vom Flur aus beobachtet, wie sein Vater den Brief gelesen, zusammengeknüllt und in eine Ecke geworfen hatte. Natürlich unterstützten sie Billy bei der Beschaffung des Geldes. Doch erst gestern war der alte Heißwasserboiler, den sie notdürftig selbst repariert hatten, endgültig kaputtgegangen, die Waschmaschine ruckelte und klapperte bei jedem Waschgang, und an ihrem Küchenherd funktionierten zwei der vier Kochplatten schon lange nicht mehr. Es hatte schon seit Wochen kein Fleisch mehr zu essen gegeben, und Billy traute sich nicht, seiner Mutter zu sagen, dass seine Schuhe zu klein geworden waren.

Geld war bei den Parishs seit jeher knapp. Aber so schlimm wie jetzt war es noch nie gewesen. Eine solch große Summe für Lady Grenville aufzutreiben, erwies sich als eine schier unmögliche Aufgabe.

Und zu allem Überfluss war ihm auch noch die Aussicht auf einen Schatz verloren gegangen. Insgeheim hatte er sich ausgemalt, wie sie alle Steine des Amuletts fanden, es verkauften und sich die gigantische Geldsumme teilten. Allein davon zu träumen, mit einem Schlag reich und all seine Sorgen los zu sein, hatte alles etwas erträglicher gemacht. Jetzt war ihm nicht einmal mehr das geblieben.

Im Haus war es ungewöhnlich still. Sein Vater schlief vermutlich – er hatte einen mies bezahlten Nachtwächterjob in einer Schraubenzieherfabrik angefangen –, und seine Mutter war mit seiner Schwester Rachel in die Stadt gefahren, um dort günstige Hefte und Bücher für das neue Schuljahr zu besorgen. Wo sich seine Brüder Davey und Allen rumtrieben, wusste er nicht, aber da sie ihn meist nur nervten, war ihm das auch herzlich egal. Je weiter weg sie waren, desto besser.

Billy ging auf direktem Weg ins Bad, wo er sich unter der kalten Dusche mit zusammengebissenen Zähnen den Fischgestank abwusch. Seine Klamotten warf er in die Wäsche und hoffte inständig, dass die altersschwache Waschmaschine erst nach dem nächsten Waschgang den Geist aufgab.

Müde schlurfte er in sein Zimmer. Wie sich herausstellte, war Allen doch nicht ausgeflogen, sondern saß an dem kleinen Schreibtisch vor dem Fenster und experimentierte mit irgendwelchen chemischen Substanzen in verschiedenen Reagenzgläsern. Er war dabei so konzentriert, dass er Billy überhaupt nicht zu bemerken schien.

Billy ließ sich völlig erschlagen auf sein Bett fallen und starrte auf das Spiderman-Poster, das über ihm an der Decke hing. Peter Parker war ein ganz normaler Junge, der mit ganz normalen Problemen zu kämpfen hatte. Aber sobald er den Spinnenanzug überstreifte, konnte er die schlimmsten Bösewichte besiegen. Wie sehr wünschte Billy sich auch so einen Anzug! Vielleicht könnte er dann seine Probleme auf heldenhaftere Weise lösen, als kistenweise Fisch zu verarbeiten.

Irgendwie musste er an Geld kommen, um sich Lady Grenville vom Hals zu schaffen. Ob er noch einmal zum Wrack fahren sollte, in der Hoffnung, irgendetwas Wertvolles zu finden? Nein, das hatte keinen Zweck. Selbst wenn ihm die Überfahrt zur Insel bei schönem Wetter deutlich leichter fallen würde, auf dem Wrack war nichts mehr zu holen, seit die Denkmalschutzbehörde es genau unter die Lupe genommen hatte.

Inzwischen hatte sich die Aufregung um das Wrack gelegt. Die Schlagzeilen in den Zeitungen widmeten sich anderen Dingen, und Darkmoor-on-Sea war wieder in der üblichen Bedeutungslosigkeit verschwunden. Das Wrack ließ man, wo es war. Sein historischer Wert war nicht groß genug, um es an einen gut zugänglichen Ausstellungsort zu transportieren. Noch zwei, drei heftige Stürme, so die Meinung einiger Experten, und es würde ohnehin vollkommen in sich zusammenfallen.

Ein Knall ertönte.

«Bei allen heiligen Pixies!», fluchte Allen und wich so hastig zurück, dass er rücklings vom Stuhl kippte.

Aus einem der Reagenzgläser auf dem Schreibtisch stieg blauer Rauch auf.

«Was zur Hölle treibst du da?», fragte Billy ärgerlich. Er war einiges von seinem Bruder gewohnt, der mit allem Möglichen herumexperimentierte. Erst vor Kurzem hatte er sämtliche Wecker des Hauses an ihre Türklingel angeschlossen, bloß weil sie vor den Ferien das Thema Schaltkreise durchgenommen hatten. Aber Explosionen in ihrem Zimmer – das ging entschieden zu weit.

«Ich erforsche unterschiedliche chemische Reaktionen», sagte Allen, während er sich vom Boden aufrappelte.

«Toll. Könntest du versuchen, dabei nicht unser Zimmer in die Luft zu jagen?» Das Dach über ihrem Kopf war bald das Einzige, was ihnen noch blieb. Aber den Gedanken sprach Billy nicht laut aus.

«Das ist ja gerade das Faszinierende», verteidigte sich Allen und öffnete ein Fenster, damit der Rauch abziehen konnte. «Diese Substanzen hier sind alle vollkommen ungefährlich. Aber wenn man sie miteinander mischt, ruft das die verrücktesten Reaktionen hervor: Sie ändern die Farbe, werden heiß, explodieren …»

«Ja, ja, schon gut.» Billy verdrehte die Augen, ließ den Kopf zurück aufs Kissen fallen und starrte in Peter Parkers riesige Insektenaugen. Er hatte noch nie verstanden, wie sich sein Bruder stundenlang für so einen Kram begeistern konnte.

Ruckartig richtete er sich wieder auf. «Moment mal … hast du gesagt, sie verändern ihre Farbe, wenn man sie mischt?», fragte er.

Allen betrachtete eines der Reagenzgläser, das am unteren Kolbenende schwarz verkohlt war. «Mhhmm», machte er und nickte geistesabwesend. «Manche schon.»

In Billys Kopf ratterte es. Die Farbe ändern … chemische Reaktion …

«Als du deine Hausaufgaben mit Milch geschrieben hast, konnte man die Schrift hinterher mit Wärme wieder sichtbar machen, oder?»

«Ja. Ich hab dafür 'ne Kerze genommen. Wieso?»

«Gibt es auch noch eine andere Möglichkeit, die Schrift wieder sichtbar zu machen? Wenn das mit der Wärme nicht funktioniert? Oder man nicht riskieren will, dass das Papier verbrennt?»

Allen schüttelte den Kopf. «Bei den gängigen Geheimtinten ist Wärme am effektivsten. Da bringt es rein gar nichts, groß herumzuexperimentieren.»

«Und wenn die Schrift nicht mit einer gängigen Geheimtinte geschrieben wurde?»

Sein Bruder feixte. «Hast du einen Liebesbrief gekriegt und kannst ihn nicht lesen?»

«Quatsch», entgegnete Billy verärgert. «Aber es … na

ja, es ist wirklich wichtig. Ich kann nur nicht verraten, warum. Also: Gibt es noch eine andere Möglichkeit?»

Allen sah ihn misstrauisch an. «Das kommt darauf an», sagte er schließlich.

«Worauf?»

Allen deutete auf das Spiderman-Poster über Billys Bett. «Ob du diese alberne Spinne abhängst.»

«Wie bitte?», brauste Billy auf. «Was hat das denn jetzt damit zu tun? Außerdem ist Spiderman nicht albern, er …»

«Wenn du ihn abhängst, verrate ich es dir. Aber wenn dir dein Spinnentyp wichtiger ist, dann …» Allen zuckte gleichgültig mit den Schultern und wandte sich wieder seinen Reagenzgläsern zu.

Seufzend stellte Billy sich aufs Bett. «Tut mir leid, Kumpel», flüsterte er entschuldigend dahin, wo er Spidermans Ohren vermutete, dann riss er das Poster mit einem Ruck von der Decke. «Zufrieden?»

«Sehr.»

Beim Anblick von Allens unverschämt breitem Grinsen nahm Billy sich vor, es ihm bei nächster Gelegenheit heimzuzahlen. «Also?», fragte er grimmig.

«Wie ich schon sagte, können die meisten Geheimtinten mit Wärme sichtbar gemacht werden, also Obstsaft, Zwiebelsaft, Essig, Milch, aber auch Aluminiumchlorid, Cobaltchlorid, Kaliumnitrat und so weiter.»

Sein Bruder liebte es, mit seinem Wissen anzugeben.

Wahrscheinlich wurde er später mal so ein verrückter Professor, bei dem kein Mensch verstand, wovon er gerade sprach.

«Aber», fuhr Allen fort, «es gibt auch chemische Verbindungen, die mit anderen chemischen Verbindungen sichtbar gemacht werden können. Gallussäure reagiert beispielsweise auf Eisensulfatlösung, und für Kaliumcarbonat benötigt man einprozentige Phenolphtaleinlösung.»

«Pheno… was?», fragte Billy entmutigt. Das klang deutlich komplizierter, als er gedacht hatte.

«Es gibt noch eine Möglichkeit», fügte Allen etwas versöhnlicher hinzu. «Wenn du Glück hast, wurde die Schrift mit Natriumcarbonat geschrieben, einem Gemisch aus Natron und Wasser. Und das lässt sich ganz einfach wieder sichtbar machen.»

In Billy keimte Hoffnung auf. «Jetzt lass dir nicht alles aus der Nase ziehen», drängte er. «Und wehe, wenn ‹einfach› bedeutet, dass ich dafür in ein Chemielabor einbrechen muss.»

Allen grinste. «In ein Labor nicht. Höchstens in unsere Küche.»

Billy sah ihn verständnislos an. «Aha. Und was klaue ich da?»

«Traubensaft.»

18

Durchbruch

Komm nicht wieder so spät nach Hause», rief ihre Mutter ihr hinterher. «Es wäre schön, wenn wir mal alle zusammen zu Abend essen würden.»

Kate verzog das Gesicht. «Okay», seufzte sie ergeben. «Bis später.» Mit einem Bimmeln fiel die Tür des Cafés hinter ihr ins Schloss.

Sie wollte sich gerade Richtung Marktplatz wenden, als jemand ihren Namen rief.

«Kate! Ka-haaate! Warte mal.»

Vom anderen Ende der Sea Street kam Billy auf sie zugelaufen. Sofort bekam Kate ein schlechtes Gewissen. Sie hätte direkt nach ihrem Gespräch mit Mrs Farringdon zu ihm gehen sollen, aber irgendwie war ihr in den letzten Tagen nicht nach Gesellschaft zumute gewesen.

«Puh», keuchte Billy, als er sie erreicht hatte. «Zum Glück hab ich dich noch erwischt.»

«Wieso?», fragte sie erstaunt.

«Ich wollte dich abholen, damit wir gemeinsam zu

Gus gehen. Ich habe Neuigkeiten.» Grinsend klopfte er auf die Tasche, die er umhängen hatte.

«Das trifft sich gut», erwiderte Kate. «Die habe ich nämlich auch.»

Eine Viertelstunde später traten sie auf den Vorplatz des Herrenhauses und sahen sich vorsichtig um. Sie hatten keine Ahnung, wie schlimm das Donnerwetter gewesen war, das Gus nach ihrem letzten Ausflug erwartet hatte. Aber dass es eins gegeben hatte, stand außer Frage. Zweifelsohne waren Billy und sie nun noch weniger erwünscht als ohnehin schon.

Als sie am Brunnen mit dem unter der Last seines Sackes gebeugten Mann vorbeigingen, öffnete sich plötzlich die schwere Pforte des Herrenhauses. Kate

und Billy blieben wie erstarrt stehen. Hatte Barnaby sie aus einem der Fenster heraus gesehen? Dann war ihr Besuch bereits beendet, bevor sie es überhaupt bis ins Haus geschafft hatten.

Doch zu ihrer großen Überraschung tauchte Gus in der dunklen Türöffnung auf. Als er seine Freunde zu Eissäulen erstarrt neben dem Brunnen stehen sah, breitete sich ein Lächeln auf dem blassen Gesicht aus. Schnell schloss er die Tür hinter sich und lief auf sie zu.

«Billy! Kate! Was macht ihr denn hier?»

«Wir haben Neuigkeiten», rief Kate ihm entgegen.

«Super! Ich nämlich auch. Ich wollte gerade zu euch.»

Wie aus dem Nichts tauchte plötzlich Rupert Jones neben ihnen auf. Ohne ein Wort zu verlieren, packte er Kate und Billy am Arm und zog sie hinter einen der struppigen Rosenbüsche, die neben dem Vorplatz wuchsen.

«Schnell», raunte er ihnen zu. «Runter.»

«Hey», protestierte Kate halbherzig, ging aber gehorsam in Deckung.

«Was ist denn los, Rupert?», fragte Gus, der ihnen hinter die Büsche gefolgt war.

Anstelle einer Antwort deutete der Gärtner auf das Herrenhaus. Hinter einem Fenster im Erdgeschoss war ein Schatten zu sehen. Auf die Entfernung war nichts Genaues zu erkennen, aber allen war klar, um wen es sich handelte.

«Barnaby», keuchte Billy erschrocken. «Ob er uns gesehen hat?»

Kate biss sich auf die Unterlippe. «Hoffentlich nicht. Sonst fliegen wir hier hochkant raus. Und Gus gleich mit.»

«Und wenn schon», erwiderte Gus gleichgültig. «Ich habe eh nichts mehr zu verlieren.»

«Ist alles in Ordnung?», fragte Kate.

«Wie man's nimmt.» Weiter ging er nicht darauf ein.

Kate sah hinter dem Rosenbusch hervor zum Haus. «Er steht immer noch am Fenster. Was macht er denn da so lange?»

Auch Billy spähte an einigen verwelkten Blüten vorbei. Offenbar war Jones hier schon länger nicht mehr am Werk gewesen. «Ich glaube, er bügelt», stellte er fest und stöhnte auf. «Wenn das genauso lange dauert wie bei meiner Mutter, hocken wir heute Abend noch hier.»

«So lang halte ich es nicht mehr aus», sagte Gus. «Ich muss euch nämlich unbedingt etwas erzählen.» Seine Stimme war vor Aufregung viel lauter als sonst. Er warf einen Seitenblick auf Jones, der sich ein Stück weiter entfernt an einem Busch zu schaffen machte. «Ich weiß jetzt, wie das Amulett nach Darkmoor gekommen ist. Das Holzkästchen aus dem Wrack ist die

Schatulle, in der das Amulett der Winde aufbewahrt worden ist. Der Dieb muss also an Bord des Geisterschiffs gewesen sein.»

Billys Augen weiteten sich. «Woher weißt du das?»

«Die Windrose auf dem Deckel. Sie ist genau die gleiche wie im Kompass. Und der Kompass ist Teil des Amuletts.»

«Ist ja irre», sagte Kate. «Fast so irre wie das, was ich herausgefunden habe. Ich weiß nämlich, wo Euros ist. Beziehungsweise, wer ihn hat.»

Die Jungs starrten sie ungläubig an. «Wie meinst du das?», fragte Billy schließlich. «Ich dachte, er wäre ins Meer gefallen.»

«Ist er auch. Aber die Strömung hat ihn bis in die Bucht getrieben. Albert Farringdon hat ihn zusammen mit anderem Strandgut eingesammelt und seiner Frau geschenkt. Und die hat eine Brosche daraus machen lassen.» Kate grinste. «Mrs Farringdon behauptet steif und fest, es sei nur Glas.»

«Mensch!», rief Billy. «Wir könnten ihr das Amulett und den ersten Stein zeigen. Vielleicht erklärt sie sich dann bereit, uns ihren Stein zu überlassen.»

«Da gibt es leider ein kleines Problem», erwiderte Gus. «Ich habe das Amulett nicht mehr. Und den Stein auch nicht.»

«Was?»

«Hat Barnaby das Geheimfach gefunden?»

«Nein.» Gus seufzte. «Meine Tante hat mich gezwungen, ihr alles zu erzählen. Und dann hat sie mir das Amulett abgenommen.» Er zuckte entschuldigend mit den Schultern. «Ich dachte, da wir eh nicht weiterkommen, ist das jetzt auch egal.»

Ein Räuspern ließ Kate zusammenfahren. Jones trat aus dem Schatten einer moosbewachsenen Statue hervor. Ihn hatte sie irgendwie total vergessen.

«Ich hab noch 'ne Menge zu tun», brummte der Gärtner. «Kann ja hier nicht ewig den Babysitter spielen. Ihr könnt so lange bleiben, wie ihr wollt. Aber seht zu, dass euch der alte Drache nicht erwischt. Sonst krieg ich am Ende auch noch Ärger.» Er quetschte sich zwischen den Rosen hindurch, überquerte mit großen Schritten den Vorplatz und verschwand im Kutschenhaus.

Kurz darauf tauchte er mit einem alten, klapprigen Fahrrad wieder auf, schwang sich in den Sattel und fuhr davon. Offenbar wollte er ins Dorf.

«Komischer Kauz», sagte Billy. «Und mit dem Gärtnern hat er es auch nicht so», fügte er hinzu und knipste eine verwelkte Rosenblüte ab.

«Hm», machte Gus nur und sah Jones hinterher. Zwischen seinen Augen hatte sich eine Sorgenfalte gebildet.

«Was ist?», fragte Kate. Als er nicht reagierte, fügte sie etwas lauter hinzu: «Gus?»

Gus zuckte zusammen. «Ich weiß nicht, ob ...» Er schüttelte den Kopf und winkte ab. «Ach, nichts. Überlegen wir lieber, was wir jetzt machen. Wirklich weiter kommen wir nämlich immer noch nicht.»

«Vielleicht doch.» Billy tätschelte bedeutungsvoll seine Tasche. «Ich habe hier drin eine Möglichkeit, mit der wir die Schrift in Augustus' Tagebuch sichtbar machen können. Ohne es abzufackeln.»

Gus starrte Billy wortlos an. Dann wandte er sich abrupt um und stapfte an den Rosenbüschen vorbei Richtung Haus. «Worauf wartet ihr?», rief er über die Schulter. «Probieren wir es aus.»

«Sollten Kate und ich nicht lieber hintenrum?», fragte Billy, während sie ihm hinterherliefen.

«Wir nehmen die Vordertür», widersprach Gus. «Alle.»

«Und wenn Barnaby uns erwischt? Oder deine Tante?»

«Ist mir egal.» Trotzig öffnete Gus die schwere Holztür und verschwand in der Dunkelheit dahinter.

«Entweder», sagte Billy, «hat die alte Schreckschraube ihn von der Leine gelassen, seitdem sie das Amulett hat ...»

«... oder», vollendete Kate den Satz, «es ist alles noch viel schlimmer geworden.»

Sie folgten Gus in die riesige Eingangshalle. Sie hatten gerade die Treppe erreicht, als Barnaby aus einer

Tür am Ende der Halle trat und auf seinen Gehstock gestützt auf sie zu humpelte.

«Keinen Schritt weiter», schnarrte er mit monotoner Stimme. «Milady hat ausdrücklich verboten, dass ihr euch hier aufhaltet.»

Kate und Billy zögerten, doch Gus lief einfach weiter. «Beachtet ihn gar nicht», sagte er.

«Verlasst sofort dieses Haus!» Barnaby kam mit erstaunlicher Geschwindigkeit auf sie zu, begleitet von dem trommelnden *tock tock tock* seines Gehstocks. Billy und Kate beeilten sich, Gus einzuholen.

«Stehen bleiben!», rief der Butler und folgte ihnen hinkend die Treppe hinauf. «Bleibt sofort stehen! Was fällt euch eigentlich ...»

Der Rest des Satzes ging in dem Knall unter, mit dem Gus seine Zimmertür hinter ihnen zuschlug. Hastig zog er einen Schlüssel unter einem verblichenen Orientteppich hervor und steckte ihn ins Schloss. Kaum hatte er ihn umgedreht, als es an der Türklinke rüttelte.

«Aufmachen!», drang Barnabys gedämpfte Stimme durch das Holz. «Macht sofort die Tür auf!!»

«Lassen Sie uns in Ruhe!», rief Gus. Wie durch ein Wunder hörte das Rütteln auf. Die drei starrten noch eine Weile auf die Türklinke, aber es blieb alles ruhig.

«Der gibt doch nie im Leben so schnell auf», sagte Kate.

«Wahrscheinlich schleicht er draußen im Flur herum und wartet darauf, dass meine Tante ihre Mittagsruhe beendet», erwiderte Gus. «Sobald sie aufwacht, wird er uns bei ihr verpetzen. Aber das ist mir jetzt egal. Ich will endlich wissen, was in dem Tagebuch steht.»

«Wie der Herr wünschen.» Billy streifte seine Tasche ab und holte eine Packung roten Traubensaft heraus. Mit einer theatralischen Verbeugung reichte er sie Gus.

«Äh, ja, was zu trinken», erwiderte der verständnislos. «Und?»

Billy grinste und förderte noch eine Packung mit Wattepads zutage. «Für die einen ist es etwas zu trinken. Für die anderen der wahrscheinlich süßeste Anti-Geheimtinten-Zaubertrank der Welt.»

Misstrauisch betrachtete Gus die Saftpackung. «Und das soll funktionieren?»

«Falls die Schrift mit Natriumcarbonat geschrieben wurde, ja», erwiderte Billy. «Hat was mit der chemischen Reaktion von Kalium und Natrium zu tun. Frag meinen Bruder, wenn du Genaueres wissen willst.»

«Na gut. Versuchen wir es.» Gus holte das Tagebuch vom Schreibtisch. Dann tränkte er ein Wattepad mit dem Traubensaft, schlug die erste Seite auf und fuhr vorsichtig mit dem feuchten Pad darüber.

Gespannt beobachteten die drei, wie das Papier die Flüssigkeit aufsog. Und dann, wie von Zauberhand, wurde ein gräuliches Muster auf dem Papier sichtbar – dünne Linien, die sich schon bald zu krakeligen Wörtern zusammenschlossen. Es waren nur drei Zeilen, aber sie enthielten mehr, als sie je zu hoffen gewagt hatten:

Geheime Aufzeichnungen von Gus Grenoille
1902–1910
Erinnerungen an die Ereignisse,
die alles veränderten

«Ist ja irre!»

«Es funktioniert!»

Billy und Kate wären sich vor Freude beinahe in die Arme gefallen. Gus sagte nichts, aber als er umblätterte und die nächste Seite mit Saft abrieb, zitterten seine Hände vor Aufregung. Wieder traten gräuliche Buchstaben hervor, und dieses Mal bedeckten sie die ganze Seite. Gus las den Text vor, und Kate und Billy lauschten mit angehaltenem Atem. So fuhren sie fort, Eintrag für Eintrag, Seite für Seite, und endlich ergab alles einen Sinn.

19

Liebes Tagebuch

Darkmoor Hall, 10. Juni 1902

Liebes Tagebuch,
ist es sehr sonderbar, dass ein zehnjähriger Knabe ein Tagebuch mit Geheimtinte schreibt?
Aber man lässt mir keine andere Wahl. In der vergangenen Nacht ist etwas geschehen, das ich nicht für mich behalten kann. Da ich sonst niemanden habe, um Zwiesprache zu halten, werde ich es dir erzählen. Und damit du mein Geheimnis nicht preisgeben kannst, schreibe ich mit unsichtbarer Tinte. Wenn ich mir überlege, wie oft George mein Zimmer auskundschaftet, ist das vermutlich am sichersten.

Ich hätte längst im Bett liegen sollen. Aber über dem Meer braute sich ein Sturm zusammen, und ich liebe es, bei Sturm am Strand zu sein. Vor allem nachts. Also schlich ich mich aus dem Haus und hinunter in die Bucht. Dort ist mein Lieblingsplatz, eine Nische in den Klippen, von der aus ich die gesamte Bucht überblicken kann. Schwarze Wolkenberge trieben auf die Küste zu, und das aufgewühlte Meer kündigte an, wie heftig das Unwetter werden würde.

Dann sah ich plötzlich ein Licht. Es kam von den Klippen jenseits der Bucht, und das ist doch wirklich seltsam, so mitten in einem Sturm. Vor allem, weil dort nichts ist außer einem alten Maschinenhaus.

Kurz darauf erblickte ich ein Schiff. Es musste vom Kurs abgekommen sein, denn es segelte immer näher auf den Leuchtturm zu! Und es war viel zu klein, um etwas gegen die riesigen Wellen ausrichten zu können.

Der Sturm trug ein schreckliches Bersten und Krachen an den Strand. Und dann war das Schiff plötzlich fort.

Das Unwetter tobte unvermindert weiter, als wäre nichts geschehen, so unbarmherzig und wütend, wie ich es noch nie erlebt hatte. Es hatte ein ganzes Schiff verschlungen. Und wenn ich jetzt darüber nachdenke, dann war nicht nur das Schiff verschwunden, sondern mit ihm auch das Licht in den Klippen.

Entsetzlich, nicht wahr? Doch die wahrhaft entsetzlichen Ereignisse sollten erst noch folgen.

Nachdem sich der Sturm gelegt hatte, kletterte ich hinunter an den Strand, um nach Hause zurückzukehren. Die Wolkendecke riss auf, und Mondlicht tauchte die Bucht in silbernes Licht. Plötzlich sah ich, wie die Wellen etwas an den Strand trugen. Ich dachte an ein Stück Treibholz, vielleicht ein Teil des gesunkenen Schiffes, eine Planke, ein Mast oder etwas in der Art. Doch als ich näher kam, erkannte ich, dass es ein Mann war, der sich mit letzter Kraft an den Strand rettete und dort im nassen Sand zusammenbrach.

Ich wusste nicht, was ich tun sollte. Wie gebannt starrte ich auf die Gestalt am Boden. Ich hatte schreckliche

Angst, aber ich kann nicht sagen, wovor. Zögernd ging ich auf den Mann zu und kniete mich neben ihn in den Sand.

«Brauchen Sie Hilfe?», fragte ich mit zitternder Stimme.

Er wandte mir sein bleiches Gesicht zu. Eine Narbe verlief quer über seine Wange, und sein Blick war trüb und leer. Er bewegte seine Lippen, doch die Worte waren so leise, dass ich sie nicht verstand. Also beugte ich mich über ihn, bis sein Mund beinahe mein Ohr berührte.

«Halte es ... in Ehren», hauchte er. «Finde jemanden ... der seiner ... würdig ist.»

Ich wusste nicht, wovon er sprach. Doch dann spürte ich, wie mir der Mann etwas in die Hand drückte – ein Beutel aus nassem Samt. «Bitte», murmelte der Mann. Dann schloss er die Augen, und ich vermochte nicht zu sagen, ob er das Bewusstsein verloren hatte oder schon nicht mehr am Leben war.

Eine Bewegung am anderen Ende der Bucht ließ mich aufsehen. Mehrere Gestalten kamen auf uns zu. Was wollten sie hier, mitten in der Nacht? Hatten sie gesehen, wie das Schiff gesunken war? Waren sie auf der Suche nach dem Mann? Oder nach mir? Was würde geschehen, wenn sie mich hier fanden, bei ihm, mit dem Säckchen?

Ich konnte keinen klaren Gedanken mehr fassen. Also lief ich zu den Klippen und kletterte zurück in die Nische, um mich dort zu verstecken.

Die kleine Gruppe hatte den Mann erreicht. Erstaunt stellte ich fest, dass mein Bruder George zu ihnen gehörte, zudem noch drei weitere Leute aus dem Dorf, die ich kannte:

Matthew Crooker, Tom Fallon und Peter Shelby. Sie knieten neben dem Mann nieder, sprachen ihn an, rüttelten an seiner Schulter. Doch er reagierte nicht. Matthew Crooker fühlte seinen Puls und schüttelte schließlich den Kopf. Der Mann war tot.

Ich weiß nicht, wieso ich nicht nach Hause zurückkehrte. Vielleicht hatte ich das Gefühl, es dem Fremden schuldig zu sein. Auf jeden Fall folgte ich den Männern, als sie den Toten auf einen in aller Eile herbeigeschafften Karren legten und ihn über dunkle Feldwege bis hinauf zum Friedhof brachten. Hinter der Friedhofsmauer verborgen beobachtete ich, wie sie ein Grab aushoben und ihn hineinlegten. Dann schaufelten sie das Loch wieder zu, schworen sich, den Mantel des Schweigens über die Geschehnisse zu breiten, und gingen zurück zum Dorf.

Begreifst du das, liebes Tagebuch? Die Männer hatten sämtliche Spuren des Fremden ausgelöscht. Er war in der Erde verschwunden wie sein Schiff in den Tiefen des Meeres. Warum? Und warum waren sie überhaupt am Strand gewesen?

Ich suchte nach einem geeigneten Stein, um das Grab zu markieren, und schleifte schließlich unter größter Anstrengung einen Findling heran, der mit ein wenig Fantasie die Form eines Kreuzes haben mochte. Ich wollte dem Toten diese letzte Ehre erweisen, auch wenn ich keine Ahnung hatte, wer er gewesen war. Dann ließ ich mich müde und verwirrt neben dem Grab ins Gras sinken.

Mit einem Mal fiel mir das Samtsäckchen wieder ein, das der Fremde mir anvertraut hatte. Ich zog es hervor und öffnete es. Darin befand sich das seltsamste und zugleich wunderbarste Schmuckstück, das ich je gesehen hatte. Das Licht des Mondes fiel auf ein silbrig schimmerndes Amulett, in der Mitte ein Kompass, umrahmt von elegant geschwungenen Armen, die sich um riesige Diamanten schlangen. Ich wusste sofort, dass ich etwas ganz Besonderes in den Händen hielt.

Erst als die Kälte und die Müdigkeit zu groß wurden, ließ ich das Amulett wieder in den Beutel gleiten und verschloss ihn sorgfältig. Die Männer hatten geschworen, dass niemand von dem Fremden erfahren sollte. Und in jenem Augenblick schwor ich feierlich, dass das Gleiche für sein Amulett gelten sollte.

Vor gut einer Stunde kehrte ich nach Hause zurück. Ich glaube, ich war noch nie in meinem Leben so erschöpft. Trotzdem wollte es mir nicht gelingen, einzuschlafen. Also beschloss ich, alles aufzuschreiben. Jetzt, liebes Tagebuch, weißt du genauso viel wie ich. Und ich gebe dir Brief und Siegel darauf, dass du genauso wenig weißt, was das alles zu bedeuten hat.

Darkmoor Hall, 12. Juni 1902

Liebes Tagebuch,

die Ereignisse jener Nacht sind nun zwei Tage her, und je mehr Zeit vergeht, desto rätselhafter erscheint mir das alles. Inzwischen ist im ganzen Dorf bekannt, dass ein Schiff gesunken ist. Aber niemand spricht von dem Fremden, der an Bord war. Im Gegenteil: Es geht sogar das Gerücht um, das Schiff sei gänzlich ohne Besatzung gesegelt, sogar

von einem Geisterschiff wird gemunkelt. Zu allem Überfluss ist auch noch von einem Schatz die Rede, der an Bord gewesen sein soll. Irgendjemand hat eine Goldmünze am Strand gefunden, und nun glauben alle, dass da noch mehr zu holen wäre. Ich dagegen glaube, dass die Münze zu dem üblichen Strandgut gehört, dass von Zeit zu Zeit angeschwemmt wird. Und selbst wenn sie vom Schiff kommt: Bisher ist niemand bis zum Wrack vorgedrungen. Dafür sind die Felsen um die Insel viel zu gefährlich.
Über das Amulett schweige ich eisern. Immerhin habe ich einen Eid geschworen.

Darkmoor Hall, 14. Juni 1902

Liebes Tagebuch,
heute Morgen ist etwas geschehen, das ein wenig Licht in die Angelegenheit bringen könnte.
George hatte es mal wieder auf mich abgesehen. Es scheint seine Berufung zu sein, mir das Leben zur Hölle zu machen. Ich versteckte mich vor ihm im Bügelzimmer, einem Raum, den er niemals betreten würde und von dem er vermutlich nicht einmal weiß, dass er überhaupt existiert.
Auf dem Bügelbrett kühlte gerade die Zeitung aus, die der Butler gebügelt hatte, und mein Blick fiel auf einen Artikel, der von einem Diebstahl im British Museum berichtete. Das «Amulett der Winde», ein Schmuckstück von unschätzbarem Wert, war gestohlen worden. Ich traute meinen Augen kaum, als ich das Phantombild des Diebes sah. Es glich dem Fremden bis aufs Haar.
Der Schatz, nach dem alle suchten, existierte also tatsäch-

lich. Nur befand er sich nicht mehr an Bord des gesunkenen Schiffes, sondern in einem Geheimfach hinter der Wandvertäfelung neben meinem Bett.
Noch aufschlussreicher war, was sich beim anschließenden Frühstück ereignete. Der Butler überreichte meinem Vater die geglättete Zeitung, und schon kurze Zeit später legte sich Vaters Stirn in tiefe Falten. Er reichte die Zeitung an George und tippte wortlos auf besagten Artikel.
Mein Bruder schien die gleichen Schlüsse zu ziehen wie ich. Er sprang auf und rief: «Es muss an Bord gewesen sein!»
Vater brachte ihn mit einer herrischen Geste zum Schweigen. Doch mehr musste ich gar nicht hören. Die beiden wussten von dem Amulett. Doch sie wussten nicht, wo es sich befand.
Erst als mein Bruder mich argwöhnisch anstarrte, fiel mir auf, dass ich grinste. Doch aus mir würde er nichts herausbekommen. Der Fremde hatte mir aufgetragen, das Amulett in Ehren zu halten und es jemandem zu geben, der dessen würdig war. Was immer das auch bedeuten sollte, eines wusste ich: Meine habgierige, nur um das eigene Wohl besorgte Familie war es ganz sicher nicht.

Darkmoor Hall, 16. Juni 1902

Liebes Tagebuch,
wie du bestimmt schon mitbekommen hast, bin ich nicht sehr glücklich über die Familie, in die ich hineingeboren wurde. Wie heißt es so schön – seine Familie kann man sich nicht aussuchen.

Seit jener schicksalhaften Nacht stelle ich mir immer mehr Fragen, auf die ich keine Antwort habe. Die wichtigste aber ist: Woher bezieht meine Familie eigentlich ihr Geld, nachdem die Mine, die ihr jahrzehntelang ein stattliches Auskommen ermöglicht hatte, bereits vor vielen Jahren geschlossen wurde?

Darkmoor Hall, 18. Juni 1902

Liebes Tagebuch,
ich muss sehr oft an den Fremden denken, ganz besonders, seit ich weiß, dass er in Wahrheit ein Dieb war. Irgendwie passt das alles nicht zusammen. Ich habe die Zeitung aus dem Korb für das Anfeuern des Küchenofens gefischt und sehe mir die Zeichnung des Diebes wieder und wieder an. Es besteht kein Zweifel – es ist der Fremde vom Strand. Aber ich bin mir sicher, dass er den Schmuck nicht wegen seines Werts gestohlen hat. Es ging ihm um das Amulett selbst. Er hat es vor dem Untergang bewahrt. Er wollte, dass es einen würdigen Platz findet. Vielleicht hat er es gar nicht dem Museum gestohlen. Vielleicht hat es vor vielen, vielen Jahren einmal seiner Familie gehört und er hat es sich nur zurückgeholt.

Darkmoor Hall, 20. Juni 1902

Liebes Tagebuch,
heute habe ich eine unglaubliche Entdeckung gemacht: einen Geheimgang im Keller!
Doch am besten berichte ich von Anfang an.
Das einzige Gute an meiner Familie ist unser Haus. Wann

immer ich Zeit finde, streife ich durch die Räume und erforsche sämtliche Geheimfächer, losen Dielenbretter und versteckten Durchgänge, die diese alten Gemächer zu bieten haben.
Die Bibliothek liebe ich am meisten. Der Geruch von Papier und Leder, das sanfte Licht, das durch die großen Fenster fällt, die schier unendliche Anzahl von Geschichten, die zwischen den Buchdeckeln darauf warten, gelesen zu werden. Außerdem habe ich dort meine Ruhe, denn kaum jemand verirrt sich je hierher. Ich bezweifle, dass außer mir irgendjemand in den Büchern gelesen hat. Wie so vieles in diesem Haus dienen sie eher dem Zweck, damit anzugeben.
Doch seit heute weiß ich, dass sich das größte Geheimnis von Darkmoor Hall nicht in einem der unzähligen Bücher verbirgt, sondern hinter einer Tür im Keller.
Ich wollte einer alten Legende nachgehen, die ich im Dorf aufgeschnappt habe. Angeblich soll es in Darkmoor Hall einst ein Verlies gegeben haben. Also schlich ich mich in den Keller und suchte nach Hinweisen, ob etwas in der Art tatsächlich existiert hatte. Als ich in einem der hintersten Räume versehentlich gegen ein Regal stieß, öffnete sich plötzlich eine Geheimtür, hinter der sich ein Zugang zur Mine befindet.
Ist das nicht unglaublich?!
Am liebsten wäre ich gleich heute schon hinuntergestiegen, aber es war Zeit fürs Abendessen, und daran müssen selbst missratene Söhne teilnehmen. Morgen werde ich dann alles ganz in Ruhe erforschen!

Darkmoor Hall, 28. Juni 1902

Liebes Tagebuch,
ich bin jetzt seit ein paar Tagen in der Mine unterwegs. In jeder freien Minute schleiche ich mich in den Keller und weiter bis in den Stollen, und ich glaube, inzwischen kenne ich mich so gut darin aus, dass ich blind wieder hinausfinden würde.

Darkmoor Hall, 2. Juli 1902

Liebes Tagebuch,
du wirst nicht glauben, was ich heute entdeckt habe: ein geheimes Schmugglerversteck.
Ja, wirklich! In einem verlassenen Tunnel stapeln sich Spirituosen, Tabak und andere Konterbande und warten nur darauf, zu Geld gemacht zu werden. Säckeweise liegen sie neben einem alten Grubenwagen, mit dem die Schmuggelware transportiert worden ist.
Ich kann meine Entdeckung immer noch nicht fassen. Natürlich weiß ich, dass an der Küste geschmuggelt wird. Aber ich bin nie auf den Gedanken gekommen, dass die Schmuggler auch in Darkmoor-on-Sea aktiv sind.
Ob meine Familie davon weiß?

Darkmoor Hall, 5. Juli 1902

Liebes Tagebuch,
als ich heute Morgen erwachte, fiel es mir wie Schuppen von den Augen. Wie blind ich gewesen bin! Natürlich weiß meine Familie von dem Schmuggel, denn sie ist der Kopf der Schmugglerbande! Das ist die einzig stimmige Erklä-

rung für den Gang, der Darkmoor Hall mit der Mine verbindet. Das ist auch die Erklärung für das Licht, das ich in jener Nacht gesehen habe. Und dafür, dass George und die anderen mitten in der Nacht am Strand aufgetaucht sind. Sie haben die Schiffe absichtlich vom Kurs abgebracht, um sie ausrauben zu können.
Endlich begreife ich, wie alles zusammenhängt.
Seltsamerweise ist man für die Dinge, die einem am nächsten stehen, immer am blindesten.

Darkmoor Hall, 7. Juli 1902

Liebes Tagebuch,
ich habe Nachforschungen angestellt, habe die Bediensteten belauscht, mich im Dorf umgehört. Und weißt du was? Alle wissen Bescheid!
Jeder ist in den Schmuggel eingeweiht. Ist das zu fassen? Sie bringen die Schiffe vom Kurs ab, locken sie auf Sandbänke und rauben sie aus. Die Beute wird eine Weile in den Stollen gelagert, dann zu Geld gemacht und unter allen Dorfbewohnern verteilt – wobei die Grenvilles natürlich den größten Batzen abbekommen.
Doch in jener Nacht, in der der Fremde gestorben ist, ist etwas schiefgelaufen. Der Sturm hat das Schiff viel zu weit vom Kurs abgetrieben. Es hätte niemals sinken sollen. Aber das ist es nun mal. Und die Schmuggler sind schuld daran.

Darkmoor Hall, 10. Juli 1902

Liebes Tagebuch,
es ist vorbei. Ein für alle Mal.
Genau einen Monat, nachdem das Schiff gesunken ist, kamen heute einige Männer aus dem Dorf nach Darkmoor Hall. Sie zogen sich mit meinem Vater ins Studierzimmer zurück, und ich habe sie heimlich belauscht.
Irgendwie ist die Sache mit dem Toten doch durchgedrungen. Und dass durch die falschen Lichtsignale jemand ums Leben gekommen ist, geht den meisten zu weit. Sie haben beschlossen, mit der Schmuggelei aufzuhören, was meinem Vater natürlich gar nicht gefällt. Immerhin geht den Grenvilles dadurch ein stattliches Einkommen verloren. Aber ohne die Dorfbewohner hat er keine Chance, die Sache durchzuziehen.
Als die Männer meinen Vater nach dem Schatz fragten, der an Bord des Schiffes gewesen sein soll, erwiderte er, dass er mitsamt dem Wrack auf dem Grund des Meeres weile. Ich bin mir sicher, dass er wirklich daran glaubt.
Bei meinem Bruder liegen die Dinge etwas anders. Seit jenem Morgen beim Frühstück ist er noch gemeiner zu mir geworden und schikaniert mich bei jeder Gelegenheit.
Vielleicht, liebes Tagebuch, finde ich eines Tages den Mut, mich an ihm zu rächen. Und vielleicht finde ich auch jemanden, dem ich das Amulett anvertrauen kann. Mir bedeutet es nichts, aber es ist mir wichtig, es in die richtigen Hände zu geben. Immerhin hat ein Mann deswegen sein Leben gelassen.

20

Acht Jahre später

Darkmoor Hall, 10. Mai 1910

Liebes Tagebuch,
acht Jahre sind vergangen, seit ich dich das letzte Mal hervorgeholt habe. Ist das zu fassen? Acht Jahre, in denen meine Eltern versucht haben, einen richtigen Grenoille aus mir zu machen. Vergeblich, wie ich vorwegnehmen darf. Gehorsam, Disziplin, Respekt, das sind die Dinge, die im Hause Grenoille zählen. In Wahrheit sind es Habgier, Selbstsucht und Arroganz, aber das würde die Familie niemals offen zugeben.
Acht Jahre habe ich nichts hier hineingeschrieben. Doch heute ist etwas geschehen, das mein Leben von Grund auf ändern wird. Davon möchte ich dir erzählen, bevor ich dich hier zurücklasse. Genau wie den Rest meines alten Lebens. Ich bin endgültig fertig damit.
Bei George haben die Erziehungsmethoden meiner Eltern besser funktioniert als bei mir. Aus ihm ist ein waschechtes Scheusal geworden. Er schikaniert und verspottet mich, wo er nur kann, und lässt mich jede Sekunde wissen, für wie erbärmlich er mich hält. Auch sein

Misstrauen von damals ist nicht gänzlich verflogen. Er ahnt, dass ich etwas über das Amulett weiß, und immer wieder versucht er, Informationen aus mir herauszupressen. Ich habe ein dickes Fell – von Leuten mit der Intelligenz einer Stubenfliege lasse ich mich nicht einschüchtern –, aber was zu viel ist, ist zu viel.
Seit in Darkmoor nicht mehr geschmuggelt wird, hat unsere Familie natürlich weniger Geld. George leidet am meisten darunter. Er hat Angst, dass er seinen extravaganten Lebensstil nicht aufrechterhalten kann. Diese Sorge schlägt immer öfter in Wut um – und die richtet sich meist gegen mich.
Heute war wieder einer dieser Tage. Er wettet auf Pferderennen, um sich etwas dazuzuverdienen. Natürlich geht das in den meisten Fällen nach hinten los, und auch heute hat er wieder eine große Summe verloren. Wir begegneten uns vor dem Haus, und als er das Buch sah, das ich mir gerade aus der Bibliothek geholt hatte, beschimpfte er mich aus heiterem Himmel, dass ich nichts anderes im Kopf hätte als diese verdammten Bücher und dass ich der Familie bestimmt ewig auf der Tasche liegen würde. Voller Wut riss er mir das Buch – eine prachtvolle Ausgabe der drei Musketiere – aus der Hand und warf es in den Brunnen. Ich hastete hinterher, sprang ins Wasser, um es zu bergen. Verbittert hörte ich ihn sagen: «Wenn das Amulett nicht auf dem Meeresgrund läge, hätten wir ausgesorgt.»
«Tja», erwiderte ich gehässig, während ich das Wasser

von dem Einband wischte, «wenn unsere Familie beschlossen hätte, auf ehrlichem Wege Geld zu verdienen, anstatt über Leichen zu gehen, vielleicht auch.»
George starrte mich an. Ich bemerkte, welch kolossalen Fehler ich begangen hatte, aber nun gab es kein Zurück mehr.
«Über Leichen?», fragte er mit dazu passender Grabesstimme. «Du weißt von dem Toten?»
«Ach George», seufzte ich. «Ich weiß noch so viel mehr.»
«Das Amulett?»
«Hat er mir anvertraut. Mit seinem letzten Atemzug.»
Ohne Vorwarnung rastete George aus. Er schrie mich an. Nannte mich einen Verräter. Plötzlich hatte er die Anlasserkurbel für unser neues Automobil in der Hand. Er sprintete auf mich zu, sprang zu mir in den Brunnen und schlug zu. Allerdings traf er nicht mich – ich bin geübt darin, ihm auszuweichen –, sondern die steinerne Skulptur in der Mitte des Brunnens. Der gute Mann hatte keine Chance gegen die metallene Kurbel und brach entzwei.
Oh, liebes Tagebuch, diesen Aufruhr hättest du sehen sollen. Alle kamen aus dem Haus gestürzt, Mutter, Vater, die Bediensteten, sie standen um uns herum und schrien uns an. Mich, um genau zu sein, denn George war ja nie an etwas schuld.
Mein Bruder zeigte mit zitterndem Finger auf mich und schrie: «Er hat das Amulett! Ich habe es die ganze Zeit gewusst!»

Es dauerte eine Weile, bis meine Eltern verstanden.
«Ist das die Wahrheit?», fragte mein Vater.
Ich konnte nicht anders. Ich hatte das alles so satt. Also setzte ich das unverschämteste Grinsen auf, das ich zustande brachte, und nickte.
Die Welt um mich herum erstarrte. Alle Geräusche verstummten, nur das Entsetzen in den Gesichtern meiner Familie schrie so laut, dass ich versucht war, mir die Ohren zuzuhalten.
«Du wirst es uns augenblicklich geben», befahl mein Vater schließlich. Seine Stimme war pures Eis.
«Nein», erwiderte ich.
Aus Eis wurde Feuer. So wütend habe ich ihn noch nie erlebt. Er verpasste mir eine schallende Ohrfeige, und meine Wange brannte vor Schmerz. «Mein eigener Sohn! Hintergeht mich wie ein gemeiner Dieb! Hast du überhaupt eine Ahnung, was dieses Amulett wert ist?»
«Aber es gehört euch nicht.»
«Dir auch nicht!»
Er hatte recht. Mir gehörte es auch nicht. Aber ich konnte es dieser rücksichtslosen, habgierigen Meute nicht einfach so überlassen. «Ich habe einem sterbenden Mann einen Schwur geleistet», erwiderte ich schlicht, stieg aus dem Brunnen und ging zurück ins Haus.
Sprachlos starrte meine Familie mir nach. Das gefiel mir – dass sie mir dabei zusahen, wie ich fortging. Daher habe ich beschlossen, diese Szene möglichst bald zu wiederholen. Nur dass ich das nächste Mal nicht

ins Haus hinein, sondern aus ihm heraus gehen werde. Für immer.
Ich gehöre nicht hierher. Ich habe mit diesen Menschen nichts gemeinsam und will es auch niemals haben. Ich werde meiner Familie den Rücken kehren. Und ich werde ihnen ein ganz besonderes Abschiedsgeschenk hinterlassen.

Darkmoor Hall, 11. Mai 1910

Liebes Tagebuch,
der Bann ist endgültig gebrochen. Niemand tut mehr so, als wäre ich ein Teil dieser Familie. Heute hat man mich im Teezimmer im Westflügel eingeschlossen, um in Ruhe mein Zimmer durchsuchen zu können.
Natürlich haben sie das Amulett nicht gefunden. Ich bin ja nicht blöd. Aber der Hass auf mich erreicht gerade seinen Höhepunkt. Mir wurde mitgeteilt, dass ich enterbt werde, wenn ich das Amulett nicht herausrücke. Dass ich es nicht wert bin, den Namen Grenoille zu tragen, und dass sie meinen Namen aus der Familienchronik tilgen werden.
Vater hat mir noch eine letzte Bedenkzeit eingeräumt und mich zu einer Woche bei Brot und Wasser in mein Zimmer verbannt. Wenn er wüsste, dass ich jede Nacht durch einen längst vergessenen Dienstbotengang in die Küche hinunterschleiche und mich aus der Vorratskammer bediene – ihm wäre sein selbstzufriedener Gesichtsausdruck vergangen.

Darkmoor Hall, 12. Mai 1910

Liebes Tagebuch,
inzwischen kommt mir zugute, dass ich das Haus seit Kindertagen kenne wie meine Westentasche. Ich habe Mittel und Wege, heimlich in verschlossene Zimmer zu kommen oder das Haus unbemerkt zu verlassen.
Heute habe ich so ein Gespräch meiner Eltern belauschen können. Sie wollen die Skulptur vom Brunnen erneuern – immerhin handelt es sich um einen griechischen Gott. Die Reparatur soll von dem Geld bezahlt werden, das für mein Studium vorgesehen war. Gern – ich hatte ohnehin nie vor, zu studieren.
Aber sie haben mich auf eine Idee gebracht, wie ich ihr Abschiedsgeschenk verpacke. «Würdiger» geht es wohl kaum. Was auch immer der Fremde damit gemeint haben mochte, ich bin mir sicher, er wäre stolz auf mich.

Darkmoor Hall, 19. Mai 1910

Liebes Tagebuch,
welches Abschiedsgeschenk, fragst du dich? Kannst du es dir nicht denken?
Ich werde ihnen das Amulett überlassen, nach dem es ihnen so sehr dürstet, dass sie sogar bereit sind, ihren eigenen Sohn zu verstoßen. Ich will es nicht behalten, ganz egal, wie viel es wert ist. Aber sie bekommen es nicht einfach so. Sie müssen es sich verdienen.
Sie sollen sich noch einmal vor Augen führen, was sie

angerichtet haben. Sie sollen an die Schauplätze ihrer Missetaten zurückkehren, sollen Buße tun für ihre Habgier, sollen ihre Schuld daran eingestehen, dass ein Mann ums Leben gekommen ist. Wenn sie bis zum Ende durchhalten und das Amulett finden, haben sie es sich vielleicht wirklich verdient.

Darkmoor Hall, 20. Mai 1910

Liebes Tagebuch,
heute sind meine Eltern und mein Bruder zum Ball des Grafen Dunstanville gefahren, eines der wichtigsten gesellschaftlichen Ereignisse in der Gegend. Wie bereits angekündigt durfte ich nicht mit. Sie glaubten ernsthaft, sie würden mich damit bestrafen. Dabei konnte mir gar nichts Besseres passieren. Es gibt nichts Öderes als die Zusammenkunft von Adligen; wenn alle ihre schickste Garderobe präsentieren, mit der Größe ihrer Ländereien angeben und die Anzahl der Kutschpferde darüber bestimmt, wer etwas wert ist und wer nicht.
Ich habe die Zeit genutzt, um meinen Plan weiter voranzutreiben. Zuerst bin ich in die Stadt in eine Glaserei gefahren, danach habe ich Colin Clover einen Besuch abgestattet. Er ist ein guter Freund von mir und rein zufällig der Sohn von Henry Clover, dem ortsansässigen Steinmetz.
Ich muss sagen, es läuft alles wie am Schnürchen!

Darkmoor Hall, 27. Mai 1910

Liebes Tagebuch,

Am Morgen das Leuchten,
Am Mittag der Schlot,
Am Abend das Läuten,
Um Mittnacht der Tod.

Wo sie sich begegnen
Im Schriftenrund,
Befreiet die Winde
Aus Dämons Schlund.

Das erste Rätsel, mit dem alles seinen Anfang nehmen wird. Ich weiß nicht, wann jemand aus meiner Familie das letzte Mal in der Bibliothek war. Ob sie darauf kommen, dass die Dämonenstatue am Kamin gemeint ist, die ich extra für diesen Zweck mit einem Geheimfach habe ausrüsten lassen?

Darkmoor Hall, 31. Mai 1910

Liebes Tagebuch,

Die Winde sind verborgen
Iin ewig finstrer Nacht.
Der schwarze König standhaft
Den Weg dorthin bewacht.

Der Ursprung ist die Richtung,
Das Schloss im Stein das Ziel,
Ein Blitz zersprengt den Felsen,
Wo Notos weilt im Spiel.

Das zweite Rätsel, das sie in die Mine hinunterschickt, zu ihrem alten Schmugglerversteck. Es hat eine Weile gedauert, den Tresor so mit Lehm und Farbe zu bearbeiten, dass man ihn nicht mehr vom Stein unterscheiden kann.
Ich werde dafür sorgen, dass das Rätsel auch auf anderem Wege weitergetragen wird. Und wenn meine lieben Verwandten sich dämlicher anstellen, als sie aussehen, wird es irgendwann jemand anderes geben, der mein Rätsel zu lösen vermag und sich des Amuletts als würdig erweist.

Darkmoor Hall, 5. Juni 1910

Liebes Tagebuch,
heute habe ich Euros, den Ostwind, im Fundament des alten Maschinenhausschlots versenkt, in das ich ein kleines Loch geschlagen und danach wieder mit Mörtel bedeckt habe.

Der zweite Wind verbirgt sich
In aufgetürmtem Licht,
Wo falsches Feuer leuchtet
Und Untergang verspricht.

Durch rußgeschwärzte Öffnung,
Die Flammen sind das Ziel.
Ein Spalt in glattem Boden,
Wo Euros weilt im Spiel.

Heute haben Clover & Sons die neue Statue für den Brunnen geliefert. Es läuft alles nach Plan. Nur noch ein paar letzte Vorbereitungen, dann bin ich endgültig hier weg.

Darkmoor Hall, 8. Juni 1910

Liebes Tagebuch,
auch Boreas, der Nordwind, hat seinen Platz eingenommen in diesem großartigen Spiel. Ich weiß nicht, ob ich dieses Mal nicht zu weit gegangen bin, aber ich habe ausschließlich in ungeweihter Erde gegraben, müsste also auf der sicheren Seite -

21

Eine neue Spur

Das war alles», sagte Gus. «Der Rest des Buches ist verbrannt.»

Billy stöhnte. «Das darf doch nicht wahr sein! Ausgerechnet an der Stelle!»

«Immerhin wissen wir jetzt, wie alles zusammenhängt», sagte Kate. «Wo das Amulett hergekommen ist, warum Augustus es versteckt hat … und warum er aus Darkmoor weggegangen ist.» Sie sah Gus mitfühlend an. «Die Grenvilles waren schon immer eine scheußliche Familie. Mein Beileid.»

Gus nickte und starrte gedankenverloren auf die verkohlten Überreste der Tagebuchseite.

«Das mit dem Feuerzeug war eine dämliche Idee von mir», sagte Billy zerknirscht. «Tut mir echt leid, Leute. Wenn die restlichen Seiten noch da wären, wüssten wir jetzt, wo der nächste Stein versteckt ist.»

Gus schien immer noch vollkommen in Gedanken versunken. «Vielleicht», murmelte er schließlich, «finden wir es auch so heraus.»

«Wie denn?», fragte Billy. «Der Text bricht doch kurz vor dem Rätsel ab.»

«Wir haben aber trotzdem eine Menge erfahren», sagte Gus. «Laut Augustus ist der nächste Stein Boreas, der Nordwind. Wir müssen also irgendwo nördlich von Darkmoor suchen. Das wäre schon mal der erste Hinweis.»

«Du hast recht», sagte Kate. «Kann ich das Tagebuch mal kurz haben?» Sie blätterte ein paar Seiten nach vorn und überflog die Einträge, bis sie gefunden hatte, was sie suchte. «Hier», rief sie und deutete auf die Textstelle. «Hier schreibt Augustus: *Sie sollen sich noch einmal vor Augen führen, was sie angerichtet haben. Sie sollen an die Schauplätze ihrer Missetaten zurückkehren* und so weiter. Und jetzt überlegt doch mal», fuhr sie aufgeregt fort. «Wo waren diese Schauplätze denn bisher?»

Billy zuckte mit den Schultern. «Überall dort, wo die Schmuggler am Werk waren. In der Mine, in der sie das Schmuggelgut aufbewahrt haben, und beim Maschinenhaus, wo sie die falschen Lichtsignale gesendet haben.»

«Ganz genau», bestätigte Kate. «Also muss auch das nächste Versteck etwas mit den Schmugglern zu tun haben.»

«Oder», fügte Gus hinzu, «mit den Ereignissen jener Nacht.»

Kate blätterte noch einmal im Tagebuch. «Sein letzter Satz», sagte sie nachdenklich. «*Ich habe ausschließlich in ungeweihter Erde gegraben …*» Sie sprach nicht weiter, sah Billy und Gus nur mit großen Augen an.

«Sie haben den Fremden begraben», sagte Gus.

«Auf dem Friedhof», fügte Billy hinzu.

Kate nickte. «Und der Friedhof befindet sich …»

«… im Norden», beendeten alle drei den Satz.

Obwohl es bereits später Nachmittag war, beschlossen sie, sofort aufzubrechen. Endlich hatten sie eine neue Spur, und sie waren so aufgeregt deswegen, dass sie keine Minute länger warten wollten, um ihre Theorie zu überprüfen.

Da sie davon ausgingen, dass Barnaby immer noch im Flur vor Gus' Zimmer auf der Lauer lag, nahmen sie den Hinterausgang durch Gus' Fenster. Nachdem Gus das Tagebuch im Geheimfach in der Wand verstaut hatte, kletterten sie nacheinander die Strickleiter hinunter und schlichen um das Herrenhaus herum Richtung Kutschenhaus. Sie wollten Jones um ein paar starke Taschenlampen bitten, damit sie nicht den Fehler begingen, wie bei ihrem Abenteuer in der Mine am Ende im Dunkeln dazustehen.

Die Fenster in der Wohnung über der Garage waren dunkel; der Gärtner schien von seinem Ausflug noch nicht wieder zurück zu sein. Doch während sie darüber diskutierten, ob sie auf ihn warten oder sich einfach aus den Schränken in der Garage selbst bedienen sollten, kam Jones auf dem altersschwachen Fahrrad die Auffahrt hinaufgestrampelt.

Mit einem Quietschen und Klappern hielt er vor ihnen an und stopfte rasch etwas in die Tasche seines ausgebeulten Mantels. «Soso», brummte er. «Immer noch da?»

«Mr Jones, Sie müssen uns helfen», platzte Kate aufgeregt heraus. «Können Sie uns Taschenlampen leihen?»

«Und wozu, wenn ich fragen darf?»

«Wir haben ...» Gus stockte. «Also, wir haben da etwas entdeckt und möchten das gern überprüfen.»

Der Gärtner runzelte die Stirn. «Jetzt sofort?»

«Ja.» Kate nickte eifrig. «Ja, jetzt sofort.»

Jones zuckte mit den Schultern. «Wenn ihr meint. Geht mich im Grunde ja nichts an. Wartet hier.»

Er schob sein quietschendes Fahrrad in die Garage und kehrte kurz darauf mit drei Taschenlampen zurück.

«Danke, Mr Jones», sagte Kate und gab die Lampen an Billy weiter, der sie in seiner Tasche verstaute. «Sie sind ein Schatz.»

Der Gärtner brummte irgendetwas Unverständliches und winkte ab. «Schon gut. Und wo soll es hingehen so spät am Nachmittag?»

«Das wüsste ich auch gern!»

Beim Klang der monotonen Stimme durchfuhr es Kate eiskalt. Aus dem Schatten neben dem Kutschenhaus trat Barnaby hervor, auf seinen Gehstock gestützt, und fixierte sie aus seinen grauen, leblosen Augen.

Kate merkte, wie sich Gus neben ihr versteifte. Er hatte heute schon eine Menge Mut bewiesen – vielleicht hatte er nicht mehr genug davon, um sich erneut gegen den Butler aufzulehnen. Aber sie durften unter keinen Umständen riskieren, dass Barnaby sie aufhielt oder sich gar an ihre Fersen heftete. Nicht jetzt. Also hatten sie eigentlich nur eine Wahl.

«Lauft», rief sie und rannte los, auf die Auffahrt zu, die sie hinunter zur Küstenstraße bringen würde. Das rhythmische Knirschen auf dem Kies verriet ihr, dass Billy und Gus ihr folgten. Als sie sich umsah, stellte sie erschrocken fest, dass auch Barnaby ihnen hinterherlief und heftig gestikulierte. Doch mit seinem Gehstock hatte er keine Chance, sie einzuholen.

Rasch wandte Kate sich wieder um und rannte weiter. Das würde Ärger geben! Noch mehr, als Gus ohnehin schon am Hals hatte. Es blieb nur zu hoffen, dass sie auch wirklich etwas fanden und Gus nicht umsonst das Leben zur Hölle machten.

22

Ungeweihte Erde

Der Friedhof von Darkmoor-on-Sea befand sich ein Stück außerhalb des Dorfes, auf einem Hügel am Waldrand. Hier hatte früher auch eine kleine Kapelle gestanden, die jedoch bei einem Feuer bis auf die Grundmauern niedergebrannt war. An sie erinnerten nur noch ein paar Steine, die zwischen Gras und Moos kaum zu erkennen waren.

Der Friedhof selbst war von einer niedrigen Mauer umgeben. Kate, Billy und Gus gingen durch das windschiefe, kleine Tor und sahen sich suchend um.

«Und jetzt?», fragte Billy und trat unbehaglich von einem Bein auf das andere.

Kate ahnte, wie er sich fühlte. Friedhöfe waren vermutlich nicht der angenehmste Ort für Menschen, die zur Abergläubigkeit neigten. Schon gar nicht in der aufkommenden Dämmerung, die sich wie ein Schleier über die Landschaft legte und die Schatten zwischen den Gräbern immer dunkler werden ließ.

«Jetzt suchen wir das anonyme Grab», erwiderte sie

möglichst unbekümmert. Ein bisschen konnte sie Billys Unbehaglichkeit nachvollziehen. Aber da sie schon einmal hier waren, würden sie die Sache auch durchziehen.

Sie gingen einen schmalen Weg entlang, der zwischen den Grabreihen hindurchführte. Die meisten Grabsteine waren alt und verwittert, aber hier und da entdeckten sie auch neuere Steine und besser gepflegte Gräber. Wer in Darkmoor starb, wurde nach wie vor hier oben begraben. Für einen Friedhof eigentlich ganz schön, dachte Kate.

Sie ließ ihren Blick über die sanft abfallende Wiese bis hinunter zum Meer schweifen. Nebel zog an der

Küste auf. Doch die weißen Schwaden, die Kate schon einmal in Schwierigkeiten gebracht hatten, schienen heute nicht über die Klippen hinauszukommen.

Etwas lenkte ihren Blick in Richtung Weg, auf dem sie vom Dorf bis hierherauf gekommen waren. Da! Da war es wieder. Ein Aufblitzen, genau wie vor ein paar Tagen, als sie bei den Ruinen des Maschinenhauses gewesen waren. Kate versuchte, etwas zu erkennen, doch es war zu weit entfernt. Wieder ein Blitz, wie eine Lichtspiegelung. Sie sah sich zum Waldrand um, hinter dem gerade die Sonne unterging. Vermutlich wurde einer der letzten Sonnenstrahlen von einer spiegelnden Fläche reflektiert. Andererseits gab es auf dem Weg nichts, was hätte spiegeln können …

Bevor sie den Gedanken weiterverfolgen konnte, deutete Billy auf ein Grabmal, das sich deutlich von den anderen abhob. Es glich eher einem Miniatur-Mausoleum als einem herkömmlichen Grab; links und rechts der großen, ganz in Schwarz gehaltenen Grabtafel befanden sich altertümlich anmutende Säulen, auf denen Dämonen hockten. Mit ihren zu einer grässlichen Grimasse verzerrten Gesichtern erinnerten sie Kate an die Dämonenstatue in der Bibliothek von Darkmoor Hall.

Plötzlich begann Billy trotz des unheimlichen Anblicks der Grabstätte zu kichern. Als Kate die Inschrift entzifferte, die unter Moos und Dreck kaum noch zu erkennen war, wusste sie auch, was ihn so amüsierte. «*Jeremiah Grenville, 1768–1845. Möge er im Jenseits endlich jenen Kreaturen begegnen, die ihn im Diesseits so faszinierten*», las sie vor. «Ich wusste gar nicht, dass die Grenvilles auch hier oben begraben sind. War Jeremiah der mit dem Dämonenfaible, von dem du uns mal erzählt hast?»

Gus nickte. «Sieht so aus, als hätte hier jeder sein Fett wegbekommen.» Er deutete auf weitere aufwendige – und ungewöhnliche – Grabsteine der Familie Grenville. Auf einem waren Fische abgebildet *(Edgar Grenville, 1835–1880. Möge er dem Teufel durch die Finger geschlüpft sein, so wie es ihm mit den Fischen erging)*, auf einem anderen prangte ein echter, verrosteter Ritterhelm *(In Gedenken an den glorreichen Ignatius, 1820–1887, der mit dem Schwert eroberte, woran er mit seinem Charme scheiterte)*. Außerdem gab es einen in den Stein gemeißelten Dackel mit einem Fasan im Maul, blühende Rosenbüsche, einen übervollen Geldsack und eine Armbrust mit Doppelschuss.

«Na bravo», sagte Kate. «Man darf gespannt sein, was auf deinem Grabstein später mal zu sehen ist.»

«Der Kompass natürlich», rief Billy im Brustton der Überzeugung. «Und darunter steht: *Er wusste stets, welche Richtung die richtige ist. Moralisch zumindest.*»

Sie mussten alle drei lachen. Das Geräusch wirkte fehl am Platz und schien unnatürlich lang zwischen den Grabsteinen widerzuhallen. Ein Vogel flatterte am nahen Waldrand auf, empört über die abendliche Ruhestörung. Doch das Lachen tat gut. Keiner wollte es zugeben, aber in der düsteren Stimmung des Friedhofs fühlten sie sich alle unwohl.

Nachdem sie den Bereich der Familie Grenville verlassen hatten, wurden die Grabsteine wieder schlichter. Viele der Namen kannte Kate – Gulliver, Farringdon, Fallon, Shelby –, doch keiner der Steine deutete darauf hin, dass es sich um das anonyme Grab des Fremden handelte.

Unverrichteter Dinge kamen sie wieder an dem kleinen Tor an, das den Eingang zum Friedhof markierte.

«Komisch», sagte Kate. «Ich war mir so sicher, dass der Friedhof gemeint war.»

«Ob das Grab gar nicht mehr da ist?», wandte Billy ein. «Immerhin werden Gräber nach einer Weile neu belegt. Und wir reden hier von über einhundert Jahren.»

Gus sah noch einmal über den Friedhof. «Hat Augustus nicht etwas von ungeweihter Erde geschrieben?», fragte er.

«Ja», erwiderte Kate. «Ich nehme an, das bedeutet, dass bei der Beerdigung kein Pfarrer anwesend war.»

«Ist auf einem Friedhof nicht die gesamte Erde geweiht?», widersprach Gus.

Kate runzelte die Stirn. «Stimmt. Aber sie haben ihn zum Friedhof gebracht, das stand so im Tagebuch.»

«*Zum* Friedhof», bestätigte Gus. «Nicht *auf* den Friedhof.»

Kates Gesicht leuchtete auf. «Aber natürlich! Sie haben ihn nicht auf, sondern *neben* dem Friedhof begraben!»

Rasch liefen sie aus dem Tor hinaus und gingen außen an der Steinmauer entlang. Dabei hielten sie Ausschau nach irgendetwas, das aussah wie ein hundert Jahre altes Grab.

Auf der gegenüberliegenden Seite des Friedhofseingangs entdeckten sie es. Neben der Mauer lag ein verwitterter, großer Steinklotz im hohen Gras. Auf den ersten Blick wirkte er, als würde er rein zufällig dort liegen. Doch als Kate ihn aus der Nähe betrachtete, stellte sie fest, dass er – mit etwas Fantasie – die Form eines Kreuzes besaß.

«Das muss es sein», rief sie. «Augustus hat doch geschrieben, dass er das Grab mit einem Stein markiert hat. Und seht mal.» Sie deutete auf den Boden neben dem Stein, der auf einer etwa rechteckigen Fläche mit dunklerem, härterem Gras bewachsen war. «Könnte hier nicht mal die Erde umgegraben worden sein?»

Billy, der genau in der Mitte des Rechtecks stand, trat hastig einen Schritt zur Seite. «Puh», machte er. «Wusstet ihr, dass Tote, die nicht ordentlich begraben werden, keine Ruhe finden und nachts auf den Friedhöfen umherwandern?»

Er sah sich unsicher um. Die Sonne war inzwischen untergegangen; die aufkommende Dämmerung ließ den Waldrand nur noch als eine unförmige dunkle Masse erscheinen. Das Zwitschern der Vögel verstummte nach und nach. «Und ein Grab in ungeweihter Erde qualifiziert sich eindeutig für ein *nicht*-ordentliches Begräbnis», fügte er hinzu.

«Ach, Billy», seufzte Kate. «Du und deine Geister. Den einzigen Geist, den ich in letzter Zeit gesehen habe, war der im Ostflügel von Darkmoor Hall. Und selbst der war nicht echt. Gib mir lieber mal eine Taschenlampe. Ich kann kaum noch was erkennen.»

Mit einem unverständlichen Brummeln öffnete Billy seine Tasche und holte die Taschenlampen heraus. Kate nahm eine entgegen, schaltete sie ein und ließ den Lichtstrahl über das Gras wandern.

«Wenn ihr einen Diamanten in einem Grab verstecken wolltet», sagte sie nachdenklich, «wie würdet ihr vorgehen?»

«Na ja», antwortete Gus zögerlich. «Der offensichtlichste Ort ist vermutlich …»

«… der Sarg», vollendete Billy den Satz. «Nur dass der Tote gar keinen Sarg hatte.» Als ihm bewusst wurde, was er gerade gesagt hatte, wich sämtliche Farbe aus seinem Gesicht. «Nein!», rief er. «Nein, nein, nein. Auf keinen Fall. Ohne mich! Das geht eindeutig zu weit! Wir können doch nicht das Skelett ausbuddeln.

Das ist Störung der Totenruhe. Und wer weiß, wer oder was da unten sonst noch alles ruht. Auch wenn ihr nicht an Geister glaubt, ich bin sicher, dass …»

«Billy, beruhige dich», unterbrach Kate ihn. «Ich glaube nicht, dass wir den Sarg ausgraben müssen.»

«So weit wäre Augustus nicht gegangen», bestätigte Gus. «Dafür hat er dem Fremden zu viel Respekt entgegengebracht.»

«Ganz genau», sagte Kate. «Da gräbt er ihn doch nicht wieder aus, um einen Diamanten ins Grab zu schmuggeln. Schon gar nicht, wenn er danach seine Verwandten hierher lotst, damit sie genau das Gleiche noch mal tun.»

«Hätten wir das Rätsel, wüssten wir, wo wir suchen müssten», sagte Gus.

«So viele Möglichkeiten gibt es ja nicht mehr.» Kate ließ den Strahl der Taschenlampe erneut über das Gras schweifen, bis er schließlich auf dem Stein verharrte. «Hier zum Beispiel», fügte sie hinzu.

«In dem Stein?», fragte Billy zweifelnd.

«Warum nicht?», entgegnete Kate und kniete sich neben dem Findling nieder, um ihn genauer zu untersuchen. «In der Mine hat Augustus einen Tresor eingemauert und ihn so getarnt, dass er aussah wie die Felswand drumherum. Das stelle ich mir komplizierter vor, als etwas in einem Grabstein zu verstecken.»

Sie untersuchten den Stein von allen Seiten. Er war

stark verwittert, rau und voller Risse und Spalten, doch er schien massiv zu sein. Auch als sie versuchten, ihn zu verrücken, hatten sie keinen Erfolg.

Inzwischen hatte die Dunkelheit die Umrisse des Waldrands verschluckt. Kate fröstelte, als der Strahl ihrer Taschenlampe auf die ersten weißen Nebelschwaden fiel, die sich wie Fühler nach ihnen ausstreckten. Das Wetter hatte sie wieder eines Besseren belehrt. Der Nebel war den ganzen Weg von der Küste bis zu ihnen heraufgestiegen. Irgendwo knackte es. Ein Tier, beruhigte sich Kate. Nur ein Tier.

«Und wenn wir doch graben müssen?», fragte sie zaghaft.

«Nie im Leben», entgegnete Gus. «Das hätte Augustus nicht gewollt.» Er drückte ein paar hohe Grashalme um den Stein nieder und leuchtete erneut alles ab. Plötzlich verharrte er und sah sich eine Stelle genauer an. «Hier!», sagte er aufgeregt. «Ich glaube, hier ist was.»

Billy und Kate beugten sich über die Stelle, auf die der Lichtkreis von Gus' Taschenlampe fiel. Zuerst konnte Kate in der verwitterten Oberfläche nichts Besonderes entdecken, doch als sie genauer hinsah, bildete sich mit einem Mal ein Muster aus den Rissen und Kerben.

«Eine Windrose», rief sie. «Da hat jemand eine Windrose in den Stein geritzt.»

«Der Typ war echt irre», stellte Billy trocken fest. «Ob man hier das Gleiche machen muss wie bei der Dämonenstatue in der Bibliothek?»

«Vielleicht.» Gus strich über den rauen Stein. Seine Finger verharrten auf dem N für Norden. «Wartet mal. Das fühlt sich komisch an … Whoa.»

Ein Klicken ertönte, und das N verschwand ein Stück im Stein.

«Ein Schalter», sagte Kate verblüfft.

«Verrückt.» Billy schüttelte den Kopf. «Aber wofür?»

Ein leises Grollen erklang, und plötzlich begann die Erde unter ihnen zu zittern.

«Was ist das?», rief Billy erschrocken.

Gus klammerte sich mit bleichem Gesicht an den Stein. «Keine … Ahnung.»

Das Zittern war zu einem heftigen Beben geworden, begleitet von einem Rumpeln und Prasseln. Hektisch leuchtete Kate den Boden ab. Als das Licht auf den Bereich neben dem Grab fiel, musste sie zwei Mal hinschauen, um zu begreifen, was sie sah. Mitten in der Wiese tat sich ein schwarzes Rechteck auf; Erde und Gras verschwanden in der Tiefe, als würden sie von einem riesigen Tier verschluckt.

Endlich erstarb das Beben. Eine fast unnatürliche Stille senkte sich über die Umgebung, als würde alles um sie herum den Atem anhalten. Kate schluckte nervös, dann ging sie langsam auf das Rechteck zu.

«Sei vorsichtig», raunte Billy ihr zu. Seine Stimme war ganz heiser vor Anspannung.

Kate richtete den Strahl der Taschenlampe auf das schwarze Loch. Das Licht fiel auf in die Erde gehauene Stufen, die in einen niedrigen Raum führten. «Das gibt's doch nicht!» Fassungslos starrte sie in die Dunkelheit hinab. «Eine Kammer», hauchte sie ehrfürchtig. «Der Schalter auf dem Stein hat eine unterirdische Kammer geöffnet!»

23

Die geheime Kammer

Nebelschwaden waberten um das Loch im Boden und tasteten sich über die Stufen in die Kammer hinunter, als könnten sie es kaum erwarten, zu erforschen, was so viele Jahre verborgen gewesen war. Kate, Billy und Gus standen um die Öffnung herum und sahen völlig verdattert in die Tiefe hinab.

«Beim Grabe meiner Granny», murmelte Billy zum wiederholten Mal. Mehr kam ihm nicht über die Lippen.

«Wer will zuerst?», fragte Kate schließlich. Als keiner der Jungs Anstalten machte, seufzte sie. «Also gut. Ich gehe. Ihr wartet hier, bis ich mich umgesehen habe.»

Sie setzte den Fuß auf die erste Stufe. Ein wenig trockene Erde bröckelte ab, aber sie hielt ihrem Gewicht stand. Stufe um Stufe tastete Kate sich weiter nach unten. Im Licht der Taschenlampe war nicht viel mehr zu erkennen als braune Erde und Dunkelheit.

Nach wenigen Stufen endete die Treppe in einer kleinen, vielleicht zwei mal zwei Meter messenden

Erdhöhle, die so niedrig war, dass Kate in die Hocke gehen musste. Sie ließ die Taschenlampe über die nackten Wände gleiten. Keine unliebsamen Bewohner. Kein Gang, der in einen größeren Raum führte. Die Kammer war leer.

In Kate wollte sich gerade Enttäuschung breitmachen, als der Lichtstrahl auf eine kleine Kiste fiel, die in der Mitte der Kammer auf dem Boden stand. Sofort beschleunigte sich ihr Puls.

«Alles in Ordnung», rief sie rasch nach oben und tastete sich zu der Kiste vor. «Ihr könnt runterkommen.»

Vorsichtig stiegen auch Billy und Gus in die Erdhöhle hinab und kauerten sich neben Kate, um die Kiste zu untersuchen. Im Schein der Taschenlampe konnten sie erkennen, dass sie aus glänzendem, dunklem Holz bestand und über und über mit Schnitzereien verziert war. Und sie war mit einem alten, aber äußerst stabilen Zahlenschloss aus Messing verschlossen.

«Oje», sagte Kate. «Wir brauchen die Kombination.»

«Na bravo.» Billy seufzte. «Das kann alles Mögliche sein. Vielleicht sollten wir einfach die ganze Kiste mitnehmen und zu Hause in Ruhe überlegen? Hier drin ist es mir eindeutig zu eng.»

Kate versuchte, die Kiste hochzuheben. «Boah. Die ist viel zu schwer. Als wäre sie am Boden festgeschraubt.»

Billy kicherte. «Ist sie vielleicht auch. Vermutlich

hatte Augustus genau das im Sinn – dass seine Familie hier auf Knien im Dreck hockt und versucht, die Zahlenkombination herauszukriegen.»

«Also müssen es Zahlen sein, die sie kannten», erwiderte Gus. «Und ich verwette meinen Kompass darauf, dass sie etwas mit Augustus oder mit dem Unglück zu tun hatten.»

«Wie wäre es mit seinem Geburtsdatum?», schlug Kate vor.

«Gar keine schlechte Idee», sagte Gus. «Augustus wurde am 12. Januar 1892 geboren. Ich versuche es einfach mal.»

Er stellte die vier Rädchen des Zahlenschlosses auf 1 2 0 1. Doch das Schloss öffnete sich nicht.

«Vielleicht das Geburtsjahr?», sagte Kate.

Gus drehte an den Rädchen, bis sie 1 8 9 2 anzeigten. Doch auch das funktionierte nicht.

«Und wenn es gar nicht um Augustus geht?», sagte Billy. «Immerhin ist der Stein am Grab des Fremden versteckt. Vielleicht haben die Zahlen etwas mit ihm zu tun.»

«Natürlich», rief Gus. «Er hat seine Familie hierhergeführt, um sie zu zwingen, sich an den Toten und an das genaue Todesdatum zu erinnern.» Er überlegte kurz. «Das Schiffsunglück ist 1902 geschehen. Am 10. Juni.» Er stellte die Rädchen auf 1 0 0 6. Ein leises Klicken erklang – und das Schloss schnappte auf.

«Wir haben es geschafft!», jubelte Gus. «Es ist offen.»

Der Ruf einer Eule drang zu ihnen hinab und wieder meinte Kate, ein Knacken zu hören. «Nun mach schon auf», drängte sie. Ein mulmiges Gefühl breitete sich in ihr aus. Sie konnte nicht genau sagen, warum, aber mit einem Mal fühlte sie sich nicht mehr sicher hier unten.

Gus schien von alledem nichts zu spüren. Beinahe andächtig öffnete er den Deckel der kleinen Truhe. «Ein Säckchen», flüsterte er. «Und ein Brief. Genau wie in der Mine.»

«Steck es ein», sagte Kate, «und dann lass uns von hier verschwinden.»

«Was hast du denn?», fragte Billy überrascht.

«Ich weiß nicht. Irgendwas ist komisch.»

«Okay. Ehrlich gesagt hätte ich auch nichts dagegen, so schnell wie möglich von hier wegzukommen.»

Gus schob das Säckchen und den Brief in die Hosentasche, dann krochen sie zurück zur Treppe und verließen die unterirdische Kammer. Eine Wand aus kaltem, undurchdringlichem Nebel empfing sie. Die fühlerartigen Nebelschwaden hatten sich in eine weiße Glocke verwandelt, die sich über die Landschaft gestülpt hatte.

«Wir sollten die Kammer wieder verschließen», sagte Kate. «Schließlich wollen wir keine Spuren hinterlassen. Für den Fall, dass Barnaby auch auf die Idee kommt, hier nach dem nächsten Stein zu suchen.»

«Okay, wartet hier», sagte Gus und ging in Richtung Grabstein davon. Kurz darauf hatte ihn der Nebel verschluckt. Kate richtete ihre Taschenlampe auf die Stelle, an der er verschwunden war. Aber ihr Lichtstrahl schaffte es kaum, den Nebel zu durchdringen.

Wieder ertönte ein Knacken, und dieses Mal war es ganz nah bei ihnen. Billy zuckte zusammen. «Was war das?», wisperte er nervös.

Kate sah sich um. Sie konnte nicht ausmachen, aus welcher Richtung das Geräusch gekommen war. «Warst du das, Gus?», rief sie. Wieder schlug ihr Herz schneller, dieses Mal jedoch vor Anspannung. «Gus?», rief sie erneut. «Gus, wo bist du?»

«Ich bin hier», drang Gus' Stimme durch den Nebel, aber aus einer ganz anderen Richtung, als sie vermutet hatte. Sie nagte an ihrer Unterlippe und versuchte, Ruhe zu bewahren. Offenbar war sie drauf und dran, die Orientierung zu verlieren. Billy stand dicht bei ihr, und beinahe hätte sie nach seiner Hand gegriffen.

«Ich habe keine Ahnung, wie ich die Öffnung verschließen soll», hörte sie Gus sagen. «Das N lässt sich nicht wieder rausdrücken.»

Im Gras neben ihr raschelte es. Kate sah sich hektisch um. Das war nicht aus Gus' Richtung gekommen. Sie drehte sich im Kreis und versuchte, irgendetwas zu erkennen. Im Strahl der Taschenlampe wirbelten hauchfeine Wassertröpfchen; mehr war nicht zu sehen.

Wieder das Rascheln. Ein dumpfes, rhythmisches *pock pock pock*. Und dann …

«Schritte», hauchte Billy. «Da kommt jemand.»

Im gleichen Moment brach die Wolkendecke über ihnen auf. Mondlicht fiel durch den Riss in den Wolken. Die Nebelwand vor ihnen leuchtete auf wie eine Kinoleinwand. Und genau auf diese Leinwand projizierte das Mondlicht den unförmigen Umriss eines Mannes, der einen Stock in der Hand hielt.

«Barnaby», entfuhr es Kate. Instinktiv wich sie einen Schritt zurück.

Zwar verbarg der Nebel sie vor seinem Blick, aber er konnte sie zweifellos hören. Sie hatte den Gedanken kaum zu Ende gedacht, als sich die Gestalt in Bewegung setzte – und genau auf sie zukam.

Jetzt griff sie doch nach Billys Hand. «Lauf, Gus», rief sie, und dann noch mal lauter: «Gus! Lauf weg!»

Sie stolperte rückwärts und zog Billy mit sich. Ein letztes Mal erhaschte sie einen Blick auf den Mann, der nun suchend mit dem Stock durch die Luft stocherte, dann schloss sich die Wolkendecke wieder. Nebel und Dunkelheit hüllten sie ein wie eine Decke.

Sie hörte das Sirren des Stocks, bevor sie ihn spürte. Ein Schlag traf sie an der Schulter. Mit einem schmerzerfüllten Wimmern ging sie zu Boden und riss Billy mit sich. Die Taschenlampe entglitt ihrem Griff und kullerte in das hohe Gras.

Das war unmöglich. Woher wusste Barnaby so genau, wo sie war? Er konnte doch genauso wenig sehen wie sie.

Wieder hörte sie das Sirren. Instinktiv vergrub sie das Gesicht in den Händen. Aber dieses Mal traf der Stock nicht sie selbst, sondern die Taschenlampe.

Die Taschenlampe. Natürlich! Barnaby sah nicht sie – er sah das Licht.

Rasch griff sie nach Billys Taschenlampe und knipste sie aus. «Los, weg hier!», zischte sie ihm zu und zog ihn auf die Füße.

Die Schritte kamen viel zu schnell näher. Ein halb wütendes, halb triumphierendes Knurren erklang. Wie auch immer Barnaby es anstellte – er schien sich in dem Nebel deutlich besser orientieren zu können als sie.

Wieder hörte sie das Sirren des Stocks. Kate schlug einen Haken und spürte den Luftzug, der knapp an ihrem Kopf vorbeiging. Adrenalin durchflutete sie, und sie hörte das dumpfe Pochen ihres Herzschlags im Ohr. Der Butler war nicht nur außerordentlich flink – er schien auch zu allem entschlossen zu sein.

Panik ergriff sie. Was passierte, wenn sie Barnabys Schlägen nicht mehr ausweichen konnten? Wie weit würde der Butler gehen, um an den Stein zu kommen?

Wieder das Sirren. Wieder schlug sie einen Haken, um auszuweichen. Billy folgte ihr, doch er war nicht schnell genug. Erschrocken schrie er auf und fasste sich an den Arm. Kate zerrte ihn weiter, ohne zu wissen, wo sie eigentlich hinliefen.

Sie stolperte und schlug der Länge nach hin. Panisch sah sie sich um. Der Grabstein. Sie waren im Kreis gelaufen! Sie hörte die Schritte des Butlers hinter sich, sah, wie sich die Nebelschwaden teilten, wie sich eine dunkle, massige Gestalt herausschälte, hörte wieder das triumphierende Knurren. Und dann war die Gestalt plötzlich weg.

Es dauerte einen Augenblick, bis sie das erschrockene Keuchen und das Poltern zuordnen konnte. «Er ist in die Kammer gefallen», raunte sie Billy zu und rappelte sich auf. «Schnell. Vielleicht hält ihn das eine Weile auf. Hier muss irgendwo die Friedhofsmauer sein.»

«Und Gus?», fragte Billy.

«Den finden wir schon wieder. Los jetzt.»

Sie tasteten sich vorsichtig durch den Nebel, bis sie nach einigen Schritten auf die niedrige Mauer stießen. An ihr liefen sie entlang, bis sie an den Überresten der abgebrannten Kapelle angelangt waren. Ihren Verfolger schienen sie tatsächlich abgeschüttelt zu haben.

«Billy? Kate? Seid ihr das?»

«Gus?», erwiderte Kate leise. «Wo bist du?»

«Hier.»

Gus' Kopf erschien hinter der Friedhofsmauer. «Was ist passiert?»

«Barnaby ist in die Kammer gefallen. Hast du den Stein?»

«Ja.»

«Dann nichts wie weg hier.»

Gus kletterte über die Mauer, und gemeinsam liefen sie hügelabwärts. Solange sie bergab gingen, würden sie irgendwann auf den Weg stoßen, der sie ins Dorf brachte.

Den Großteil des Weges legten sie schweigend zurück, lauschten dabei immer wieder hinter sich, doch ihr Verfolger schien aufgegeben zu haben. Je näher sie dem Dorf kamen, desto mehr lichtete sich der Nebel, und bald konnten sie die ersten Häuser von Darkmoor-on-Sea ausmachen.

Sie waren wieder mit heiler Haut davongekommen, dachte Kate. Aber die Schlinge zog sich mit jedem Mal weiter zu.

24

Broschendieb

Sie hatten beschlossen, erst Billy nach Hause zu bringen, und standen nun an der Abzweigung zu dem gewundenen Schotterweg, der zum Haus der Parishs führte. Keiner schien Lust zu haben, sich zu verabschieden.

«Ich verstehe nicht, wie Barnaby uns gefunden hat», sagte Kate zum wiederholten Mal. «Er kann uns doch unmöglich den ganzen Weg bis zum Friedhof gefolgt sein.»

«Wie habt ihr ihn bei dem Nebel überhaupt erkennen können?», fragte Gus.

«Er hat mit seinem Stock nach uns geschlagen», sagte Billy. «Der Typ ist wirklich zu allem entschlossen.»

«Vielleicht solltest du heute nicht mehr nach Darkmoor Hall zurück», sagte Kate. «Am Ende rückt dir Barnaby dort auch noch auf den Leib, nachdem er nicht bekommen hat, was er wollte.»

Gus schüttelte den Kopf. «Ich glaube nicht, dass Barnaby mein größtes Problem sein wird, wenn ich nach Hause komme. Meine Tante wird kochen vor Wut.»

«Oh, daran darf ich gar nicht denken», stöhnte Billy. «Ich kriege garantiert auch Ärger.»

«Und ich erst», brummte Kate. Sie musste an das Versprechen denken, das sie ihrer Mutter heute Nachmittag gegeben hatte. Das gemeinsame Abendessen war nun geplatzt.

Nach einer Weile fragte Gus leise: «Ich mach mir zwar keine Sorgen wegen Barnaby, aber ... wäre es sehr albern, wenn ihr heute Nacht trotzdem bei mir schlafen würdet?»

«Überhaupt nicht», rief Billy sofort. «Nach allem, was heute passiert ist, habe ich echt keine Lust auf Allens übliches Genörgel. Und auf Daveys Geschnarche schon gar nicht.»

«Ich bin auch dabei», sagte Kate und zog ihr Handy hervor. «Ich sag nur schnell zu Hause Bescheid.» Besser, das Ganze am Telefon abzuklären. Da fiel der Unmut ihrer Eltern vielleicht etwas verhaltener aus.

Ihre Mutter ging nach dem dritten Klingeln dran. «Kate, du liebe Güte, dich hab ich in der Aufregung total vergessen. Geht es dir gut? Wo bist du?»

«Ja, ja, alles in Ordnung», erwiderte Kate schnell. «Wieso Aufregung? Was ist passiert?»

«Ach, Schatz, das ahnst du nie. Mrs Farringdon ist überfallen worden. Direkt vor unserem Café.»

«Was?! Geht es ihr gut?»

«Ja, zum Glück. Sie ist nicht verletzt, aber der Schock hat sie ganz schön mitgenommen. Dein Vater bringt sie gerade nach Hause. Sie hat die letzten drei Stunden seit dem Überfall bei uns im Café gesessen, um wieder zu Kräften zu kommen. Sogar die Polizei war da und hat sie befragt.»

«Was ist denn überhaupt passiert?»

«Jemand hat sie überfallen, kaum dass sie das Café verlassen hatte. Er war maskiert, aber dem Körperbau nach muss es ein Mann gewesen sein. Er hat die arme Mrs Farringdon gezwungen, ihm die Brosche zu geben, die sie am Kleid trug.»

«Die Brosche?!» Kates Stimme überschlug sich fast vor Entsetzen.

«Ja, die mit dem großen blauen Stein in der Mitte. Sie trägt sie öfter. Auf jeden Fall ist die Sache wirklich rätselhaft, denn ihre Handtasche wollte der Mann nicht haben. Nur die Brosche. Dabei ist sie doch gar nichts wert.»

«Hat Mrs F den Dieb erkannt?», fragte Kate.

«Ich sagte doch schon, dass er eine Maske getragen hat. Und nachdem sie ihm die Brosche gegeben hat, ist er weggelaufen.»

«Vielleicht hat sie ihn ja an der Stimme erkannt? Oder an der Art, wie er gelaufen ist? Hat er gehinkt?»

«Du meine Güte, du klingst ja wie die Polizei. Die

hat genau die gleichen Fragen gestellt. Nein, Mrs Farringdon ist nichts Besonderes an dem Mann aufgefallen. Die ganze Sache ist wirklich mysteriös.»

Kate war einen Moment lang sprachlos. Die Brosche. Mit Euros, dem Ostwind, den sie schon verloren geglaubt hatten. Nun war er wieder verschwunden. Dieser Überfall konnte kein Zufall gewesen sein.

«Kate?», fragte ihre Mutter. «Bist du noch dran? Wo steckst du eigentlich?»

«Ach so. Ich wollte fragen, ob ich bei Gus übernachten darf. Seine Tante hat nichts dagegen», fügte sie vorsichtshalber hinzu, auch wenn es kaum etwas geben konnte, das weiter von der Wahrheit entfernt war.

«Hm, na ja.» Ihre Mutter zögerte. «Ach, warum eigentlich nicht. Ich freue mich ja, dass du Freunde gefunden hast. Und morgen ist Sonntag.»

«Danke, Mum. Hab dich lieb.» Rasch legte Kate auf, bevor ihre Mutter es sich noch einmal anders überlegen konnte.

«Was ist mit Mrs Farringdon?», fragte Billy alarmiert.

«Sie ist überfallen worden», erwiderte Kate düster. «Und der Dieb hat ihr die Brosche geklaut. *Nur* die Brosche.»

«Was?», rief Billy entsetzt. «Wurde sie verletzt?»

«Nein, nein, ihr geht's gut. Hat nur einen gewaltigen Schreck abbekommen. Aber da wusste jemand ganz genau, was er tut.»

«Barnaby», raunte Billy. «Und das ausgerechnet jetzt, wo wir endlich weitergekommen sind. So kriegen wir das Amulett nie zusammen.»

«Aber woher wusste Barnaby von der Brosche?», fragte Gus. «Du bist die Einzige, die erkannt hat, was die Brosche wirklich wert ist. Und du hast es nur uns erzählt, oder?»

«Ja, nur euch, heute Nachmittag. Vielleicht hat Barnaby uns belauscht.»

«Aber wie? Er hat doch gebügelt», entgegnete Gus. «Und der Überfall auf Mrs Farringdon muss schon kurze Zeit später stattgefunden haben.»

Billy seufzte. «Während ihr darüber nachgrübelt, wo dieser Butler des Grauens überall seine Ohren hat, laufe ich schnell nach Hause und sage Bescheid, dass ich bei dir übernachte.»

«Okay», erwiderte Kate. «Bis gleich.»

Billy lief den Schotterweg entlang, an dessen Ende man einige beleuchtete Fenster erkennen konnte, und war bald darauf im Inneren des Hauses verschwunden. Gus und Kate setzten sich auf den Bordstein und warteten, jeder in seine Gedanken vertieft. Es war ein ereignisreicher Tag gewesen: Sie hatten den Durchbruch in Sachen Tagebuch geschafft, hatten aufgeklärt, wie das Amulett nach Darkmoor gekommen war, hatten den nächsten Stein gefunden. Gleichzeitig war Barnaby ihnen ziemlich nah auf den Fersen. Euros hatte er sich schon geholt, und Boreas hätte er ihnen beinahe auch abgenommen. Die Dinge spitzten sich zu.

Nur wenige Minuten später kehrte Billy wieder zurück. «Alles paletti», rief er und reckte einen Daumen in die Höhe. «Ich hab meinen Eltern gesagt, ich würde bei dir übernachten, Kate. Von der Wahrheit wären sie vermutlich gar nicht begeistert. Immerhin schulden wir Lady Grenville eine Menge Geld, obwohl ich nur einen Nachmittag in Darkmoor Hall war. Wer weiß, wie viele Schulden ich anhäufe, wenn ich eine ganze Nacht dort verbringe.»

Eine halbe Stunde später erreichten sie Darkmoor Hall. Das Herrenhaus hob sich kaum von dem dunklen Himmel ab; die einzigen erleuchteten Fenster gehörten zu Barnabys Wohnung im Erdgeschoss. Er war also vor ihnen zurückgekommen. So leise wie möglich öffneten sie die Eingangstür. In der Halle herrschte die gleiche pechschwarze Finsternis wie vor dem Haus. Die Dunkelheit verlieh ihnen Schutz, um ungesehen in Gus' Zimmer zu kommen. Gleichzeitig lag etwas Bedrohliches in ihr, als würde etwas in den Schatten lauern und nur darauf warten, sich auf sie zu stürzen. Die mit Teppich ausgelegten Stufen dämpften jeden ihrer Schritte; die Stille im Haus war so vollkommen, dass sie das Blut in ihren Ohren rauschen hörten.

Als Gus kurz darauf in seinem Zimmer das Licht

anschaltete und die Tür abschloss, war es, als würde er damit die Dunkelheit aussperren und mit ihr die unsichtbare Bedrohung, die sich über das gesamte Haus gelegt hatte. Hier drin waren sie vorerst sicher.

Mit einem Seufzen ließ sich Billy aufs Bett fallen und starrte auf den Wasserfleck an der Decke. «Jetzt mal ganz ehrlich», sagte er, «wie hältst du es bloß hier aus? Ich meine, es ist ja nicht so, als hättest du die Wahl, aber dieses ständige auf der Hut sein, dass dich niemand hört oder sieht … und das in deinem eigenen Zuhause.»

Gus warf ihm einen schwer zu deutenden Blick zu. «Mit der Zeit lernt man, sich unsichtbar zu machen.» Er zögerte kurz, bevor er kaum hörbar hinzufügte: «Aber für manche offenbar nicht unsichtbar genug.»

«Wie meinst du das?», fragte Kate.

«Tante Ethelda hat einen Termin mit dem Jugendamt vereinbart. Sie will mich nicht mehr hier haben.»

«Kann sie das so einfach machen?»

Gus sah zu Boden. «Sieht ganz so aus. Ist vielleicht auch besser so.»

Kate spürte, wie plötzlich sämtliche Energie aus ihr entwich wie aus einem Ballon, in den jemand ein Loch gestochen hatte. Die Ereignisse auf dem Friedhof, der Überfall auf Mrs Farringdon, die Aussicht, dass Gus bald nicht mehr da sein würde – das alles bewirkte, dass sie kaum noch die Augen offen halten konnte.

«Sollen wir uns den Brief noch angucken?», fragte Billy ein wenig halbherzig.

«Morgen», erwiderte Gus. «Ich bin hundemüde.» Er ging zu seinem Schrank, zog zwei Wolldecken heraus und warf sie Billy und Kate zu.

Ohne sich um ihre knurrenden Mägen zu kümmern, streiften sie die Schuhe ab und krochen auf Gus' breitem Bett unter ihre Decken.

«Können wir das Licht anlassen?», fragte Billy zaghaft.

«Mache ich immer», murmelte Gus, bevor ihm die Augen zufielen.

Kurz darauf waren sie alle drei eingeschlafen.

25

Das letzte Rätsel

Kate hatte geschlafen wie ein Stein. Als sie erwachte, fielen bereits erste Sonnenstrahlen durch das Fenster und kitzelten ihr in der Nase. Sie sah sich nach den Jungs um. Billy schlief noch friedlich, doch Gus saß neben ihr und las in einem Buch.

«Morgen», krächzte sie und rieb sich den Schlaf aus den Augen. «Schon wach?»

«Ich hab uns sogar schon Frühstück besorgt», erwiderte er und deutete auf ein Tablett am Fußende des Bettes. «Barnaby backt am Wochenende immer ein paar Kuchen auf Vorrat. Den habe ich aus der Vorratskammer mitgehen lassen.»

«Marmorkuchen», rief Kate begeistert. «Ich *liebe* Kuchen zum Frühstück.»

Das Wort Kuchen erweckte auch Billy zum Leben, und noch im Bett machten sich alle drei über das saftige Gebäck her und tranken dazu Milch direkt aus der Packung. Sie fühlten sich, als hätten sie seit Monaten nichts mehr gegessen.

Nachdem sie alles verputzt hatten, wischte Kate die ärgsten Krümel von der Bettdecke und sagte: «So, jetzt will ich aber unsere Beute von gestern sehen.»

Gus zog den Samtbeutel und den zusammengeschnürten Brief unter seinem Kopfkissen hervor, wo er sie am Abend zuvor deponiert hatte.

«Erst den Stein», drängte Billy.

Gehorsam öffnete Gus das Säckchen und drehte es um. Ein dunkelgrüner, schimmernder Stein kullerte auf die Bettdecke und blieb zwischen den Stofffalten liegen.

«Wow», hauchte Billy und nahm ihn vorsichtig in die Hand. «Seht ihn euch an. Ist er nicht wunderschön?»

Als er den Diamanten ins Sonnenlicht hielt, glühte er auf und warf tausende Facetten aus gebrochenem Licht an die kahlen Wände.

«Notos ist gelb, Euros blau und Boreas grün», stellte Kate fest. «Dieses Amulett ist wirklich ein außergewöhnliches Schmuckstück gewesen.»

Nachdem sie nacheinander den Diamanten bewundert hatten, öffnete Gus das Band, mit dem der Brief verschnürt war, und faltete die alten Pergamentseiten auseinander.

«Hört euch das an», sagte er und las den Text laut vor.

Darkmoor Hall, im Sommer 1910

Meine Hochachtung! Ihr seid tatsächlich hinabgestiegen in die ungeweihte Erde. Habt ihr euch die Finger schmutzig gemacht? Hattet ihr Angst? Wenigstens ein kleines bisschen? Oh, wie sehr ich die Vorstellung genieße, euch in die Knie gezwungen zu haben, wenn ihr schon nicht freiwillig Buße tut.
Ich frage mich, wie gering ihr mich inzwischen schätzt für das, was ich euch zumute. Andererseits habt ihr mich bereits aus der Familie verstoßen – eine Steigerung ist wohl kaum noch möglich. Wirklich erstaunlich, wozu die Gier manche Menschen treibt.
Nun also auf, es ist fast geschafft. Das Ziel ist in Sicht – und das darf durchaus wörtlich verstanden werden. Denn nicht nur ihr habt euch an dem Eigentum anderer Menschen bereichert. Das ganze Dorf ist der Habgier verfallen und konnte es nicht lassen, mit seinem Reichtum zu prahlen. Jeder sollte sehen, wie wohlhabend Darkmoor ist. Eitelkeit nennt man das wohl. Ich bin gespannt, wie vieler Todsünden ihr euch noch schuldig gemacht habt. Und mich nennt ihr einen Versager!

Gus

Kate schüttelte den Kopf. «Und ich dachte immer, meine Familie sei kaputt.»

«Jep, bei den Grenvilles lag schon immer einiges im Argen», bestätigte Billy. «Aber das war ja spätestens nach den Tagebucheinträgen klar.»

Gus blätterte auf die nächste Seite. «Das letzte Rätsel», sagte er. «Und ich glaube, ich weiß, wo es hingeht.»

Wieder las er laut vor.

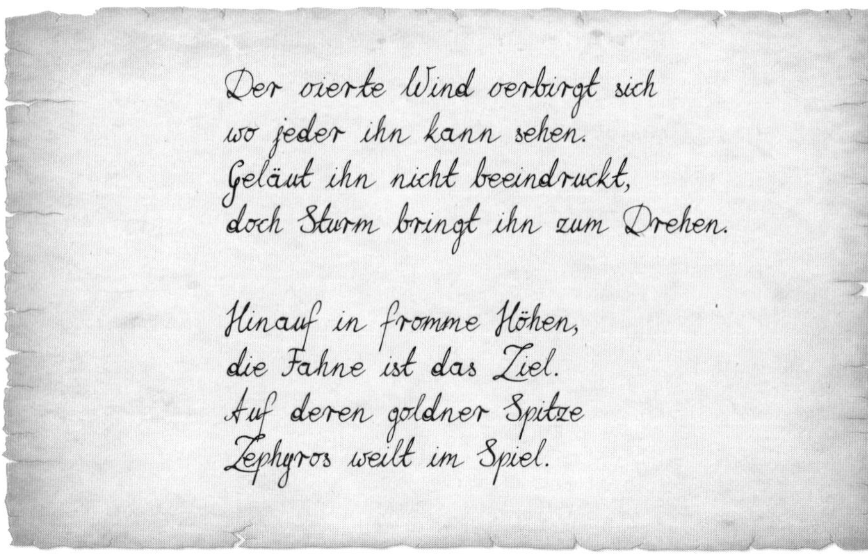

Der vierte Wind verbirgt sich
wo jeder ihn kann sehen.
Geläut ihn nicht beeindruckt,
doch Sturm bringt ihn zum Drehen.

Hinauf in fromme Höhen,
die Fahne ist das Ziel.
Auf deren goldner Spitze
Zephyros weilt im Spiel.

Gus ließ die Seite mit dem Rätseltext sinken.

«Geläut», sagte Billy.

«Fromme Höhen», ergänzte Kate.

«Goldene Fahne», vollendete Gus.

Die drei Kinder sahen sich an.

«Das war leicht», sagte Billy.

«Viel zu leicht», ergänzte Kate.

«So leicht wie eine Fahne im Wind», vollendete Gus.

Sie grinsten.

«Zephyros befindet sich», sagte Billy.

«… auf der Kirchturmspitze», ergänzte Kate.

«… von Darkmoor-on-Sea», vollendete Gus.

RUMMS.

Mit lautem Krachen flog die Zimmertür auf, die Gus nach seinem Ausflug in die Küche nicht wieder verschlossen hatte. Alle drei fuhren zusammen, und Gus zog hastig ein Stück Bettdecke über den Diamanten und den Brief. Lady Grenville stürmte ins Zimmer, mit einem Gesichtsausdruck, der so wütend war wie das Unwetter, das das Wrack an die Meeresoberfläche gespült hatte. «Wie kannst du es wagen, mir das Amulett …»

Als sie Billy und Kate auf dem zerwühlten und vollgekrümelten Bett sitzen sah, verstummte sie mitten im Satz. Fast schien es, als müsse sie erst überlegen, was der Anblick zu bedeuten hatte. Doch dann entlud sich ihre Wut mit einer Wucht, wie es selbst das schlimmste Unwetter nicht zustande brachte.

«WAS TUT IHR HIER?!?», donnerte sie.

Niemand antwortete. Die Situation war auch so eindeutig genug.

«Ihr wisst genau, dass es euch AUSDRÜCKLICH verboten ist, Darkmoor Hall zu betreten!»

Erneut schwiegen alle drei. Barnaby erschien an der Tür, trat in den Raum und blieb mit unbewegtem Gesichtsausdruck hinter Lady Grenville stehen.

«Aber natürlich», spie sie mit solcher Verachtung aus, dass es Kate kalt den Rücken hinunterlief. «Ihr steckt mit Gustav unter einer Decke. Mehr noch: Ihr habt ihn dazu angestachelt.»

Als immer noch niemand antwortete, brüllte sie: «Los! Redet endlich! Was habt ihr mit dem Amulett gemacht?!»

Gus sah auf. «Das Amulett? Aber du hast doch …»

«Es hat dich wohl geärgert, dass du es mir aushändigen musstest?», unterbrach seine Tante ihn. «Und nun wolltest du es wiederhaben!»

Gus' Augen weiteten sich, als er begriff, was geschehen war. «Es ist weg?», fragte er entsetzt.

«Tu nicht so unschuldig. Außer dir wusste niemand, dass das Amulett in meinem Besitz war. Wer soll es sonst gestohlen haben?»

Fast gleichzeitig sahen Kate, Billy und Gus zu Barnaby, der ausdruckslos zurückstarrte. Lady Grenville lachte höhnisch.

«Glaubt ihr tatsächlich, ihr könntet den Verdacht auf Barnaby lenken? Lächerlich. Für ihn lege ich meine Hand ins Feuer.»

«Wir haben das Amulett nicht gestohlen», sagte Kate. «Genauso wenig, wie wir die Brosche von Mrs Farringdon gestohlen haben.»

Für einen kurzen Augenblick war Lady Grenville verwirrt. «Eddas Brosche? Was hat die denn damit zu tun?»

«In der Brosche befand sich der zweite Stein des Amuletts. Irgendjemand wusste davon und hat ihr die Brosche gestohlen», sagte Kate. Erneut sah sie zu Barnaby, und dieses Mal glaubte sie, ein Zucken in seinem regungslosen Gesicht zu bemerken.

«Irgendjemand versucht, das Amulett zusammenzusetzen», warf Gus ein. «Wir müssen verhindern, dass er auch die übrigen Steine bekommt.»

«Was soll das heißen?» Lady Grenville starrte die Kinder an. Aus irgendeinem Grund blieb ihr Blick an Billy hängen. «Habt ihr noch mehr Steine gefunden?»

«Wir … ähm …» Billy schien unter den eisgrauen Augen von Lady Grenville förmlich zusammenzuschrumpfen. Und dann beging er einen folgenschweren Fehler. So unauffällig wie möglich versuchte er, die Bettdecke weiter über Boreas und den Brief zu ziehen.

«Was hast du da?»

«Nichts, g-gar nichts», stammelte Billy erschrocken. Doch es war zu spät.

Mit zwei Schritten war Lady Grenville am Bett und zog so ruckartig die Bettdecke hinunter, dass die Kuchenkrümel durch die Luft flogen. Bevor die Kinder es verhindern konnten, schnappte sie sich den Brief und den grünen Diamanten.

Die Stille, die sich im Raum ausbreitete, während Lady Grenville die beiden Seiten des Briefes las, war beinahe körperlich spürbar. Kate sah verstohlen zu Barnaby, doch der stand reglos im Türrahmen, die Hände hinter dem Rücken verschränkt, und schien auf Anweisungen zu warten. Durch nichts ließ er sich anmerken, welch glückliche Fügung sich gerade für ihn ergeben hatte. Zwei Steine hatte er sich bereits unter den Nagel gerissen. Und die anderen beiden waren nun ebenfalls zum Greifen nahe.

«Pfff», machte Lady Grenville schließlich und sah von der Seite mit dem Rätsel auf. «Einen Edelstein auf einer Kirchturmspitze zu verstecken. So ein Zirkus.» Sie ließ den Diamanten in die Tasche ihres Kleides gleiten. Dann zerriss sie den Brief in kleine Fetzen und ließ sie achtlos zu Boden fallen. «Ich werde diese alberne Schatzsuche ein für alle Mal beenden. Barnaby, sagen Sie Jones Bescheid. Er wird uns in den Gottesdienst begleiten und den letzten Stein vom Turm holen.»

Der Butler deutete eine Verbeugung an. «Sehr wohl, Ma'am», erwiderte er in seiner grässlich monotonen Stimme. «Aber wäre es nicht einfacher, wenn ich …»

«Ich bitte Sie, Barnaby, seien Sie nicht albern», unterbrach Lady Grenville ihn. «Wie wollen Sie mit Ihrem Krückstock denn auf den Kirchturm hinaufkommen? Dass Sie aber auch so ungeschickt sein mussten, beim Entstauben der Kronleuchter von der Leiter zu fallen. Holen Sie Jones. Und beeilen Sie sich. Ich möchte ungern zu spät zum Gottesdienst kommen.»

«Wir wollen mit», sagte Gus. «Ohne uns wäre das Amulett niemals wieder aufgetaucht.»

Seine Tante fuhr herum. «Das könnte euch so passen! Ihr habt schon genug Schaden angerichtet. Ihr werdet hierbleiben, bis alles vorbei ist.»

«Aber …»

«KEINE WIDERREDE!» Sie drehte sich auf dem Absatz um und ging. Auf der Höhe der Tür hielt sie inne. Mit einer raschen Bewegung zog sie den Schlüssel aus dem Schloss, und noch ehe eines der Kinder reagieren konnte, verließ sie das Zimmer und schlug die Tür hinter sich zu. Ein Klicken verriet ihnen, dass sie abgeschlossen hatte.

«Nein!» Gus lief zur Tür und rüttelte an der Türklinke, aber sie ließ sich nicht mehr öffnen. Verzweifelt trommelte er mit der Faust gegen die Tür. «Das kannst du nicht machen. Lass uns raus!», schrie er.

Doch auf der anderen Seite tat sich nichts. Das einzige Geräusch, das sie hörten, war die Eingangstür, die wenige Augenblicke später mit einem dumpfen Knall ins Schloss fiel.

Sie waren allein in Darkmoor Hall. Sie hatten das Amulett und alle drei Steine verloren, und Lady Grenville, Jones und Barnaby waren auf dem Weg zur Kirche, um den letzten der verschwundenen Winde zu bergen. Es war vorbei.

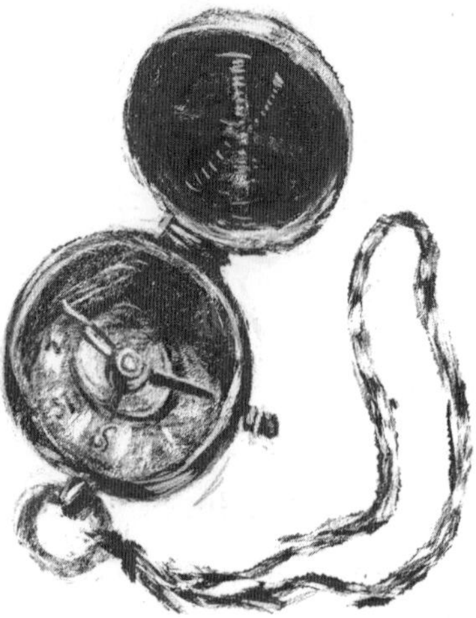

26

Auf goldner Spitze

«Wir waren so nah dran!» Billy lief aufgebracht im Zimmer auf und ab. Dann ließ er sich auf das Bett fallen und vergrub das Gesicht in den Händen. «Und was bleibt uns am Ende? Nichts! Nicht mal ein klitzekleiner Diamant.»

Gus kauerte auf dem Boden und begann, die Fetzen des Briefes aufzusammeln. Er war so blass wie an dem Tag, an dem Kate ihn zum ersten Mal gesehen hatte, und seine Enttäuschung war so offensichtlich, dass sich ihr Magen zusammenzog.

Entschlossen presste sie die Lippen zusammen. «Wir können nicht einfach so aufgeben.»

«Was sollen wir denn machen?», fragte Billy. «Wir sitzen hier fest.»

«Wegen der abgeschlossenen Tür?» Kate deutete auf das Fenster. «Wir haben den Hinterausgang, schon vergessen?»

«Ich meine hier auf Darkmoor Hall», erwiderte Billy gereizt. «Lady Grenville hat ein Auto. Wir nicht.

Bis wir zur Kirche gelaufen sind, haben sie den Stein längst gefunden.»

Kate sah auf die Uhr. «Der Gottesdienst fängt in zehn Minuten an. Ich glaube nicht, dass Lady Grenville Jones vorher schon auf den Kirchturm schickt. Schließlich will sie keine Aufmerksamkeit erregen. Wenn wir uns beeilen …»

«Du bist doch verrückt», erwiderte Billy. «Das schaffen wir nie.»

«Woher willst du das wissen? Wir haben es ja noch gar nicht versucht!»

Kate ging zum Bett, bückte sich und holte die Strickleiter darunter hervor. Dann öffnete sie das Fenster und warf ein Ende der Leiter auf das Schuppendach hinunter. «Ich gehe jetzt zur Kirche. Ihr könnt ja hierbleiben, wenn ihr euch wirklich schon geschlagen geben wollt.»

Ein Windstoß brachte einen Schwall kühle, frische Luft durch das offene Fenster ins Zimmer.

Gus versuchte, die noch herumliegenden Brieffetzen festzuhalten, doch der Wind wirbelte sie auf und verteilte sie in allen Ecken des Zimmers. Gus sah ihnen nach und nickte langsam, als gäbe er jemandem eine Antwort auf eine unausgesprochene Frage. Dann ließ er die Schnipsel in seiner Hand fallen, ging zu seinem Nachttisch und griff nach dem Kompass, den er am vorigen Abend dort abgelegt hatte. Er steckte ihn sich in die Tasche und stellte sich neben Kate. «Ich komme mit.»

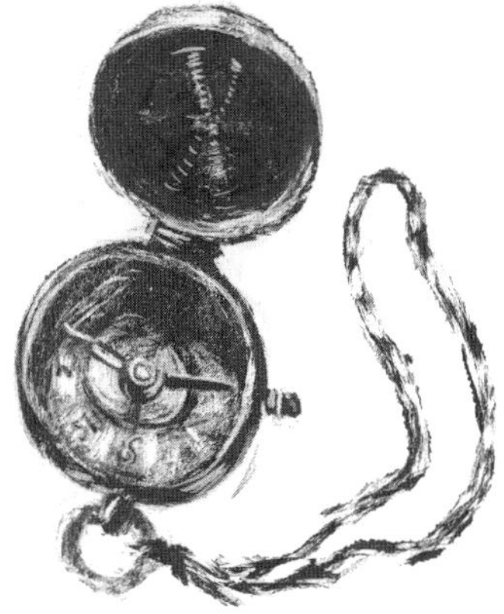

Billy seufzte. «Also schön. Dann muss ich wohl auch mit, was?»

«Du *musst* überhaupt nichts», entgegnete Kate, während sie unbeholfen einen Fuß auf die wackelige Strickleiter setzte.

«Doch, muss ich», erwiderte Billy. «Wenn ich mir eure Kletterkünste so anschaue … Wer soll denn sonst den Stein vom Kirchturm holen?»

Um nicht völlig außer Atem zu kommen, wechselten sie ab: eine Minute laufen, eine Minute gehen. Trotzdem keuchten alle drei, als sie eine Viertelstunde später den Marktplatz von Darkmoor-on-Sea erreichten.

Der Gottesdienst hatte bereits angefangen; auch die Teilnehmer der Kinderbibelstunde waren schon in der Seitenkapelle verschwunden. Als Kate, Billy und Gus in den Vorraum huschten, glaubte Kate, in einer der hinteren Bankreihen zwischen diversen Pappaufstellern das schüttere Haar Barnabys zu erkennen, der nervös an seinem Gehstock herumfingerte. Rasch wandten sie sich Richtung Glockenturm und liefen die schmalen Steinstufen hinauf. Doch kurz vor dem Ende der Treppe blieb Kate ruckartig stehen.

«Schhh», zischte sie, bevor sich einer der Jungs beschweren konnte, und fügte dann flüsternd hinzu: «Da ist Jones. Er ist an der Tür zum Turm zugange. Sieht ganz so aus, als bekäme er sie nicht auf.»

«Wir können ihm doch sagen, wo der Schlüssel ist», wisperte Billy zurück. «Er hilft uns bestimmt, an den letzten Stein zu kommen.»

«Auf keinen Fall», entgegnete Gus leise.

«Wieso nicht? Er kann deine Tante genauso wenig leiden wie wir.»

«Aber am Ende ist sie immer noch seine Chefin», warf Kate ein. «Wenn er sie hintergeht, ist er seinen Job los. Er wird *ihr* den Stein geben, auch wenn wir ihm geholfen haben, ihn zu bekommen.»

Jones hatte es inzwischen aufgegeben, die Tür zu öffnen. Sie hörten, wie er irgendetwas von «Werkzeug» vor sich hin murmelte, bevor er sich umdrehte.

«Vorsicht, er kommt!», zischte Kate.

Rasch liefen die Kinder die Treppe wieder hinunter und versteckten sich in der Nische, in der Kate und Billy auf Gus gewartet hatten. Kate kam es vor, als sei dieser Tag eine halbe Ewigkeit her, dabei waren seitdem gerade einmal zwei Wochen vergangen.

Kaum hatten sie sich zu dritt hinter die Statue gequetscht, als Jones bereits am Treppenabsatz erschien.

Ohne einen Blick in den Vorraum oder das Kirchenschiff zu werfen, verließ er die Kirche.

«Schnell jetzt», wisperte Kate. «Wahrscheinlich geht er bloß zum Auto, um eine Brechstange oder so zu holen. Wenn wir uns beeilen, sind wir vor ihm auf dem Turm.»

Sie huschten die Treppe wieder hinauf, holten den Schlüssel aus dem Kerzenhalter und öffneten die schwere Holztür. Billy schloss hinter ihnen ab. «Hoffentlich hält ihn das eine Weile auf», sagte er. Dann begannen sie den quälend langen Aufstieg.

Nachdem sie etwa die Hälfte zurückgelegt hatten, hörten sie von unten ein Knirschen und Splittern.

«Rupert», keuchte Gus. «Er hat die Tür aufgebrochen.»

«O nein», stöhnte Kate. «Wir müssen uns beeilen.»

«Schneller geht's nicht mehr», erwiderte Billy vollkommen außer Atem.

Nun waren Schritte von unten zu hören. Kate blickte über das Geländer in die Tiefe und genau im gleichen Moment sah Jones zu ihnen hinauf. Auf seinem Gesicht spiegelte sich eine Mischung aus Verblüffung – und Zorn.

«Hey!», rief er und sprintete los. «Wartet!»

Rasch lief Kate weiter. Aus irgendeinem Grund hatte ihr sein Blick Angst gemacht. Dabei wusste sie gar nicht, warum eigentlich. Der Gärtner war zwar ein merkwürdiger Typ, hatte ihnen bisher aber immer geholfen. Vielleicht war das einfach ein Reflex – wenn jemand einen verfolgte, rannte man eben weg. Nur dass ihr in diesem Fall langsam die Puste ausging.

Als sie endlich den Glockenraum erreichten, tanzten schwarze Punkte vor Kates Augen und ihre Lunge brannte wie Feuer. Den Jungs schien es nicht viel besser zu gehen. Aber sie konnten sich nicht erlauben, eine Pause zu machen. Das Geräusch von Jones' Schritten kam stetig näher.

Billy kletterte als Erster die Leiter zur Aussichtsplattform hoch. Kate folgte ihm, und Gus stemmte sich als Letzter hinauf. Sofort wandte er sich zu der Falltür um, ließ sie mit einem lauten Knall zufallen und schob den Riegel vor, der sich an einer Seite befand.

Keine Sekunde zu früh. Kaum war die Klappe versperrt, als es von unten dagegen bollerte.

«Kinder?», rief Jones. «Macht keine Dummheiten. Ich will euch doch nur helfen.»

Billy sah die anderen fragend an. «Sollten wir nicht lieber ...?»

Doch Gus schüttelte nur den Kopf.

Jones klopfte unablässig gegen das schwere Holz. «Was soll denn das? Macht auf, kommt schon.»

Gus warf einen letzten Blick auf die Falltür, dann wandte er sich ab. «Los, gehen wir.»

Gemeinsam traten sie auf die Brüstung hinaus. Sofort tanzte der Wind um sie herum, als wolle er sie zum Spielen auffordern. Sie stemmten sich gegen das aufgeregte Brausen und sahen zum Turm hinauf.

Auf der Spitze ragte die Wetterfahne in den Himmel. Kate war sie schon bei ihrem ersten Besuch aufgefallen, doch nun betrachtete sie die Fahne genauer. Metallene Streben zeigten die vier Himmelsrichtungen an. Darüber drehte sich der Pfeil munter hin und her. Ganz oben war eine goldene Kugel befestigt. Es war klar, dass Augustus den letzten Stein nur an einer Stelle versteckt haben konnte.

«Er muss in der Kugel sein», rief Billy gegen den Wind.

Kate nickte. «Ein geniales Versteck. Niemand würde dort nach dem Stein suchen.»

Gus verzog zweifelnd das Gesicht. «Da kommen wir doch niemals rauf, ohne uns den Hals zu brechen.»

«Ich habe eine Idee», rief Billy. «Kommt mal mit.»

Sie folgten ihm ein Stück um den Turm herum, bis er stehen blieb und nach oben deutete. «Seht mal, da. Die sind mir beim letzten Mal schon aufgefallen.»

Kate folgte seinem Blick. In die Dachziegel waren schmale Tritte eingelassen, wie man sie an manchen Dächern für die Schornsteinfeger anbrachte. Oder, wie in diesem Fall, für die Wartung der Wetterfahne.

Oder für das Verstecken eines Schatzes.

«Ich muss nur irgendwie aufs Dach hochkommen», sagte Billy und klang dabei verblüffend zuversichtlich. «Dann kann ich einfach über die kleinen Stufen bis nach oben laufen.»

«Und was ist mit dem Wind?», fragte Kate. «Der bläst dich doch vom Dach.»

«Ach was.» Billy winkte ab. «Ich passe schon auf. Und jetzt helft mir mal.»

Kate zögerte. Sie hatten schon eine Menge unvernünftige Sachen gemacht. Aber Billy ohne irgendeine Sicherung auf das Dach klettern zu lassen, war vermutlich das Dämlichste, was sie tun konnten.

Plötzlich ertönte ein lautes Krachen aus dem Turminneren. Jones schien mit irgendetwas Schwerem gegen die Falltür zu schlagen – und dem Splittern nach zu urteilen, würde das Holz bald kaputtgehen. Ihnen blieb nicht mehr viel Zeit.

Kate gab ihren Widerstand auf. Sie verschränkte mit Gus ihre Hände zu einer Räuberleiter, um Billy auf den Vorsprung des Kirchturmdaches zu helfen. Sobald seine Finger eine der Trittsprossen zu packen bekamen, zog er sich daran hinauf und lief schließlich auf Händen und Füßen über die Sprossen nach oben.

Atemlos sah Kate dabei zu, wie Billy flink wie ein Affe den Turm erklomm. Der Wind zerrte an ihm, doch er presste sich so flach auf das Dach, dass er ihm kaum Angriffsfläche bot.

Als er die Wetterfahne erreicht hatte, richtete er sich vorsichtig auf und hielt sich mit einer Hand an einer Metallstrebe fest. Mit der anderen fingerte er an der Kugel herum.

Gus tippte Kate auf die Schulter und deutete dann auf den Marktplatz hinunter. «Sieh mal. Ich befürchte, Billy erregt mehr Aufmerksamkeit, als uns lieb ist.»

Als sie seinem Blick folgte, erkannte sie mehrere Leute, die zum Kirchturm hinaufschauten und wild gestikulierten. Kate schaute auf die Uhr. Der Gottesdienst war gleich vorbei. Falls Billy immer noch dort oben war, wenn die Besucher aus der Kirche kamen, würden sie einer Menge Leute eine Menge zu erklären haben.

Erneut erklang ein lautes Krachen aus dem Turm. Doch die Falltür hielt Jones', Versuchen stand. Noch.

Kate sah wieder zurück zu Billy. Der Wind riss erbarmungslos an ihm, doch er ließ sich nicht beirren. Kate konnte nicht genau erkennen, was er tat, aber er schien immer noch an der goldenen Kugel herumzufingern. Nach einer Weile bildete sie sich ein, ein «Na bitte» zu hören, und dann jauchzte Billy plötzlich auf. Atemlos verfolgte Kate, wie er die Kugel öffnete. Er holte etwas heraus und klemmte es sich zwischen die Zähne. Dann stieg er wieselflink zu ihnen hinab und sprang mit einem eleganten Satz auf die Brüstung.

«Bitte sehr», nuschelte er und nahm Brief und Samtsäckchen aus dem Mund. «Der vierte Stein und eine Belobigung von deinem Urgroßvater, nehme ich an.»

Kate und Gus jubelten. «Spitze, Billy!!»

Im gleichen Augenblick ertönte ein durchdringendes Krachen. Durch einen der Steinbögen sahen sie, wie der Riegel der Falltür aus der Verankerung gerissen wurde und die schwere Holzklappe aufflog. Jones steckte seinen Kopf aus der Öffnung im Boden und sah sich suchend nach ihnen um.

Als er sie mit dem Säckchen auf der Brüstung stehen sah, hellte sich sein Gesicht auf, und Kate glaubte, nicht nur Erleichterung in seinem Blick zu erkennen, sondern auch einen Hauch von Gier.

27

Zersplitterte Träume

Bin ich froh, dass euch nichts passiert ist», rief Jones. «Ich habe mir Sorgen gemacht. Warum habt ihr mich denn ausgesperrt? Ich hätte euch doch helfen können.»

Langsam trat er auf die Brüstung hinaus. Eine Windböe erfasste ihn und wehte ihm den breitkrempigen Gärtnerhut vom Kopf, den er scheinbar immer trug. Der Hut wirbelte kurz durch die Luft und trudelte schließlich hinab auf den Marktplatz. Doch Jones achtete gar nicht darauf. Stattdessen fixierte er das Samtsäckchen in Billys Hand.

«Ist das der Stein?», fragte er. «Gibst du ihn mir? Ich weiß, dass ihr eine Menge auf euch genommen habt, um daran zu kommen. Und ich bin mir sicher, dass wir eine Lösung finden, mit der alle zufrieden sind.» Er streckte die Hand aus, ohne den Blick von dem Säckchen zu nehmen.

Billy sah unsicher zu Gus und Kate. «Vielleicht hat er recht», sagte er. «Im Grunde wissen eh alle, dass wir den Stein haben. Früher oder später müssen wir ihn ja doch rausrücken.»

«Nein!», sagte Gus und schob sich zwischen Billy und Jones. «Wir behalten den Stein.»

«Was soll denn das?», erwiderte der Gärtner ungehalten. «Du wirst ihn sowieso deiner Tante aushändigen müssen. Wenn du ihn mir gibst, lege ich ein gutes Wort für euch ein. Vielleicht stimmt sie das ein bisschen milder.»

Doch Gus verschränkte demonstrativ die Arme vor der Brust und rührte sich keinen Zentimeter vom Fleck. «Nein.»

«Jetzt mach schon, Junge. Geh zur Seite.» In der Stimme des Gärtners schwang Ärger mit. «Gib mir den Stein, Billy. Sofort.»

Billy sah hilfesuchend zu Kate, doch sie wusste selber nicht, was sie tun sollten. Im Grunde hatte Jones mit allem recht. Aber wenn sie in Gus' entschlossenes Gesicht sah, überkamen sie Zweifel. Sie hatten eine Menge auf sich genommen, um den Schatz von Augustus zu finden, und es fühlte sich falsch an, diesen letzten Stein einfach so herzugeben.

Jones verlor die Geduld. Kurzerhand drückte er sich an Gus vorbei und versuchte, Billy das Samtsäckchen und den Brief zu entreißen. Billy schrie auf. Gleichzeitig schlug Gus nach der Hand des Gärtners. Kate sprang den beiden zu Hilfe, und mit einem Mal waren alle in ein Gerangel aus Händen und Armen verwickelt, irgendwo dazwischen Säckchen und Brief, an denen immer wieder Finger rissen und die doch niemand richtig zu fassen bekam.

Plötzlich ertönte ein ungeheures Dröhnen. Kate hatte das Gefühl, ihr Kopf würde explodieren. Die Glocken! Der Gottesdienst war vorbei. Wieder drohte der Lärm, ihren Schädel zu spalten. Instinktiv krümmte sie sich zusammen, wollte sich die Hände auf die Ohren pressen, bis der Lärm wieder verstummte. Doch dann sah sie etwas, das sie den Schmerz augenblicklich vergessen ließ. Ganz kurz wunderte sie sich darüber, warum sie alles so deutlich erkennen konnte, fast, als sähe sie die Dinge in Zeitlupe. Vielleicht, dachte sie, verlangsamt sich die Zeit, wenn etwas wirklich Wichtiges geschieht.

Auch die anderen waren vom plötzlichen Einsetzen der Glocken überrascht worden. Für einen kurzen Moment achtete niemand auf das Säckchen. Es glitt an allen ausgestreckten Fingern vorbei, drehte sich mehrmals um sich selbst, schlug auf der Brüstung auf und trudelte darüber hinweg. Und dann war es verschwunden.

Kate stürzte zum Geländer. Das Säckchen wirbelte in die Tiefe und schlug zwischen den ersten Gottesdienstbesuchern, die aus der Kirche strömten, auf dem Marktplatz auf.

Als Jones begriff, was geschehen war, schrie er in einer Mischung aus Verzweiflung und Wut auf, drehte sich um und stürmte in Richtung Falltür davon.

Noch ehe Kate ihre Gedanken richtig sortiert hatte, rief Gus: «Wir müssen hinterher!», und lief ebenfalls los.

Sie rannten zur Falltür und kletterten die Leiter hinab. Der Geräuschpegel im Glockenraum war unbeschreiblich. Vier der riesigen Glocken läuteten gleichzeitig, um das Ende des Gottesdienstes zu verkünden. Kates gesamtes Inneres schien zu vibrieren; mit den Fingern in den Ohren rannte sie, so schnell sie konnte, an den Ungetümen vorbei.

Jones hatte den Glockenraum bereits durchquert. Sie folgten ihm auf die Treppe nach unten, angestachelt von dem Wunsch, diesem Höllenlärm so rasch wie möglich zu entkommen. Absatz um Absatz, Stufe um Stufe kamen sie Jones näher, doch sie schafften es nicht, ihn einzuholen. Nur wenige Meter vor ihnen rannte er aus dem Turm hinaus, die schmale Treppe hinunter in den Vorraum und durch das Portal auf den Marktplatz.

Die Gottesdienstbesucher und Passanten standen auf dem Platz vor der Kirche zusammen, zeigten immer wieder nach oben zum Turm und diskutierten über die Gestalt, die noch vor wenigen Augenblicken auf der Spitze herumgeklettert war.

Als sie zu viert aus dem Kirchenportal stürmten, machte ihnen die Menge erschrocken Platz. Kate erkannte einige vertraute Gesichter, darunter Mrs Farringdon und Mrs Gulliver. Ein wenig abseits standen auch Lady Grenville und Barnaby, die offenbar als Einzige ahnten, was der Tumult zu bedeuten hatte. Als Barnaby sie entdeckte, weiteten sich seine Augen, und er kam – mühsam auf seinen Stock gestützt – auf sie zugehumpelt.

Kate wandte den Blick von dem Butler ab und sah sich hektisch um. Sie mussten das Säckchen finden – vor Jones, und vor allem vor Barnaby. Wohin war es bloß gefallen? Sie versuchte, sich zu erinnern, wo es aufgeschlagen war. Irgendwo links vom Eingang musste es gewesen sein.

Doch erneut war Jones schneller. Mit einem triumphierenden Aufschrei stürzte er sich auf etwas und hielt gleich darauf das Samtsäckchen in die Höhe.

«Nein!», hauchte Gus neben ihr. «Nein, nein, nein, nein, nein.»

Während die Umstehenden neugierig näher kamen, öffnete Jones das Säckchen und kippte den Inhalt auf seine Handfläche. Kate sah es rot aufblitzen – einmal, zweimal, dreimal ... irgendetwas stimmte nicht.

Jones wurde leichenblass. Dann schrie er auf, ballte die Faust um den Stein und öffnete sie wieder. Jetzt erkannte Kate, was ihn so aus der Fassung gebracht hatte: Auf seiner Handfläche lagen mehrere leuchtend rote Splitter. Der Westwind war zerbrochen.

«Kurios.» Erst jetzt bemerkte Kate, dass Mrs Farringdon neben ihr stand. «Bis auf die Farbe hat mein Stein genauso ausgesehen. Jammerschade, dass er zersplittert ist. Aber kein Wunder. Schließlich war es nur Glas.»

«Ich befürchte, Sie liegen falsch, Mrs F», wandte Kate tonlos ein. «Die Steine sind nicht aus Glas. Es sind Diamanten.»

Mrs Farringdon lachte auf. «Aber Darling, nicht doch. Ich erkenne einen Diamanten, wenn ich einen sehe. Meiner war ganz sicher keiner. Und der Stein dort auch nicht. Kein Diamant der Welt würde derart zersplittern. Dazu sind sie viel zu hart.»

Jones hatte Mrs Farringdons Kommentar gehört. Stirnrunzelnd betrachtete er die Splitter, nahm einen zwischen Daumen und Zeigefinger und hielt ihn gegen das Licht. Seine Augen weiteten sich. «Glas», ächzte er, «es ist bloß Glas.»

Verdattert starrte Kate von Jones zu den Jungs und schließlich zu Mrs Farringdon. Hatte die alte Dame wirklich die ganze Zeit über recht gehabt? Das Entsetzen auf Jones' Gesicht räumte ihre letzten Zweifel aus. Die Steine aus dem Amulett waren keine Diamanten. Die ganze Zeit über waren sie keinem Schatz, sondern wertlosen Glassteinen hinterhergejagt.

Mit einem Mal überschlugen sich die Fragen in ihrem Kopf. Hatte Augustus davon gewusst? Hatte er sich nur einen kolossalen Spaß mit ihnen erlaubt? Oder war das Amulett von Anfang an eine Fälschung gewesen, und er war selbst darauf reingefallen?

Immer mehr Menschen hatten sich um sie herum versammelt und versuchten herauszufinden, was eigentlich geschehen war. Billy stand direkt neben ihr, doch Gus hatte sie in dem Gedränge aus den Augen verloren. Plötzlich wurde sie von jemandem grob beiseitegeschoben. Sie wollte schon protestieren, als sie Lady Grenville erkannte, die sich mit Barnaby im Schlepptau bis zu Jones vorarbeitete. Was sie wohl dazu sagen würde, dass das Schmuckstück, wegen dem eine ganze Familie zerbrochen war, nur aus billigem Glas bestand?

Wieder sah sie sich nach Gus um. Wo war er bloß? Schließlich entdeckte sie ihn ein Stück abseits der Menge, unter einem der riesigen Buntglasfenster im Schatten der Kirche. Als er merkte, dass Kate nach ihm Ausschau hielt, winkte er ihr aufgeregt zu und deutete auf etwas in seiner Hand. Ein kleines, zusammengeschnürtes Bündel. Augustus' letzter Brief! Aber natürlich. Er musste in dem ganzen Durcheinander auf dem Turm ebenfalls auf den Marktplatz hinuntergefallen sein.

«Komm», sagte sie zu Billy und zog ihn am Arm

hinter sich her. Vielleicht enthielt dieser Brief ein paar Antworten auf ihre Fragen. Tatsächlich war sie so von dieser Hoffnung erfüllt, dass sie kaum mitbekam, wie Lady Grenville beim Anblick der Glassplitter in Jones' Hand erst laut nach Luft schnappte und dann kraftlos in sich zusammensackte.

28

Waffenstillstand

Sie zogen sich noch tiefer in den Schatten der Kirche zurück, wo ihnen bei dem Tumult, der sich um die ohnmächtig gewordene Lady Grenville entwickelt hatte, niemand Beachtung schenkte. Gus wickelte die Schnur um den Brief ab und faltete ihn auseinander. Er bestand nur aus einer Seite, geschrieben in der vertrauten krakeligen Handschrift von Augustus.

Darkmoor Hall, im Sommer 1910

Soll ich euch etwas verraten? Mich wundert es nicht, dass ihr nun auch den letzten Stein gefunden habt. Wer so weit gekommen ist, der geht den Weg auch bis zum Schluss. Bravo. Mein aufrichtiger Respekt.

Doch nun zu etwas ganz anderem. Kennt ihr dieses Gefühl? Wenn man für etwas kämpft, alles dafür gibt, sogar sein Leben riskiert, und am Ende stellt es sich als Schwindel heraus, Lug und Trug, nichts als Augenwischerei? So ähnlich habe ich mich gefühlt, als

ich darum gekämpft habe, ein Teil dieser Familie zu sein. Doch am Ende musste ich mir eingestehen, dass nichts innerhalb dieser Familie echt ist. Eure vielbeschworene Grenouille'sche Loyalität ist es nicht. Eure angebliche Sorge um mein Wohlergehen ist es nicht. Und eure Liebe ist es erst recht nicht.
Die Diamanten, nach denen ihr so tapfer gesucht habt, sind es übrigens auch nicht.
Ist das nicht herrlich? All diese Mühen für eine Hand voll Glas? Dabei ist es ganz prachtvolles Glas – Mr Sheffield, ein Glasermeister aus der Stadt, den ich mit der Kopie beauftragt habe, hat hervorragende Arbeit geleistet, findet ihr nicht auch? Das Feuer, das im Innern der Steine brennt, ist täuschend echt. Ein erstaunliches Material.
Aber nicht doch – sehe ich schon wieder wütende Gesichter? Dachtet ihr wirklich, ich würde euch das Amulett überlassen, nach allem, was ihr angerichtet habt? Ihr verdient es nicht. Auch nach all der Anstrengung nicht. Der Fremde, der durch eure Machenschaften ums Leben gekommen ist, bat mich mit seinem letzten Atemzug, es jemandem zu geben, der seiner würdig ist. Und das seid ihr nicht.
Das Amulett gehört euch nicht. Es gehört dem Gott der Winde. Und ihm habe ich es wieder zurückgegeben. Wenn ihr euch mit den Göttern anlegen wollt, so ist das eure Entscheidung.
Hochachtungsvoll und auf Nimmerwiedersehen, euer missratener, ungeliebter und letztlich verstoßener Sohn

Augustus

Gus ließ den Brief sinken. «Eine Kopie», murmelte er gedankenverloren.

«So eine Gemeinheit!», schimpfte Billy. «Diese ganze Schatzsuche war von Anfang an ein riesengroßer Schwindel. Und wir sind darauf reingefallen.»

Kate schüttelte ärgerlich den Kopf. «Augustus hat bloß ein Spiel gespielt. Er wusste von Anfang an, dass es keinen Gewinner geben würde. Außer ihm selbst.»

«Meint ihr, Augustus hat nur die Steine nachmachen lassen oder auch das Amulett selbst?», fragte Billy.

«Ich glaube, er hat von dem ganzen Ding eine Kopie anfertigen lassen», erwiderte Kate. «Deswegen passt auch Gus' Kompass nicht in die Mitte. Nicht, weil es sich verzogen hat. Sondern weil es eine Fälschung ist.»

«Es gehört dem Gott der Winde, und ihm habe ich es wieder zurückgegeben», murmelte Gus. «Was meint er damit?»

«Keine Ahnung», erwiderte Billy. «Klingt fast, als sei es noch ein Hinweis. Wobei ich es ja für wahrscheinlicher halte, dass er mit den echten Klunkern durchgebrannt ist.»

«Aber natürlich!» Gus' Augen leuchteten auf. «Es *ist* noch ein Hinweis. Auf das wahre Versteck des Amuletts. Und ich weiß jetzt auch, wo es sich befindet. Augustus sagt es ganz deutlich.»

«Äh … okay?» Kate sah Gus zweifelnd an. «Und wo soll das sein?»

«Ich erklär euch alles, wenn wir da sind», sagte Gus. «Wir müssen nach Darkmoor Hall. Und zwar möglichst, bevor Barnaby mit meiner Tante zurückkommt.»

In diesem Moment kam Bewegung in die Menge auf dem Marktplatz. Es bildete sich eine Gasse, durch die eine kleine Prozession auf das Pfarrhaus zuschritt, allen voran der Pfarrer selbst, der die immer noch ziemlich schwach wirkende Lady Grenville stützte, gefolgt von Barnaby, Jones und – ausgerechnet – Mrs Farringdon. Kate erinnerte sich dunkel, dass sie einmal erzählt hatte, Lady Grenville von früher zu kennen.

«Die Gelegenheit ist günstig», meinte Billy. «Sieht ganz so aus, als müsste sich deine Tante noch von dem Schock erholen. Und wenn sie erst mal beim Pfarrer auf der Couch sitzt, kommt sie da so bald nicht wieder weg.»

«Das verschafft uns hoffentlich genug Vorsprung», sagte Gus. «Gehen wir.»

Doch sie kamen nicht weit. Als sie in die schmale Gasse einbogen, die zwischen der Kirche und den umstehenden Häusern hindurchführte, stellten sich ihnen Dan und Karl in den Weg.

«Nicht so schnell!», sagte Dan und stemmte die Arme in die Hüfte.

Kate biss die Zähne zusammen. Auch das noch! Aber für eine erneute Konfrontation hatten sie jetzt keine Zeit. Sie überlegte, ob sie einfach umdrehen sollten, als sich auch von der anderen Seite eine Gestalt in die Gasse schob. Pete Dillinger baute sich hinter ihnen auf und füllte mit seiner breiten Statur fast die gesamte Gasse aus. Sie saßen in der Falle.

«Lasst uns vorbei», sagte Gus mit beinahe flehentlichem Ton. «Wir haben euch nichts getan.»

Karl lachte höhnisch auf. «Du vielleicht nicht, Weichei. Aber mit diesem Biest» – er deutete auf Kate – «habe ich noch ein Hühnchen zu rupfen.»

Kate konnte nicht verhindern, dass sich die Kugel in ihrem Magen meldete. Doch ehe sie auf Karls Äußerung antworten konnte, trat Dan einen Schritt vor. Er trug wieder seinen schicken Sonntagsanzug; seine Krawatte hing jedoch nur noch locker um den Hals, und sein Hemd hatte er halb aus der Hose gezogen.

«Wo soll's denn hingehen?», fragte er in gefährlich ruhigem Tonfall. «Wo ihr doch gerade so einen schönen Aufruhr verursacht habt. Das halbe Dorf ist versammelt. Und ihr haut einfach ab?»

Ohne den Blick von Kate zu nehmen, schnappte er plötzlich nach dem Brief, den Gus immer noch in der Hand hielt. «Was haben wir denn da?» Er faltete das Papier auseinander.

«Gib das wieder her!» Gus versuchte, Dan den Brief abzunehmen, doch als Karl drohend die Hand hob, wich Gus zurück und senkte den Kopf.

Dan überflog die Zeilen und sah schließlich auf.

«Diamanten», rief er triumphierend. «Wusste ich es doch! Ihr seid irgendeiner großen Sache auf der Spur. Keine Ahnung, was der Rest zu bedeuten hat, aber das kriegen wir schon noch aus euch raus. Zur Not» – er lächelte wieder sein Haifischlächeln – «mit Gewalt.»

«Ihr spinnt doch», sagte Billy verächtlich. «Die ganze Sache geht euch überhaupt nichts an.»

«Schnauze, Loser», zischte Dan. «Was in unserem Revier passiert, geht uns immer etwas an.»

Billy schnaubte. «So ein Quatsch. Und selbst wenn – du hast den Brief doch gelesen. Die Diamanten sind nicht echt.»

«Ach ja? Und warum habt ihr es dann so eilig, von hier wegzukommen?»

«Vielleicht solltest du mal deine Ohren untersuchen lassen», entgegnete Billy. «Aber ich sag's gern noch mal: Das geht euch nichts an. Und jetzt macht endlich Platz. Wir lassen uns von euch nicht mehr schikanieren.» Drohend trat er einen Schritt vor.

«Seht euch den Loser an», sagte Dan amüsiert. «Hat irgendwo ein bisschen Mumm gefunden und will sich mit uns prügeln. Nur zu.»

Billy holte aus. In letzter Sekunde warf sich Kate dazwischen und hielt seinen Arm fest. «Nicht!»

«Lass mich los.» Ärgerlich entwand sich Billy ihrem Griff. «Du hast mir doch immer gesagt, dass ich mich wehren soll.»

«Wehren ja», erwiderte Kate, «aber nicht anfangen.»

«Heißt das, die können mit uns machen, was sie wollen?», fragte Billy empört.

Kate schüttelte den Kopf. «Nein.» Sie konnte nachvollziehen, warum Billy auf Dan losgehen wollte. Aber dann dachte sie an ihr Gespräch mit Mrs Farringdon und an den Rat, den ihr die alte Dame gegeben hatte. Es musste noch einen anderen Weg geben, als gegenseitig aufeinander loszugehen.

Mit entschlossenem Gesicht wandte sie sich an Dan. «Ich habe gehört, dass sich deine Eltern getrennt haben. Das muss sich schrecklich anfühlen.»

Dan sah sie verblüfft an. Doch nur Sekunden später schlug seine Verblüffung in Wut um. «Woher willst du wissen, wie …»

Kate unterbrach ihn sofort wieder. «Meine Eltern reden schon seit einer Ewigkeit nicht mehr miteinander. Und wenn, dann streiten sie nur noch. Ich werde dann immer schrecklich wütend, und ich weiß nicht mal, auf was eigentlich. Und das Gefühl geht gar nicht mehr weg. Es wird immer schlimmer. Jedes Mal, wenn mich jemand ärgert, ist es da, und dann möchte ich am liebsten auf irgendwas einschlagen. Ich möchte irgendjemandem wehtun. Vielleicht, weil ich dann nicht die Einzige bin, der wehgetan wird.»

Kate hielt kurz inne, um sich zu sammeln. Es auszusprechen fiel ihr schwerer, als sie gedacht hatte. Dan starrte sie schweigend an, doch in seinem sonst so ausdruckslosen Gesicht arbeitete es.

«Du hast mir mal angeboten, auf eure Seite zu wechseln», fuhr Kate fort. «Auf die richtige, hast du gesagt. Weil ihr die Starken seid und wir die Schwachen. Aber wir sind alle stark. Ich weiß nicht, warum ihr es auf uns abgesehen habt. Aber vielleicht können wir aufhören, uns das Leben gegenseitig noch schwerer zu machen, als es sowieso schon ist.»

Stille senkte sich über die Gasse. Sämtliche Geräusche schienen zu verstummen – das Gemurmel der Menschen auf dem Marktplatz, das Zwitschern der Vögel, die in den Überhängen des Kirchdachs nisteten, das leise Wehen des Windes. Niemand von ihnen sagte ein Wort.

Dan schaute Kate an, als müssten sich ihre Worte erst mühsam bis zu ihm vorarbeiten. Sie hielt seinem Blick stand, selber überrascht darüber, wo all diese Worte hergekommen waren. Aber ob sie auch wirken würden?

Karl war der Erste, der sich rührte. Er ballte die Hände zu Fäusten und ließ seine Knöchel knacken. Das Geräusch schien Dan aus einer Art Starre zu erwecken, und in seinen Blick mischte sich ein wütendes Funkeln. Kate hob resigniert die Schultern und wappnete sich für den Angriff, der unweigerlich folgen musste.

Doch er kam nicht. Das Funkeln in Dans Augen erlosch, und er griff nach Karls Arm, um ihn zurückzuhalten. Dann nickte er Kate kaum merklich zu, trat einen Schritt zur Seite und gab den Weg frei. Kate lächelte dankbar und ging, Billy und Gus dicht hinter ihr, an ihm vorbei. Dan erwiderte das Lächeln nicht, sondern blickte ihr nur stumm hinterher.

Das war sicher nicht der Beginn einer neuen Freundschaft. Aber es sah alles nach einem Waffenstillstand aus. Und das war ja immerhin ein Anfang.

29

Vor aller Augen

Sie legten den Rückweg zum Herrenhaus auf die gleiche Weise zurück wie den Hinweg: eine Minute laufen, eine Minute gehen. Billy und Kate versuchten, etwas aus Gus herauszubekommen, doch er schwieg beharrlich, und irgendwann waren sie so außer Atem, dass an eine Unterhaltung ohnehin nicht mehr zu denken war. Immer wieder sahen sie sich um, ob hinter ihnen die Limousine der Grenvilles auftauchte. Doch die Küstenstraße blieb leer, und als sie endlich das schmiedeeiserne Tor an der Abzweigung zur Stra-

ße passierten und die Auffahrt nach Darkmoor Hall hinaufliefen, konnten sie kaum glauben, dass sie es tatsächlich geschafft hatten.

Am Brunnen auf dem Vorplatz blieb Gus stehen. Atemlos deutete er auf die Skulptur des halbnackten Mannes. «Was fällt euch … daran auf?», keuchte er.

«An dem ollen Ding?», fragte Billy erstaunt.

«Ja, an dem … ollen Ding.» Gus musste sich mit den Händen auf den Knien abstützen.

«Es ist hässlich», erwiderte Billy.

«Und es ist eine ziemlich ungewöhnliche Statue für einen Brunnen», fügte Kate hinzu. «Ich habe mich immer schon gefragt, was das soll.»

«Alles richtig», sagte Gus. «Aber was noch? Guckt euch den Mann doch mal genau an. Wie sieht er aus?»

«Ernsthaft?», maulte Billy. «Wir sind auf der Suche nach einem Amulett, nicht in einer Lehrstunde für Bildhauerei.»

«Glaubt mir, es *ist* wichtig. Und ihr werdet auch gleich verstehen, warum. Was seht ihr?»

Kate und Billy betrachteten die Skulptur genauer. «Also, ich sehe einen Mann mit Bart und Lendenschurz, der auf dem Boden hockt und etwas auf den Schultern trägt», sagte Kate.

«Was?», hakte Gus nach. «Was trägt er auf den Schultern?»

«Einen Sack?», antwortete Billy unsicher.

«Und was ist mit seinem Gesicht?», fragte Gus.

Kate runzelte die Stirn und ging näher ran. «Er hat es ganz komisch verzogen. Nein, warte, er hat die Backen aufgeblasen. So als würde er ...» Sie hielt inne. Das konnte nicht sein. Oder doch? «Als würde er etwas wegpusten. *Wegpusten*! Mensch, Gus! Der Mann sieht genauso aus wie der auf deinem Kompass!»

«Moment mal», warf Billy ein. «Das ist doch nicht euer Ernst, oder?»

«Ich fürchte doch.» Gus grinste. «Darf ich vorstellen: Äolus. Der Gott der Winde.»

Billy und Kate starrten auf die Statue. Sie hatte sich im Laufe der Jahre gräulich verfärbt und war mit Dreck und Vogelkot beschmutzt, genau wie das Becken, in dessen Mitte sie stand und in dem schon seit langer Zeit kein Wasser mehr sprudelte. Kate hatte sich natürlich gewundert, warum diese merkwürdige Skulptur den Vorplatz des Herrenhauses zierte. Doch da ganz Darkmoor Hall mit ähnlich seltsamen Wasserspeiern, Gemälden und anderen Kunstwerken vollgestopft war, hatte sie nicht weiter darüber nachgedacht und erst recht nicht genauer hingesehen.

«Das ist doch die Statue, die bei dem Streit von Augustus und seinem Bruder kaputtgegangen ist, oder?», fragte Billy.

«Allerdings.» Gus grinste immer noch wie ein Honigkuchenpferd, und Kate hatte das dumpfe Gefühl, dass er seinen letzten Trumpf noch gar nicht ausgespielt hatte.

«Warum trägt er einen Sack auf den Schultern?», fragte sie. «Und was ist in dem Sack drin? Es muss ja so schwer sein, dass er unter dem Gewicht in die Knie geht.»

«Erstaunlich, nicht wahr?», erwiderte Gus. «Denn in dem Sack ist in Wahrheit nichts anderes als» – sein Grinsen wurde noch breiter – «Luft.»

Als Kate und Billy ihn nur verständnislos anstarrten, fuhr er fort: «Okay, ich sehe schon, ich muss ein bisschen ausholen. Seid ihr mit der Legende von Odysseus vertraut? Dem Seefahrer aus der Antike?» Wieder erntete er nur verständnislose Blicke. «Also schön. Odysseus ist mit seinen Männern auf dem Meer unterwegs, und eines Tages kommen sie zu dieser Insel, Aiolus. Dort treffen sie auf den Gott der Winde. Und als sie weiterfahren wollen, gibt er ihnen als Abschiedsgeschenk einen Lederbeutel mit, in den er die vier Winde gesperrt hat. Versteht ihr jetzt? In dem Sack, den Äolus auf dem Rücken trägt, sind die Winde.»

«Bei allen heiligen Pixies», murmelte Billy.

Kate schnappte nach Luft. «Du meinst …» Sie musste kurz ihre Gedanken sortieren, bevor sie weitersprechen konnte. «Du meinst, als Augustus in seinem Brief geschrieben hat, er hätte das Amulett dem Gott der Winde zurückgegeben, hat er diese Statue gemeint?»

«Genau. Es passt zeitlich alles zusammen. Er hat in der Stadt eine Kopie des Amuletts anfertigen lassen. Die einzelnen Glassteine hat er an den verschiedenen Orten versteckt. Dann hat er seinen Freund Colin Clover, den Sohn des Steinmetzes, dazu überredet, das echte Amulett in der Neuanfertigung der Skulptur zu verstecken. Und zwar genau dort, wo auch in der Legende die Winde sind. Im Sack.»

Kate lachte auf. «Wenn das stimmt … dann ist es das Genialste, was ich je gehört habe!»

«Wie du schon auf dem Kirchturm gesagt hast: Niemand würde auf die Idee kommen, dass hier das Amulett versteckt ist. Sie hatten es praktisch täglich vor Augen.»

«Und wie finden wir nun raus, ob deine Theorie stimmt?», fragte Billy.

Gus sah ihn verwundert an. «Indem wir die Statue kaputt machen. Wie denn sonst? Wartet, ich hol schnell was.»

Er lief in Richtung Kutschenhaus davon und kehrte nur Augenblicke später mit einer Eisenstange zurück. «Damit müsste es gehen, oder?»

Er warf einen letzten Blick die Auffahrt hinunter, um sicherzugehen, dass niemand sie beobachtete. Dann stieg er mit einer Entschlossenheit, die Kate noch nie bei ihm gesehen hatte, über den Rand des Brunnens, holte aus und schlug zu.

Die Eisenstange krachte auf den Sack, den der Gott der Winde auf dem Rücken trug. Eine Kerbe entstand, und kleine, krümelige Stücke platzten aus dem Stein. Gus holte erneut aus und ließ das Metall mit voller Wucht auf die Skulptur krachen. Wieder und wieder schlug er zu, und es war, als würde er mit jedem Schlag nicht nur die Statue zertrümmern, sondern auch ein Stück des Schneckenhauses, in das er sich zurückgezogen hatte.

Und dann, nach einem letzten, gewaltigen Schlag, brach der Gott der Winde in sich zusammen. Steinbrocken polterten zu Boden, Staub wirbelte auf, und Kate hätte schwören können, dass auf einmal ein besonders heftiger Windstoß um sie herumstrich, als könnte es der Wind kaum erwarten, aus seinem Gefängnis zu entkommen.

Gus ließ die Eisenstange fallen und wischte sich mit dem Ärmel über die verschwitzte Stirn. «Hoffentlich hatte ich recht.» Er kniete sich neben den Steinhaufen und begann zu suchen.

«Um ehrlich zu sein», raunte Billy Kate zu, «habe ich ein bisschen Angst vor ihm.»

«Das solltest du auch», erwiderte sie lächelnd. «Er ist immerhin ein Grenville. Komm, wir helfen ihm.»

Sie stiegen zu Gus in den Brunnen und wühlten mit ihm zusammen in den Steinen. Doch natürlich war es Gus, der es fand.

Ein Säckchen aus schwarzem Samt, über und über bedeckt von grauem Staub. Vorsichtig zog Gus es zwischen zwei Steinbrocken hervor und klopfte es ab, bevor er andächtig die Schnur löste, mit der es verschlossen war. Ganz langsam zog er heraus, was seit hundert Jahren verborgen gewesen war.

«Beim Grabe meiner Granny», hauchte Billy. «Ich weiß, ich hab das schon ein paar Mal gesagt, aber das ist das Schönste, was ich je gesehen habe.»

«Von mir aus kannst du es so oft sagen, wie du willst», erwiderte Kate. «Denn du hattest jedes Mal recht.»

In Gus' Händen schimmerte und funkelte das Amulett, und es bestand überhaupt kein Zweifel daran, dass sie dieses Mal das echte Schmuckstück gefunden hatten. Die vier Diamanten – der grüne Boreas, der blaue Euros, der gelbe Notos und der rote Zephyros – funkelten in einem solch unwirklichen Glanz, wie Kate es noch nie gesehen hatte.

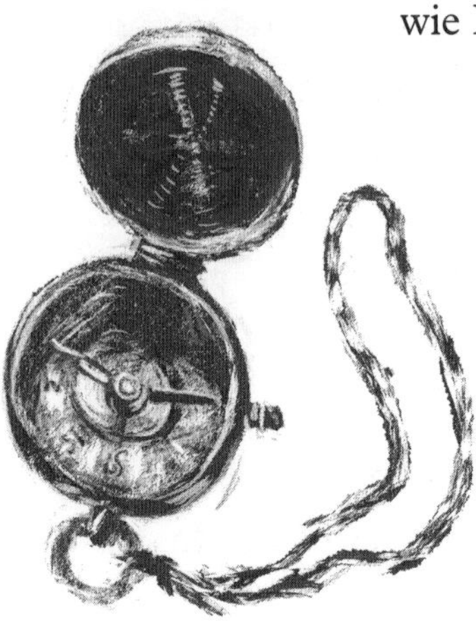

Gus zog den Kompass aus der Hosentasche und legte ihn auf das Loch in die Mitte. Vorsichtig drückte er zu, und mit einem sanften Klicken rastete der Kompass ein. Das Amulett der Winde war vollständig.

30

Wie gewonnen …

Leise Schritte erklangen. Kate, Billy und Gus sahen erschrocken auf, doch es war zu spät. Rupert Jones kam bereits die Auffahrt hinaufgelaufen.

«Kinder!», rief er außer Atem. «Bin ich froh, dass ich euch gefunden habe!» Als er sie inmitten der zertrümmerten Statue sitzen sah, runzelte er die Stirn. «Du meine Güte. Was ist denn hier passiert?»

«Wir haben einen Schatz gefunden», posaunte Billy heraus und deutete freudestrahlend auf das Amulett.

«Billy, nicht!», zischte Gus und versuchte, das Amulett hinter dem Rücken verschwinden zu lassen. Doch Jones hatte es gesehen und kam langsam näher. In seinen Augen blitzte es auf, und wieder glaubte Kate, einen Anflug von Gier darin zu erkennen.

«Ihr habt es also tatsächlich gefunden», brummte Jones. «Wo war es?»

Kate zögerte. Sie sah zu Gus, der den Gärtner feindselig anstarrte. Irgendetwas stimmte hier nicht. «In der Statue», erwiderte sie schließlich.

«Gib es mir.» Jones trat mit ausgestreckter Hand auf Gus zu. «Deine Tante hat mir aufgetragen, es sicherzustellen, falls ihr es findet.»

«Nein», entgegnete Gus barsch. «Ich werde es meiner Tante persönlich geben.»

Jones seufzte und zuckte mit den Schultern. «Ich wollte es nicht so weit kommen lassen, aber ihr lasst mir keine andere Wahl.» Er griff in seinen ausgebeulten Mantel und hielt plötzlich sein Gewehr in der Hand. Ganz langsam, als hätte er alle Zeit der Welt, hob er es hoch und richtete es auf Gus. «Gib mir das Amulett. *Sofort!*»

Kates Herz setzte für einen Moment aus und begann dann, doppelt so schnell zu schlagen. Der Rest ihres Körpers war wie gelähmt. Zum zweiten Mal in ihrem Leben richtete jemand eine Waffe auf sie, und zum zweiten Mal konnte sie keinen klaren Gedanken mehr fassen.

«Gib es ihm, Gus», presste Billy hervor, der vor lauter Aufregung Schluckauf bekam.

Doch Gus rührte sich nicht. «Sie würden uns niemals erschießen», sagte er. «Sie bluffen nur.»

«Da wär ich mir an deiner Stelle nicht so sicher», knurrte Jones.

Kate starrte den Gärtner an. Sie begriff nicht, was hier gerade geschah. Jones hatte sich vollkommen verändert. Sein Gesicht wirkte furchteinflößend, sein

Blick war kalt und zu allem entschlossen. Und wieder war sie sich sicher, eine seit Langem schwelende Gier darin aufblitzen zu sehen.

Die Erkenntnis traf sie wie ein Schlag. «Sie waren es», krächzte sie. «Sie haben Gus' Zimmer durchsucht und das erste Rätsel gefunden. Sie sind uns in die Mine und auf den Friedhof gefolgt.» Kate schüttelte den Kopf. Wie hatten sie nur so blind sein können? «Sie waren der Wanderer mit dem Fernglas. Sie haben Mrs Farringdon und Lady Grenville die Steine gestohlen. Nicht Barnaby, *Sie* waren die ganze Zeit hinter uns her.»

Jones begann zu lachen. «Natürlich war ich das. Es hat mich amüsiert, wie schnell ihr euch auf den alten Knacker eingeschossen habt, bloß, weil er ein miesepetriger Mistkerl ist, der keine Kinder mag.»

Kate schluckte. «Wir waren so dumm! Barnaby hätte niemals den Abstieg in die Mine geschafft. Und den Weg bis zum Friedhof erst recht nicht.»

«Umso besser für mich», erwiderte Jones. «So konnte ich euch wunderbar belauschen, wenn ihr auf Darkmoor Hall wart, und ihr habt nicht den geringsten Verdacht geschöpft. Als du mich auf dem Schuppendach unter Gus' Fenster gesehen hast, hast du mir sogar zugewinkt.» Er lachte, so laut und schrill, dass über ihnen in den Bäumen ein Vogel aufflatterte und erschrocken das Weite suchte. Doch dann wurde er schlagartig wieder ernst. «Schluss mit dem Gequatsche. Gib mir das Amulett, Junge. Sofort!»

Mit einem lauten Klicken entsicherte er das Gewehr. Kates Körper gefror zu Eis. Jones musste nur mit dem Finger zucken, und es wäre vorbei. Aber das würde er nicht tun. Er würde nicht wirklich auf sie schießen. Oder?

«Bitte, Gus», flehte Billy. Auch er war starr vor Entsetzen. «Das ist es nicht wert.»

Gus' Hände umklammerten das Amulett. Er zögerte noch eine Sekunde, suchte fieberhaft nach einem Ausweg. Dann gab er auf.

Die Gier, die in Jones' Augen geglommen hatte, wurde zu einer lodernden Flamme. Ungeduldig verfolgte er jede Bewegung von Gus, der langsam aufstand.

Aus Richtung Küstenstraße drang ein leises Brummen zu ihnen hinauf. Kate wagte nicht, den Kopf zu drehen, doch aus den Augenwinkeln sah sie einen dunklen Umriss über die Auffahrt gleiten. Das musste die Limousine der Grenvilles sein!

Jones bemerkte das Geräusch nicht. Er war so sehr auf das Amulett konzentriert, dass er nichts anderes um sich herum mehr wahrzunehmen schien. Gus musste nur noch über den Brunnenrand klettern, dann hatte er, was er wollte.

Die Limousine hielt ein paar Meter hinter dem

Gärtner. Die Fahrertür öffnete sich, Barnaby stieg aus, und mit seinem üblichen, unbewegten Gesicht humpelte er auf den Brunnen zu. Er war erstaunlich schnell und verursachte kaum ein Geräusch auf dem Kies. Wie ein Schatten.

Gus hatte Jones erreicht. Der Gärtner streckte fordernd die Hand nach dem Amulett aus, und widerstrebend legte Gus es hinein.

Im gleichen Moment war auch Barnaby herangekommen. Als spürte der Gärtner, dass jemand hinter ihm stand, drehte er sich um und starrte in Barnabys gleichgültiges Gesicht. Doch ehe er das Gewehr auf ihn richten konnte, hatte der Butler bereits zum Schlag ausgeholt. Mit einem dumpfen *Plong* traf ihn der Gehstock am Kopf.

Jones' massige Gestalt wankte, dann knickten seine Beine ein. «Wie gewonnen …», presste er zwischen zusammengebissenen Zähnen hervor, bevor er die Augen verdrehte und das Bewusstsein verlor. Seine Finger öffneten sich und Gus fing das Amulett auf, noch bevor es den Boden berührte.

«… so zerronnen», beendete er den Satz.

Nur langsam kam wieder Leben in Kate. Wie durch einen Schleier nahm sie wahr, wie Barnaby das Gewehr von Jones beiseiteschaffte und Billy und sie ins Kutschenhaus schickte, um Stricke zu besorgen.

Sie dachte nicht groß darüber nach, was sie tat; sie war einfach dankbar dafür, überhaupt etwas tun zu können, und Billy schien es ganz genauso zu gehen. Wie in Trance kehrten sie mit einigen Seilen zurück und fesselten dem bewusstlosen Gärtner Hände und Füße.

Gus saß währenddessen auf dem Rand des Brunnens und starrte auf das Amulett in seinen Händen. Als er hörte, wie sich eine Autotür öffnete, sah er auf. Seine Tante stieg aus der Limousine und kam mit versteinertem Gesichtsausdruck auf ihn zu. Er warf einen letzten Blick auf das Amulett, dann stand er auf und ging ihr entgegen.

«Hier», sagte er und hielt es ihr hin. «Dieses Mal ist es das echte.»

Seine Tante musterte ihn wortlos und machte keine Anstalten, das Amulett entgegenzunehmen. Gus konnte ihren Gesichtsausdruck nicht deuten. Also versuchte er es erneut.

«Nimm es. Mir ist es nicht wichtig. Genauso wenig wie meinem Urgroßvater. Ihm hat das alles hier nichts bedeutet. Er wollte einfach nur sein Leben leben. Er war anders als seine Familie, aber deswegen war er doch nicht schlecht. Und nur, weil er mein Urgroßvater ist, bin ich es auch nicht.»

Seine Tante fixierte ihn mit ihren eisgrauen Augen, und beinahe glaubte Gus, einen Anflug von Hilflosigkeit darin zu erkennen. Dann schüttelte sie kaum merklich den Kopf.

«Vielleicht», stieß sie mit einem Seufzen hervor, «hast du recht.»

Gus sah sie verwundert an. Das waren wahrscheinlich die freundlichsten Worte, die seine Tante je an ihn gerichtet hatte. Doch er wagte nicht, etwas darauf zu erwidern.

Sie deutete auf das Amulett, das er ihr immer noch entgegenstreckte. «Ich will es auch nicht. Dieses verfluchte Ding hat genug angerichtet. Tu damit, was du für richtig hältst.»

Ohne ein weiteres Wort wandte sie sich um und ging auf das Haus zu. Als sie am Brunnen vorbeikam, warf sie einen angewiderten Blick auf den am Boden liegenden Jones.

«Rufen Sie die Polizei», sagte sie zu Barnaby, ohne ihre Schritte zu verlangsamen. «Sie sollen mir diesen Ganoven aus den Augen schaffen.» Sie hatte das Herrenhaus schon fast erreicht, als sie mit müder Stimme hinzufügte: «Machen wir dieser Farce endlich ein Ende.»

Dann schritt sie langsam die Stufen zur Eingangstür hinauf, die kurz darauf mit einem dumpfen Knall hinter ihr ins Schloss fiel.

31

Zu guter Letzt

Hat hier jemand Kuchen bestellt?» Mit einem feierlichen Gesichtsausdruck stellte Mr Baker eine riesige Torte in die Tischmitte. «Schokoladensahnetorte mit einer Schicht Zitronenmuffinbiskuit nach dem Rezept der alten Molly. Ihr seid die Ersten, die meine Kreation probieren dürfen.»

«Und hier kommen die Getränke», sagte Kates Mutter und verteilte drei Becher Kakao mit Sahne, eine Tasse pechschwarzen Kaffee und eine Tasse Earl Grey mit Zitrone auf dem Tisch. «Wir würden uns ja dazusetzen, aber im Café ist am Wochenende immer furchtbar viel los», sagte sie entschuldigend. «Du erzählst uns dann alles später, Schatz. Okay?»

«Klar.» Kate nickte und sah ihren Eltern nach, die gemeinsam davoneilten, ihr Vater in die Küche, ihre Mutter zur Verkaufstheke, wo schon neue Kunden warteten. Sie sprachen zwar noch immer nicht miteinander, aber sie gingen sich auch nicht mehr aus dem Weg. Und ihre Mutter hatte gerade von «wir» und «uns» gesprochen. Vielleicht war das ein gutes Zeichen.

Seit den Ereignissen auf Darkmoor Hall war eine Woche vergangen. Kate, Billy und Gus hatten sich zu einer kleinen Nachfeier im Sea Street Café getroffen und auch Mrs Farringdon und Mrs Gulliver dazu eingeladen. Schließlich waren die beiden Damen nicht ganz unbeteiligt daran gewesen, dass sie das Amulett gefunden hatten. Den alten Marcus hatten sie ebenfalls eingeladen, doch er hatte Ben für heute eine kleine Bootstour versprochen.

Mrs Gulliver griff nach dem Tortenheber und begann, den Kuchen zu verteilen. «Leg doch mal die Zeitung weg, Edda», sagte sie tadelnd. «Du blockierst den ganzen Tisch.»

«Einen Augenblick noch», erwiderte Mrs Farringdon

und beugte sich mit ihrer riesigen Lupe noch tiefer über die aktuelle Ausgabe der *Times*. «Ich weiß genau, dass ich ihn hier irgendwo ... ah», rief sie triumphierend und tippte auf einen zweispaltigen Artikel. «Hier ist er ja. Sogar mit Foto.»

Kate, die neben Mrs Farringdon saß, beugte sich ebenfalls über die Zeitung. «*Drei Kinder finden jahrhundertealten Schatz*», las sie die Überschrift vor und betrachtete das Foto, auf dem Billy, Gus und sie stolz das Amulett in die Kamera hielten. Hinter ihnen ragte der düstere Umriss von Darkmoor Hall in die Höhe.

«Hört euch das an», sagte sie kichernd und las den Artikel vor.

Kate Baker (11), **William Parish** (10) und **Gustav Grenville** (11) aus dem kleinen Örtchen Darkmoor-on-Sea machten am vergangenen Sonntag einen unglaublichen Fund: In einer Statue vor dem Anwesen der Familie Grenville verbarg sich ein seit über einem Jahrhundert verschollenes, äußerst wertvolles Amulett. Die Kinder berichten, ein altes Rätsel habe sie zu der Statue geführt, in der das Schmuckstück einst von einem Vorfahren der Grenvilles versteckt worden war.

Anstatt jedoch das Amulett zu behalten, beschlossen die Kinder, es dem British Museum zu schenken. Jim Horton, der Leiter des Museums, konnte nach kurzer Recherche bestätigen, dass es sich bei dem Schmuckstück um das legendäre Amulett der Winde handelt, das vor über einhundert Jahren aus dem Museum gestohlen worden war. Er zeigte sich hoch-

erfreut, dass es nach so langer Zeit wieder in den Besitz des Museums zurückkehrt.
«Ich bin beeindruckt, wie souverän die Kinder mit ihrem Fund umgegangen sind», sagte Horton der Redaktion. «Das zeigt, dass es echten Abenteurern nicht darauf ankommt, reich zu werden. Natürlich wird das Museum den Kindern einen dem Wert des Amuletts angemessenen Finderlohn auszahlen.»

Kate musste grinsen. ‹Abenteurer› hatte Mr Horton sie genannt. Die Bezeichnung gefiel ihr. Ob man das als Berufswunsch angeben konnte?

Mrs Farringdon tippte auf den Absatz mit dem Finderlohn. «Sie haben euch eine stolze Summe gezahlt, oder? Was habt ihr damit vor?»

Kate winkte ab. «Wir haben sie gespendet», sagte sie beiläufig. «Für einen guten Zweck.»

Sie sah zu Gus, dem Mrs Gulliver gerade ein großes Stück Torte hinstellte. Er erwiderte ihren Blick, und sie mussten beide lächeln. Sie hatten ihren Anteil am Finderlohn Billy gegeben, der vergeblich dagegen protestiert hatte. Mit dem Geld konnte er nicht nur seine Schulden bei Lady Grenville begleichen, es reichte auch, um sämtliche Reparaturen im Haus zu bezahlen. Und für neue Schuhe und eine Garnitur passender und nicht rosafarbener Kleidung für ihn selbst war ebenfalls noch genug übrig. Aber Kate und Gus hatten nicht vor, es an die große Glocke zu hängen.

Mrs Farringdon bemerkte den Blick, den die beiden miteinander austauschten. Dann sah sie zu Billy, der verlegen auf sein Stück Torte starrte, und nickte wissend. «*Tu Gutes und schweig darüber*, sagte mein seliger Albert immer.»

Billy lief rot an, doch gleichzeitig musste er grinsen, denn es gab noch etwas, das Kate und Gus nicht wussten. Das Geld hatte nicht nur seiner Familie aus dem Gröbsten herausgeholfen. Es hatte ihm auch genug Druckmittel verschafft, um die Posterfrage ein für alle Mal zu klären. Spiderman hing wieder an seinem alten Platz.

«Ich muss gestehen», warf Mrs Gulliver ein, «dass mich viel mehr interessiert, was alles nicht in dem Zeitungsartikel steht. Was ist zum Beispiel aus dem Gärtner geworden, diesem Rupert Jones? Man erzählt sich, dass er verhaftet wurde. Stimmt das?»

«Ein schrecklicher Halunke!», empörte sich Mrs Farringdon. «Ich hoffe, er wandert für den Rest seines Lebens hinter Gitter.»

«Na ja», murmelte Gus, «so wie es aussieht ... ist er verschwunden.»

«Wie bitte?»

«Die Polizei musste ihn laufen lassen. Sie hatte nichts gegen ihn in der Hand. Und kaum war er auf freiem Fuß, ist er untergetaucht.»

«Was soll das heißen, nichts gegen ihn in der Hand?»,

empörte sich Mrs Farringdon. «Er hat mich auf offener Straße ausgeraubt. Und deine Tante in ihrem eigenen Haus. Und euch hat er mit einer Waffe bedroht.»

«Aber man konnte ihm die Diebstähle nicht nachweisen», erwiderte Gus achselzuckend. «Und letzten Endes hat er ja auch nur Glas gestohlen.»

«Woher wusste dieser schreckliche Mensch überhaupt von dem Amulett?», fragte Mrs Gulliver. «Das Ganze war schließlich eine reine Familienangelegenheit.»

«Tatsächlich wusste er sogar noch vor uns davon», sagte Kate. Sie hatte so lange auf den zuständigen Polizeibeamten eingeredet, bis er ihnen ein paar Erkenntnisse aus dem Verhör mit Jones verraten hatte. «Er ist eine Art professioneller Schatzsucher», fuhr sie fort. «Natürlich ist das kein richtiger Beruf. Aber er hält Ausschau nach verschollenen Schätzen, durchforstet alte Legenden und Zeitungsartikel und überprüft, ob nicht doch etwas Wahres daran ist. Und so ist er auch auf das Amulett der Winde aufmerksam geworden und wusste, dass es seit dem Diebstahl aus dem British Museum spurlos verschwunden war.»

«Wer weiß», warf Gus ein. «Vielleicht hat er sogar den gleichen Artikel gelesen wie wir.»

«Schon möglich. Und am Ende hat er auch die gleichen Schlüsse gezogen wie wir. Den Ausschlag gab eine Fernsehreportage über die Legenden von Cornwall, in der das gesunkene Schiff vor Darkmoors Küste erwähnt wurde. Daraufhin hat er beschlossen, sich bei Lady Grenville als Gärtner anstellen zu lassen, um vor Ort weiter zu recherchieren.»

«Ha», machte Billy. «Deswegen waren auch die Hecken alle krumm geschnitten. Jones war gar kein echter Gärtner.»

«Tja, und dann sind wir auf der Bildfläche erschienen und haben das erste Rätsel mit der Dämonenstatue in der Bibliothek geknackt. Jones hat das mitbekommen; als Gärtner konnte er überall unbemerkt lauschen. Wenn niemand da war, hat er sich heimlich ins Haus geschlichen. Er hat Gus' Zimmer durchsucht und das nächste Rätsel gestohlen. Doch er konnte es nicht lösen. Also hat er beschlossen, sich an unsere Fersen zu heften, um im richtigen Moment zuzuschlagen und uns alles abzunehmen.»

«Das war auch der Grund, warum wir uns ständig beobachtet gefühlt haben», warf Gus ein. «Erinnert ihr euch an die Lichtblitze, die wir gesehen haben? Das war die Reflexion des Fernglases, mit dem er uns nachspioniert hat.»

«Und immer, wenn wir auf Darkmoor Hall waren, hat er uns geholfen», sagte Billy. «Ich dachte wirklich, er würde es gut mit uns meinen. Dabei wollte er nur sichergehen, dass wir weiter nach dem Amulett suchen können.»

«Und dann haben wir ausgerechnet in seinem Beisein darüber geredet, was wir alles herausgefunden haben», fuhr Kate fort. «Als er von Ihrer Brosche hörte, Mrs F, ist er direkt ins Dorf gefahren und hat sie Ihnen gestohlen.»

«Und danach ist er uns bis zum Friedhof gefolgt», sagte Billy. «Wir hätten gleich darauf kommen müssen, dass die Strecke für Barnaby viel zu weit war. Aber wir haben uns so auf den Butler eingeschossen, dass wir sogar das Gewehr für den Gehstock gehalten haben.»

Kate grinste verlegen. «Na ja, man konnte aber auch wirklich nicht viel erkennen in dem Nebel.»

«Trotzdem. Wir hätten uns nicht so auf Barnaby versteifen dürfen, bloß weil er ein Idiot ist.»

«William Parish!», tadelte ihn Mrs Gulliver, doch in Wahrheit hatte sie Mühe, sich ein Grinsen zu verkneifen. «Und Ethelda hat von alldem nichts gewusst?»

«Nein», sagte Gus. «Sonst hätte sie Jones nie auf den Turm hinaufgeschickt. Das war purer Zufall. Wahrscheinlich konnte er sein Glück selbst kaum fassen. Doch dann hat er die Tür zum Turm nicht aufgekriegt. Und bis er sich Werkzeug organisiert hatte, waren wir ihm schon zuvorgekommen.»

Die Glocke über der Eingangstür bimmelte, nicht zum ersten Mal während ihres Gesprächs, aber aus

irgendeinem Grund sah Kate dieses Mal zur Tür. Dan Hughes betrat das Café und ging zur Verkaufstheke vor. Er zeigte auf drei Blaubeermuffins, die Mrs Baker in eine Tüte packte. Dann bezahlte er und wandte sich um. Als er Kates Blick begegnete, nickte sie ihm kaum merklich zu. Er erwiderte das Nicken, dann ging er hinaus zu Karl und Pete, die vor dem Café auf ihn gewartet hatten.

Mrs Farringdon beobachtete, wie Kate den Jungs nachsah. «Habt ihr die Sache geklärt?», fragte sie so leise, dass die anderen es nicht hörten.

Kate zuckte mit den Schultern. «Na ja, Freunde werden wir nicht mehr. Aber er hat sich entschuldigt. Für die Aktion mit meinem Bruder.»

Die alte Dame nickte. «Na also. Wie geht es Ben?»

«Der kommt schon klar. Ich hatte befürchtet, dass er sich wieder in den Weltraum flüchtet. Aber tatsächlich hat er einen ziemlichen Narren am alten Marcus gefressen. Er ist ständig bei ihm. Und dann hab ich ihn kurz mit Billy allein gelassen, weil ich was für Mama im Café erledigen musste. Als ich zurückkam, waren sie so in ein Gespräch über Fabelwesen vertieft, dass sie mich gar nicht mehr beachtet haben. Billy hat ihm alles über Knocker und Pixies erzählt und versprochen, ihm demnächst die Stelle zu zeigen, wo hier an der Küste ein Riese gelebt haben soll.»

«Klingt so, als hätten sich die zwei gesucht und gefunden.»

Kate lächelte. Ja, so konnte man das sagen. Genau wie sie vor ein paar Wochen Billy und Gus gefunden hatte, zu einem Zeitpunkt, an dem sie glaubte, in diesem Dorf lebendig begraben zu sein. Oder hatten die beiden in Wahrheit sie gefunden?

Sie sah zu Billy, der sich gerade ein zweites Stück Torte auf den Teller schaufelte, und zu Gus, der gedankenverloren vor sich hinstarrte. Genau genommen war es ja der Wind gewesen, der sie zueinander geführt hatte. Hätte er ihr an diesem verregneten Nachmittag nicht die Seite aus Gus' Skizzenbuch vor die Füße geweht … wer weiß, ob sie sich überhaupt jemals begegnet wären.

Mrs Gulliver beugte sich zu Gus. «Wie läuft es denn mit deiner Tante? Die alte Ethel kann ein ziemliches Scheusal sein, aber ganz tief drin ist sie gar kein so schlechter Mensch.»

«Harte Schale, weicher Kern», stimmte Mrs Farringdon zu.

Kate zog überrascht die Augenbrauen hoch. «Ethel? Das klingt, als würden Sie Lady Grenville gut kennen.»

Mrs Gulliver lächelte. «Natürlich haben wir uns gekannt. Ethelda durfte Darkmoor Hall zwar kaum verlassen – ihre Eltern hatten etwas dagegen, wenn sie sich unter das gemeine Volk mischte. Aber wir waren alle zusammen in der Kinderbibelstunde.»

«Oder hätten dort sein sollen», ergänzte Mrs Farringdon kichernd. «Wir haben uns immer heimlich auf den Kirchturm geschlichen und gequatscht.»

«Moment mal», warf Kate ein. «Die Initialen in einem der Balken im Glockenturm – *E W E waren hier* – das waren Sie?»

«Edda, Wilma und Ethelda», bestätigte Mrs Farringdon lächelnd. «Das waren wir. Aber irgendwann wurden wir zu alt für die Bibelstunden. Etheldas Eltern sind schon früh gestorben, und danach hat sie sich immer mehr in den alten Kasten zurückgezogen.»

«Irgendwie ist ihr das nicht gut bekommen», warf Mrs Gulliver nachdenklich ein. «Vielleicht sollten wir sie mal besuchen gehen. Was meinst du, Edda?»

Mrs Farringdon verzog gequält das Gesicht, doch dann nickte sie. «Ja, wahrscheinlich hast du recht. Dann können wir auch gleich die Gelegenheit nutzen und ein gutes Wort für den jungen Mann hier einlegen», fügte sie mit einem Blick auf Gus hinzu. «Immerhin ist er ihr einziger noch lebender Verwandter.»

Gus lächelte. «Ich glaube, das ist gar nicht mehr nötig», sagte er. «Sie hat den Termin mit dem Jugendamt abgesagt. Und sie hat mir erlaubt, nach den Ferien die Schule zu wechseln.»

«Gehst du dann mit uns zur Schule?», fragte Billy mit vollem Mund. Als Gus nickte, grinste er. «Cool!»

«Ich musste ihr im Gegenzug versprechen, die Schmugglervergangenheit der Grenvilles geheim zu halten, damit unser guter Name keinen Schaden nimmt.»

«Und, hältst du dich daran?»

Gus zuckte mit den Schultern. «Warum nicht? Das ist alles so lange her … das interessiert doch niemanden mehr.»

Die anderen nickten bestätigend. Dann wandten sie sich nach und nach anderen Themen zu. Mrs Farringdon und Mrs Gulliver tauschten kichernd alte Erinnerungen aus, Kate diskutierte mit Billy, ob es Riesen tatsächlich gegeben hatte oder nicht. Über das Amulett der Winde war alles gesagt.

Fast alles.

Gus' Blick fiel auf den Artikel aus der *Times*, den Kate nicht bis zum Ende vorgelesen hatte. Zwei Sätze fehlten noch.

Das Amulett der Winde *wird schon bald in der Sonderausstellung «Schmuckstücke aus aller Welt» für die Öffentlichkeit zu sehen sein, auch wenn es bedauerlicherweise nicht mehr vollständig ist. Der Kompass, der ursprünglich das Zentrum des Amuletts bildete, befand sich laut Aussage der Kinder nicht in der Statue und gilt offiziell auch weiterhin als verschollen.*

Gus lächelte. Unauffällig zog er den Kompass aus der Hosentasche und strich mit dem Finger über das Relief von Äolus auf dem silbern schimmernden Deckel. Er öffnete ihn, sah, wie die Nadel sich zitternd nach Norden ausrichtete, und klappte ihn wieder zu.

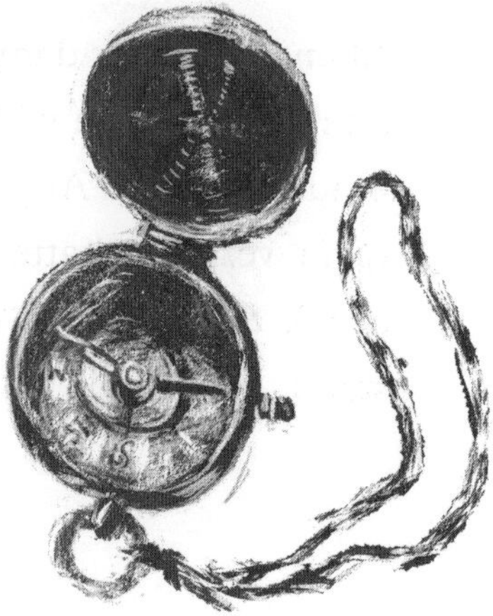

Der Kompass war das Einzige, was ihm von seinen Eltern geblieben war. Und er war das Einzige, was zusammen mit dem verkohlten Tagebuch an Augustus Grenville erinnerte. Er konnte sich nicht davon trennen.

Vorsichtig ließ er den Kompass wieder in seine Tasche gleiten. Er hatte seiner Tante zwar versprochen, die Geschehnisse um die Schmuggler und das Familienzerwürfnis, das die ganze Schatzsuche ausgelöst hatte, geheim zu halten. Aber vielleicht konnte er sie ja dazu überreden, wenigstens ein paar der Ereignisse in der Familienchronik zu ergänzen.

Oder er begann einfach seine eigene. Ein passender Titel fiel ihm auch sofort ein: *Das Geheimnis von Darkmoor Hall.* Untertitel: *Die Jäger der verschwundenen Winde.*

Ja, dachte er lächelnd, das war gut. Gleich heute

Abend würde er damit anfangen. Aber jetzt musste er sich erst mal den wirklich wichtigen Dingen widmen. Und mit einem Appetit, wie er ihn schon lange nicht mehr verspürt hatte, versenkte er die Gabel in dem Stück Schokotorte, das noch unangetastet vor ihm stand.

Nina Scheweling war während ihres Studiums der Anglistik, Germanistik und Neueren Geschichte als Literaturübersetzerin tätig. Nach ihrem Abschluss entdeckte sie ihre Liebe fürs Kinderbuch und arbeitet seitdem als freie Übersetzerin, Lektorin und Autorin in der Nähe von Freiburg.

Cornelia Haas studierte Kommunikationsdesign mit dem Schwerpunkt Illustration an der FH Münster. Seit 2001 illustriert sie erfolgreich Bücher für Kinder und Jugendliche sowie Erwachsene. Im Jahr 2018 erhielt sie den Ruf für eine Professur an der FH Münster im Fachbereich Illustration mit dem Schwerpunkt Kinder- und Jugendmedien.